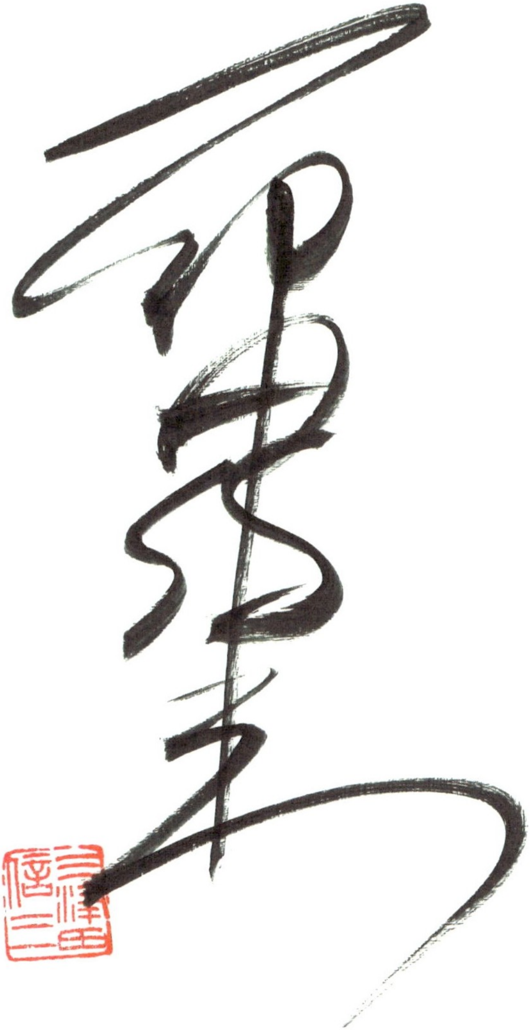

赫衣之間

印刷簽名版

讀小說
Reading Novel

赫衣之闇

三津田信三

緋華璃 譯

目錄

第一章

黑市

昭和二十（一九四五）年的夏天，日本輸掉第二次世界大戰（太平洋戰爭）的後果，就是讓國內大部分的主要都市都在戰火中化為一片焦土。災情特別慘重的重災區之一，就是遭受東京大空襲的舊東京市（現今的二十三區內）。

從東京車站可以看到富士山。

戰前根本難以想像的非現實情景就出現在眼前。九死一生，自戰場上撿回一條命歸來的日本兵們經由電車車窗，或是於下車的車站前看到的一切，就只能說是非常不可思議的畫面。

不僅如此，在此之上又加入了更奇特的光景，如果是戰前的日本，不管走到哪裡都絕對看不到這種異樣的「街道」……

那就是黑市。

大部分因為戰敗陷入饔飧不繼、墜入底層生活的日本人之所以還能勉強苟延殘喘，無非是托了黑市的福。

物理波矢多於戰時隸屬位在廣島市宇品的陸軍船舶砲兵教導隊。然而，他乘坐的武裝船在朝鮮海峽沉沒，後來回到宇品時，已經連一艘船都沒剩下了。燃料也使用殆盡。

就在內心充滿無法形容的焦躁感、碌碌無為地駐守在宇品的某一天，為了拜訪在滿洲的建國大學求學時的恩師，波矢多與幾位同窗一起去了能美島。

讓日本人與滿洲人（漢人與滿人）、朝鮮人、蒙古人達成民族自治，是建國大學的創校理念，在當時可以說是一所劃時代的學校。但是隨著軍部的勢力逐漸壯大，對軍部唯命是從的校方令那位教授失望透頂，包袱收一收就回日本了。

前去拜訪恩師家的行程間接救了波矢多等人的性命。因為當原子彈落在廣島時，他們正好待在能美島。但一行人的命運也從此走向殘酷的岔路。所有人都緊急被召回宇品，立刻前往爆炸災區協助救災，但這時只有波矢多接獲長官的命令去了別的地方。深入災區，渾然不知那裡已經受到幅射污染的同儕們陸續死亡。原子彈這種惡魔般的武器不僅在爆炸時造成了大量的殺戮，爆炸後也依舊繼續造成龐大的死傷。

……只有我僥倖生還。

對美國感到強烈的怨憤後，波矢多發現自己陷入強烈空虛的無底深淵。這或許是兩種背道而馳的情緒，卻同時存在於他的心中。

古代的中國和日本認為人類是由肉體與靈魂構成。換言之，死亡是指靈魂從身體裡抽離出來的狀態。另一方面，中國人也相信光是受到某些精神上的打擊，靈魂就會離開軀體。

波矢多湧出憤怒的情緒時，靈魂還在他的體內。

被難以言喻的虛無感包圍時，靈魂則脫離了肉體。

從這個角度來思考，不可否認他的靈魂其實為宿主取得了精神上的平衡。

然而，上述的平衡也在日本無條件投降、接受戰敗的事實時，無聲無息地崩解，變得支離破碎。一口氣由後者占了優勢。

陸軍船舶砲兵教導隊隨著戰敗而解散，波矢多也墜入了失魂落魄的深谷，在這樣的精神狀態下返回故鄉和歌山。結果在那裡迎接他的是遭遇了和歌山大空襲、市中心幾乎化為廢墟的故鄉。儘管如此，他並沒有受到太大的打擊，就連自己也都感到很意外。大概是因為雖然不在第一時間，卻也親眼目睹過廣島的慘狀吧。

這就是所謂的戰爭……

虛無感不知在何時轉變成壓倒性的現實感。但即使是這樣，這種現實感也沒有立刻蔓延到實際的生活。主要是因為他發自內心認同建國大學的理念，因此這場蹂躪五族共和的戰爭體驗給他帶來難以衡量的負面影響。因此，這段鬱鬱寡歡、碌碌無為的日子雖然不長，卻也持續了一段時間。

話雖如此，波矢多最忌憚的莫過於自怨自艾。一直在原地踏步、怨天尤人、苦惱憂愁，其實一點也不符合他的性格。害波矢多變得這麼不像自己的主因，當然是戰爭無誤。戰爭最可怕的地方就在於能不費吹灰之力地改變一個人作為人類的本質。「殺死一個人是殺人犯，殺死一百萬人就成了英雄」是電影《維杜先生》（一九四七／美國）最有名的台詞，一針見血地指出了戰爭愚蠢且恐怖的矛盾。

就在波矢多過著一天又一天反覆思量的日子時，就收到了在建國大學讀書時私交甚篤的同學熊井新市的來信。

「以你的個性，一定正在非常認真地思考今後該走哪條路吧，但你一個人就算想破頭，肯定也想不出什麼好結果，所以先來我這裡玩一趟再說吧。」

果然是新市會說的話，看到信上的內容，波矢多感到胸口灼熱。但他對自己的出路其實已經下了某種決心。事到如今，就算是再好的朋友，波矢多也沒打算找對方商量這件事。但他現在非常想見一見新市。

費了好大一番工夫才買到車票，波矢多一路轉乘電車，前往東京。後來終於在上野站下車，才踏出車站，他就不禁懷疑起自己的眼睛。

因為出現在眼前的，居然是一座巨大的黑市。

屢次遭受空襲，明明已經化為一片焦土的街道上又出現了截然不同的「街道」。和歌山在日本戰敗後又過了四個月才出現黑市。聽說俗稱「終戰紀念日」的八月十五日隔天，新宿就立刻冒出了黑市。上野、澀谷及池袋等主要車站的前面也是大同小異的狀態。

戰前與戰時的報紙或廣播無不使出渾身解數去煽動國民的戰爭意志。輕易受到煽動的國民或許都有責任，但也已經付出在戰時及戰敗後過上悲慘生活的代價。正因如此，每個人都打從心底悔不當初，希望「再也不要打仗了」。但煽動國民的媒體非但沒有反省自己幹的蠢事，還顯露姑息的心態、自欺欺人地把原本的「戰敗紀念日」改稱為「終戰紀念日」。至於把「占領軍」改稱為「進駐軍」也是同樣的邏輯。

至於要問此舉有沒有激怒國民，很遺憾，答案是沒有。不過這也怪不得他們。因為國民根本沒有餘裕去深究這些文字遊戲，總之得先想辦法活下去再說。於是，黑市便應運而生。

問題是，戰敗後的日本真的沒有剩下任何資產或糧食嗎？

根據GHQ（盟軍最高司令官總司令部的簡稱）作為占領軍接管日本前的調查，日本還有足以支撐國家經濟兩年的物資，其中也包含了儲備糧食。然而當他們登陸時，據說有七成左右不翼而飛。不用想也知道是手握特權的政治家、資本家、陸海軍的將領之流利用戰敗後百廢待舉的混亂情勢中飽私囊了。

倘若這些物資能平均分配給國民，大概就不會有那麼多人餓死了。但實際上別說是公平分配，因為流入黑市的關係，國民也不得不以高到令人難以置信的價格購入。這點血淋淋地詮釋了黑市那深邃黑暗的「黑」字意涵。

「市」這個字，說穿了打從一開始就名存實亡。大部分的商家都是把商品擺在鋪在地上的報紙或草蓆上，或是把東西放在打開的包包裡而已，簡直就是近似扮家家酒的「開店」。即便是某些行頭還算齊全的攤商，但通常也只是立起不知道從哪裡撿來的木材、波浪板或簾子，勉強營造出開店的氣氛而已，堆疊出來的成果還不如小孩打造的祕密基地。

這是因為他們絕大多數都是這輩子壓根兒沒做過生意，不折不扣的外行人。其中以在空襲中失去一切的流浪漢，還有生意做不下去的中小型商人、失業的軍需工廠工人、退伍軍人及引揚者[1]、舊占領區及殖民地的人等占了大半。某個的屋老大甚至還宣稱「我分了一塊做生意的地給某位皇室人士」。另外，看了以下的案例也可以確定黑市這個「場域」的誕生是極其自然的結果。

為了確認住在東京都內的親戚是否平安無事，有個男人在日本戰敗的隔天從東京近郊扛了一袋曬乾的番薯準備要送給親戚。不過還沒找到親戚，肚子先餓了，男人就坐在化為焦土的地上解開包袱巾，開始吃起番薯。結果每個從他面前路過的行人都問他同一個問題。

「你那塊包袱巾裡的番薯是要賣的嗎？」

男人起初都否認，但因為實在被問太多次了，終於鬼迷心竅地回答「對」，沒想到原本裝滿包袱巾的番薯一下子就賣光了。而且竟然還是以難以置信的高價賣掉的。

男人大吃一驚，但也發現這比在家鄉賣番薯還更有賺頭，因此從隔天開始，男人每天都扛著曬乾的番薯去東京賣。

這個男人是自己發現了商機，但大部分的人都是為了溫飽，或是為了養活三餐不繼的家人，才不得不「開店做生意」。他們從燒毀的廢墟裡挖出鍋碗瓢盆等器具就直接擺在報紙或草

1居住或移居外地（當時除北海道、本州、四國、九州以外的日本領地）、占領地，於第二次世界大戰戰敗後回到日本本土的日本人。

蓆上兜售，或是製作不知道是用什麼原料做的饅頭或沒有配料的水團[2]，賣給那些餓到前胸貼後背、只想先填填肚子的人。這種渾沌至極的狀態大概就是所謂的「原始黑市」吧。

然而上述這種「原始」期間意外地短暫，沒過多久就演變成「只要去黑市就什麼都買得到」的狀況。商品種類變得一應俱全，足以證明人類為了活下去，可以說是潛力無窮。

黑市急速成長的背景與的屋的存在息息相關。用最淺顯易懂的方式說明，的屋是在神社節慶等日子擺出各式各樣的攤位，打造出一個慶典商業空間，在販賣自家商品的同時也負責規劃管理該場地攤商的組織。

以新宿為例，相較於戰敗隔天就成立、毫無秩序可言的黑市，戰前就在新宿各擁山頭的四大的屋老大於戰敗的四天後就搶過主導權，開始指揮黑市的運作。這裡有一點很關鍵，那就是據說當時的轄區警察署長為了緩和物資匱乏的狀況所採取的應急措施，就是默認黑市的存在。也就是說，警察主動把黑市店家的管理權力交到了的屋手中。戰敗那年的十月，的屋在警視廳的指導下成立了「東京露店[3]商同業公會」就是最好的證據。

這個公會的目的並不在於取締不符行政法規的的屋，而是為了維持市場的組織化與秩序，積極認同他們的運作活動。公會本部之下在警方的每個管區內都設有分部，從分部底下都配置了各個的屋組織的結構，也可以看出東京都與警視廳在打著什麼如意算盤。

波矢多之所以會知道這些內幕也是拜熊井新市所賜。因為新市的父親從戰前就是池袋某個的屋的老大。

創設於滿州的建國大學背負著將東亞民族的優秀子弟齊聚一堂，讓他們一面共同生活一面接受教育，為新國家培養適任人才的使命。在學期間的費用皆由公費支付，採行的是讓學生們共同生活的全體住校制。宿舍及伙食都不用花上半毛錢，制服及教科書也完全免費，每個月還能領到零用錢。對於波矢多這種窮學生而言，簡直就是夢幻般的校園生活。相對來說，這也是間非常難考的學校。自從創校以來，光是日本每年每縣也頂多只有一、兩個人能考上。所以才能網羅來自全國各地的優秀人才。

無論本人是什麼出身、父母的社經地位如何都無妨，任何人都能參加考試。會讀書自然再好不過，但如果具備其他的出色能力也會有錄取的可能性。建國大學就是這麼一所超塵拔俗的學校。

話雖如此，這個學校的學生不管在中學還是高等學校時期的成績都很優異。雖然這一切說穿了還是得看本人的能力與努力，但是從小就置身於能專心讀書的優渥環境的人也不少。他們都是家境富裕、家世良好的子弟。

但物理波矢多和熊井新市並非如此。前者的家以傳馬船[4]為業，後者的父親熊井潮五郎則

2將麵粉加水揉製成團子大小，搭配蔬菜和味噌湯、醬油湯一起煮的料理。二次大戰末期開始在糧食不足的日本成為代替米的主食，但同樣因為戰事的關係導致麵粉不足，因此也會用大豆粉等來代替。

3露店，即攤商之意。

4出現於日本近世的小型船隻，負責貨船、客船與碼頭間的接駁載運或拖曳等工作。

是的屋老大。而且波矢多的父親從祖父手中接下家業時，世間對傳馬船的需求就因為以螺旋槳為動力的船隻問世而日漸式微。因此就像是配合長子波矢多的成長似地，物理家的日子也過得愈來愈苦。照理說，想要去讀大學無異於癡人說夢。同樣的狀況似乎也發生在新市的身上。

若說兩人是因為同是天涯淪落人的遭遇才愈走愈近，倒也不盡然。他們是在成為莫逆之交後，又過了很久才知道彼此家庭的狀況。話說回來，當時的他們根本沒有閒情逸致提起自己的事。只要有兩個人湊在一起就會開始辯證；要是湊到三個人，更是你一言、我一語地展開議題探討。不管是什麼主題都可以侃侃而談。

還沒有從在上野站看到黑市的衝擊中恢復，為了去見寫信催他來東京的熊井新市，波矢多便移動到神代町。那裡就位於以舊書店街而聞名的神保町旁邊。

神保町是少數遭遇東京大空襲卻仍能逃過一劫的地方。幸好就住在隔壁鎮，熊井家也奇蹟似地存續下來。光是在戰敗後寸草不生的東京還有房子可以棲身就已經夠幸運了，可惜這類幸運的人實在少得可憐。光是能切身體會到這一點，波矢多就打從心底為朋友感到高興。

重逢的感動令兩人幾乎就要抱頭痛哭。而且新市的母親還不知從哪裡弄來一桌豪華得令波矢多瞠目結舌的佳肴美酒。

「在感動敘舊之前，我們先慶祝物理先生平安歸來，大家乾杯吧。」

經母親提醒，新市露出了難為情的表情，不過看到波矢多如同字面意義那樣瞪大了雙眼、盯著擺滿整張桌子的酒菜，也不禁莞爾。

「不虞匱乏的地方是真的不虞匱乏喔。」

「……黑市嗎？」

波矢多附和後，便興奮地說起自己來這裡的路途上，在各個車站前看到的黑市，激動的樣子也讓新市嚇了一跳。

「你好像很驚訝呢。」

「因為和歌山的車站前並沒有這種光景。」

「地方都市要出現黑市可能還需要一段時間吧。東京的車站前之所以一口氣冒出了那麼多的黑市，其實有它的背景。」

「像是——許多條件堆疊下的結果嗎？」

「你的理解力好強呀。」

能像這樣跟波矢多討論，似乎令新市開心得無以復加。

「黑市看似都出現在被空襲轟炸過後的焦土上，但其實多半是蓋在強制疏開的舊址。」

「啊，所以才會開在車站前嗎。」

強制疏開又稱「建物疏開」或「家屋疏開」，意指於戰爭時拆除建築物的行為。目的在於防止因為空襲所造成的火災延燒到重要設施。車站無疑是陸運的樞鈕，因此周圍悉數成為強制疏開之地。

也就是先拆掉根本還沒有失火的房子，以免萬一失火的時候導致火勢蔓延。這種跟江戶時代滅火組採取的方針無異的方法，在戰爭時也被拿來用了。

「上野不是還有電車的變電所嗎。所以更不能掉以輕心。」

「原來如此。離軍事設施、武器工廠、彈藥倉庫、民營軍需工廠等設施最近的車站旁邊幾乎都被設置為強制疏開區域呢。」

「你認為誰最清楚那些空地該怎麼使用？」

「的屋。」

兩人相視一笑，又接著談下去。

「話是這麼說，但最早開始做生意的幾乎都是一些外行人。在的屋的世界裡會把那些非專業的生意人稱為『Nesu』（ネス），其實從以前就有瞧不起這種人的傾向。所以非常樂意主動扛起整合這些外行人的任務。」

「但就算是強制疏開，原本的地主還是存在吧。這樣不會變成非法侵占嗎？」

「今後恐怕會出現這個問題吧。」

新市壓低音量，大概是不想讓家人聽見。

「只不過啊，的屋掌管黑市、使用強制疏開地是為了復興帝都，黑市乃是緩解物資匱乏的緊急應變措施。這些似乎已經得到了行政單位及警方的背書。」

這也令波矢多感到訝異，但仔細想想也不無道理，所以很快就釋懷了。

黑市的「黑」除了指價格很黑以外，同時也是指物資的來源難以攤在陽光之下。黑心價的相反詞是公定價，取得政府許可的統制物品會以「圓標公[5]」稱呼，除此之外從非法管道取得的商品都俗稱「闇」。原本應該由政府制定公定價格，實施糧食的統一管理與配給，問題是日本戰敗後就連區公所都無法正常運作。配給制度名存實亡，超過一個月沒有配給也是很常見的事。不僅如此，就算偶爾能正常配給，也都是貧乏的主食和已經很不新鮮的魚或蔬菜，而且分量實在不足以糊口。但是能分配到主食、魚或蔬菜已經要謝天謝地了。有的時候配給的東西只有砂糖或罐頭牛奶，拿到這些東西的人都很無奈。

因為有統制經濟，才有公定價格，但這麼一來根本就無法取得日常生活中最基本的食材。說得難聽一點，公定價格其實是「設定得過低，低到透過正常管道是絕對買不到的價格」。

此外，「闇」早在戰時就存在了。雖然伴隨著戰況惡化，配給停滯的問題也變得愈來愈嚴重，但仍沒有戰敗後那麼明目張膽。因為戰時不管是政府、軍方或警察都盯得很緊，進行雷厲風行的取締。因此庶民能得到的「闇」，品項方面也極其有限，流通也不是很發達。

5まる公。於「公」字外面畫上一個圓圈，意指官方認定。

正因為如此，大家都採取單兵作戰。人們拿著原本收在衣櫥裡的和服偷偷去拜訪鄉下的農家，以物易物，換成米帶回來。其實原本除非持有軍務公用或特別的證明書，否則一般人是很難買到電車票的。換句話說，就連車票也必須透過黑市入手。即使不惜歷經千辛萬苦也要出門交易，農家的買賣是否違規依舊受到非常嚴格的監控。去鄉村購買黑市的農產品很怕被轄區的駐在員警發現，賣家也很神經質。是故如果碰到惡質的交易對象，很容易被獅子大開口。但如果不想餓死的話，就只能對賣方唯命是從。

就算你不辭辛勞、好不容易換到米了，萬一在回程碰上取締，可能會落得不由分說就被統統沒收的下場。光是打著國家名號、不知變通的「規定」，事不關己地迫使拚命想活下去的國民走向窮途末路。這就是戰爭。

沒想到，戰敗後還真的出現死守這種國家的「規定」、拒絕於黑市進行「闇」的交易，結果活活餓死的人。同年十月十一日，在東京高等學校教授德語的龜尾英四郎因為拒絕「闇」交易而離開人世，離奇的是又過了兩年，法官山口良忠也同樣因為拒絕「闇」交易而死於同月同日。山口是東京區法院的經濟罪犯專任法官，負責審理因為持有黑市物資、違反糧食管理法被起訴的被告事案。基於上述的立場，堅持貫徹「糧食統制法乃惡法。但既然有這條法律，國民就必須服從。無論日子過得再苦，我也絕對不會從事黑市交易」的信念，最後便餓死了。

山口良忠的死引起相當大的迴響。有人贊成也有人反對。有人尊敬他貫徹法官的職務，不惜以身殉道的高尚情操；也有人嘲笑他命都沒了，簡直本利盡失。

另外，戰敗隔年，警視廳與都廳調查員警及公務人員的出缺勤時，發現前者的請假原因多半是因為要補充糧食或家中無糧等家務及個人原因；後者則是為了去黑市採買，每天的平均請假率為職員百分之十五到十八、雇員百分之三十。

農林省最後不得不同意「每個月給十天帶薪糧食假」。警視廳也宣布「允許在不影響勤務的前提下請糧食假」。農林省明明是負責糧食的統籌與供給的源頭、取締黑市明明是警視廳的職責，但只要在那裡工作的是活生生的人，就難免處於這種迫不得已的狀態。

「場面話與真心話如此明確的時代或許也不多見了。」

新市也同意波矢多的見解，但說出這句話的當事人卻又立刻改口。

「……不，還是有喔。」

「是哪個時候的哪種東西？」

新市錯愕地問道，波矢多則是苦澀地回答：

「躲在這場戰爭背後的大東亞共榮圈啊。」

「……哦，這麼說倒也是。」

波矢多輕描淡寫地對著一臉無奈的新市說道：

「揚言要推翻西方諸國對殖民地的統治，贏得亞洲獨立，與各民族共榮共存，實際上卻採取同化政策，而非與其他民族融合。」

「明明跟建國大學的同學們多次討論過這個問題，我卻忘得一乾二淨。」

波矢多認為他沒有忘記。新市將視線撇開就是最好的證據。但他並未深究。

「佐藤春夫[6]在《中央公論》的昭和七（一九三二）年九月號和十月號，發表了相當於台灣旅行紀錄的《殖民地之旅》。書中，他作為一個前往當地的青年，寫下了聽人談及『就任的總督閣下明明說內地人與本島人是平等的，下一任總督閣下卻說要採取親和政策，另一位總督閣下又說要採取同化政策』這種論述的文章。」

「這麼說來，你曾經也算是文藝青年呢。」

「或許這個國家從以前到現在都沒有任何改變。」

「經歷過這麼悲慘的戰爭，結果還是沒有得到任何教訓嗎。」

兩人一時不發一語，靜默碰杯。

「啊，不好意思。」

半晌後，波矢多重新打起精神，回到黑市的話題。

「有行政單位及警方背書，想必給黑市打了一劑強心針吧。」

「因為等同於國家認為黑市的存在是必要之惡嘛。」

新市臉上浮現苦笑。

「黑市的『市』同時具有市集與市場這兩方面的意思。而且這裡頭明確包含了橫行霸道的違法經濟流通制度。我爸聽到這種話大概會揍我吧，但我不認為這是的屋應該介入的空間。」

「這是世人的印象嗎？」

波矢多起初還說得語帶保留，不一會兒便恢復本色，直率地問道：

「話說回來，的屋算是黑道嗎？」

新市聽了瞪大雙眼，隨即捧腹大笑。

「居然會問的屋的兒子這個問題，這種事也只有你做得出來了。」

「如果讓你覺得不舒服，我向你道歉，但到底是不是呢？」

道歉歸道歉，波矢多依舊沒有收回提問的矛頭。至於新市則是露出了懷念的表情。

「這麼說來，你還在建國大學的時候就經常對莫名其妙的事物產生興趣，然後就展開調查。這點還是跟以前一模一樣呢。」

「有嗎。我還不清楚什麼是最吸引自己的東西。」

「所以你才會決定要重返大學吧。」

看樣子，新市早就看穿波矢多在老家下的決心了。

6日本詩人、小說家，涉及的文類相當廣泛，曾獲頒文化勳章。

「從頭開始研究因為戰爭中斷的學問，或許就能找到方向，得知該如何在這個戰敗後的日本活下去。這是我思前想後的結果。」

「在我看來，只覺得是沒必要的冤枉路。不過這或許是很適合你的選擇。」

看新市一臉認真地回應，波矢多心想眼前這位朋友是真的很擔心自己的未來。這也讓他感到過意不去。

第二章

的屋

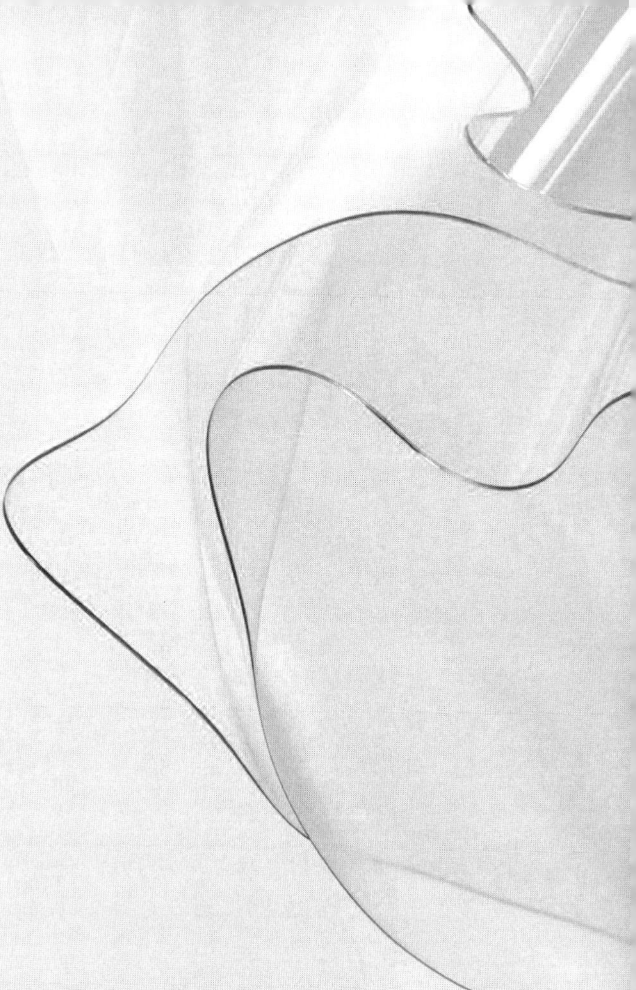

不過，波矢多沒有讓臉上表現出任何相關的情緒。

「所以呢，的屋與黑道實際上是什麼關係？」

「我會好好說明啦，你別急嘛。」

新市再次露出苦笑。

「的屋營運的生意中有被稱為『遊戲』的娛樂店家，多半鎖定客人的僥倖心理，但是就跟賭博一樣，莊家也可能賠錢。也就是說，將命中就能獲利的概念跟拿弓箭射靶搭在一起，就有了『的屋[7]』之名。有這麼一說，但有多少真實性就不得而知了。」

「賭博是黑道重要的資金來源吧。」

波矢多不假思索地戳破這點，但新市搖搖頭。

「所以我才認為兩者是不一樣的。在的屋的世界裡，會把與自己不同的生意買賣稱為『不同掛的』來加以區別。舉例來說，『Boku』（ボク）是指植木商、『Goto』（ゴト）則是指博弈類的商人。『Goto』是要詐的隱語，通常含有輕蔑的意味。」

「原來如此。」

「如果你喜歡更直截了當的說法，也有人認為把『Yakuzateki』縮寫成『Yateki』，再前後對調，就成了『Tekiya』[8]。」

「真有意思。」

「根據我老爸的說法，的屋是有職江湖人、黑道可說是無職江湖人吧。」

「哦？」

「不過啊，在的屋這個產業裡，雖然其中七成是商人，但其餘三成還是黑道——老爸他在喝得爛醉時曾不小心說溜嘴。」

「占了的屋整體的三成啊……」

「也可以這麼說，但我爸的意思或許是從事的屋生意的人，身上特質的七成是生意頭腦，另外三成則是由黑道資質所構成的。」

「這是令尊身為的屋的感受嗎。」

至此，波矢多的好奇心暫時得到滿足了，於是又接著往下說：

「強制疏開地是一個很寬敞的空間，不管是否為新手，總之聚集了很多生意人，況且還有行政單位及警察背書。後續的問題就是黑市的物資能不能毫無阻礙地順暢流通了。」

「你的觀察力真的很敏銳呢。」

新市看起來很高興。

「你心裡已經有答案了吧。」

7 打靶的日文漢字為「射的」（しゃてき，Shateki）。

8「てきや」（Tekiya）為「的屋」的日文讀音。「ヤクザ的」（Yakuzateki）為「宛如黑道的」、「黑道風格的」。

「靠車站，對嗎？」

「答對了。黑市都出現在車站前，最主要的原因固然是因為車站周遭是強制疏開地，但人潮的移動也占了一樣大的比重。」

巧的是新市也舉了那個賣番薯的男人為例，之後又接著說：

「從車站延伸出來的鐵路通往可以採收穀物、農產品與魚貝類的土地。換句話說，車站連接了供給食物的腹地。考量到運輸所費的時間心力，再也沒有比開設於車站前的黑市還更方便的地方了吧。要說車站本身就是黑市的供應基地也不為過。最好的證據就是挑東西來賣的人一下電車就會在車站月台上開始進行黑市物資的交易。」

「真的非常完美地湊齊了所有的條件呢。」

波矢多再次感到佩服。黑市的誕生或許是出於偶然，但其成立可以說是完全的必然。

「就拿澀谷來說好了，那一站與農漁業的產地完全搭不上邊，所以無法成為糧食的供應據點。所以那邊的黑市只能販賣二手衣等日常雜貨、糕餅及曬乾的番薯等簡單的食物。就像這樣，每個車站前的黑市販售的物品都各有千秋，因此必須配合目的來選擇要去哪個黑市。」

新市說到這裡，像是以防萬一似地提醒波矢多。

「如果只是以客人的身分去光顧，應該什麼問題也沒有。不過也有一些黑市背後存在很複雜的隱情，所以要去那些黑市的話還是得提高警覺。」

「例如哪些地方？」

「比方說，有種被第三國人把持的黑市。」

波矢多馬上理解了，那確實很容易成為引發爭端的原因。

由於戰爭時受到日本的統治，中國、朝鮮和台灣有很多人都被日本強制徵用，可是日本戰敗後，這些人就在沒有任何補償的情況下重獲自由。有些人當然直接回國，但因為形形色色的苦衷而留在日本的人倒也不少。

以美國為首的占領軍認為他們不屬於同盟國這一方，但也盡可能以「解放國民」的態度來對待他們。認為他們應該比照自己人，受到同等的待遇，稱他們為「第三國人」。換句話說，就是認可他們跟占領軍一樣，完全不受日本法律的規範。

「跟池袋一樣，新宿從戰前就由四大的屋把持。要說兩邊幾乎都在有制度的組織下運作也不為過。」

「可是，也有不是這種情況的黑市嗎？」

「新橋及澀谷由台灣人把持，上野那邊爆發了中國華僑和朝鮮系商人的地盤之爭。原宿的青山那邊是新興住宅區，本來就沒有在地的的屋組織，那裡的黑市也是由台灣人和朝鮮人把持。中野的北口有個由朝鮮人經營的黑市，販賣日本人根本買不起的高級品。吉祥寺附近有武藏野的軍需工廠，現在有一角是被徵召到那裡工作的中國人經營的黑市。除此之外應該還有很多，只是我現在一時想不起來。」
「難不成——」
靜靜地聽完新市的說明後，波矢多突然開口。
「行政單位與警方之所以會幫的屋背書，該不會是想讓日本人的攤商團結起來，成為能與絲毫不受日本法律規範的第三國人相互抗衡的勢力吧。」
「你還是這麼敏銳。」
新市一臉欣喜地笑著說，但表情仍有些詫異。
「我也是這麼覺得，不過還是花了一點時間才得出這個結論。可是你光靠剛才的說明就看出其中的玄機了。」
然而好友的讚美並未讓波矢多感到羞赧，反而面露嚴肅的表情。
「或許還有更深一層的玄機。」
「什麼意思？」
「我突然想到，日本政府與警察……不對，應該說是GHQ，他們或許是在擔心因為戰敗而變得一貧如洗的日本人，會不會與第三國人透過黑市這個渾沌的場域產生連結，進而發起革命。」
「這也很有可能呢。」

新市也換上了認真的表情。

「換句話說，當貨物流通的架構正式建立起來，由的屋把持的黑市就沒有用處了，很可能會遭逢強制解散的命運。」

「嗯，肯定是這樣吧。」

「可以利用時就盡量利用，利用完再一腳踢開——這種做法跟應付戰敗後的第三國人根本沒什麼兩樣嘛。上頭做事的手段還是跟以前一樣。」

這兩個人的猜測不幸命中了未來將要發生的事。

與新市一番敘舊之後，波矢多回到關西。然後，他在熊井潮五郎的介紹下拜訪可以說是大阪的屋代表的大廻大吾。他承蒙對方的關照，找到了落腳的地方，安頓好之後就進入某國立大學就讀。

只不過，家裡沒錢供他繼續念書，生活費和學費都必須靠自己掙。所以波矢多除了當家教之外，還要去報社跟出版社打工，每天都忙得不可開交。說穿了他就是窮學生一個，但是處境像他一樣的人根本一點也不稀奇，而且他本人絲毫不以為苦。或許是因為讓他賺錢的工作性質剛好是與學習有關的內容。

比忙碌更令波矢多感到痛苦的問題也是當時大多數人的煩惱，那就是餓肚子。

首先，為了攝取「像樣的飲食」，必須要有農林省發行、配給的「主要糧食選擇購入票」，俗稱「外食券」。就像回數票一樣，每張外食券是由一排印有「一食券」的小票券所構成。除非拿這個去已經登錄為可使用外食券的「外食券食堂」用餐，否則從戰爭時到戰敗後的一段時間都不能外食。

那麼，拿著一食券到外食券食堂用餐，是否就能如同字面上那樣，吃到一餐份的食物呢？其實根本沒這麼一回事。

印刷外食券的紙本身薄得要命，波矢多經常拿著輕飄飄的一食券去窗口換一碗水團來吃。雖然叫做水團，其實只是在稍微有點顏色的鹽水裡漂著兩、三顆麵粉捏的團子。那些團子的大小頂多只有拇指大。這就是一餐的分量。

因為完全吃不飽，所以他總是一次就用掉三餐份的餐券。當時的日本人通常一天吃兩餐。這麼一來，剩下的那餐無論如何都得求助於黑市。問題是，黑市的物價高不可攀。如果真的非得利用這個管道，就只能動用到學費了。

最後是的屋老大大廻大吾對餓得頭昏眼花的波矢多伸出援手。但可想而知，在他的背後出力的人就是熊井潮五郎。

「不能再給您添麻煩了。」

波矢多寫信嚴正婉謝，沒多久就收到潮五郎那極其直來直往的回信。

「我們家這個沒出息的小兔崽子居然能考上建國大學，我實在高興得不得了。那孩子的腦袋確實很靈光，可是卻沒有反映在學校的成績上。不過他也讓我知道，真正的聰明人並不是只限於課業表現傑出。而犬子在那所大學的同學中特別看重的，就是物理先生你喔。新市常說，今後的日本所需要的就是像物理波矢多這樣的男人。所以我希望至少能讓你吃飽飯。」

波矢多感恩戴德，接受了他的好意。但一味地接受對方的資助也令他過意不去，於是便寫了封信、希望潮五郎能讓他回報點什麼。

「既然如此，如果將來我面臨什麼需要指點迷津的情況，再麻煩你助我一臂之力。」

潮五郎的回信正是所謂的「等你出人頭地再報答我吧」，這點令波矢多非常惶恐。

如此這般，波矢多得以在大廻大吾所掌控的大阪黑市，前去他事先打點好的「店」，用比一般的黑市行情還要便宜的價格飽餐一頓。考慮到掌管大半數大阪黑市的人其實是以朝鮮人為首的第三國人，再加上趁火打劫的日本人，這個事實讓波矢多即使再不願意也深刻地體會到，潮五郎與大吾的通融是多大的恩情。

日本戰敗那年的九月，大阪就已經出現了黑市。其中最熱鬧的莫過於大阪站、阿部野橋和鶴橋這三個地方。可想而知，根本就沒有徵得土地所有者的同意，是擅自以自由市場之名形成的黑市。主要販賣番薯、麵包、咖哩飯。

波矢多由衷感激是一回事，但是如果問他最關鍵的食物品質是否優於外食券食堂，這其實有點難以判斷。

把黑市流通的紅白蘿蔔剁碎加入黑市的米，用大鍋煮成雜炊。在水裡滴幾滴醬油，上頭漂著蔥段的湯。切成小段的烏龍麵配上與其說是沙丁魚的一部分，不如說只有放進魚頭一起炒的鐵板炒麵……這些都消失在他的胃袋裡。

最讓戰敗後的日本人感到驚訝的，莫過於用家畜內臟做的菜。隨著明治的文明開化[9]，日本人開始進入肉食時代，但肉類鮮少出現在戰前的餐桌上。尤其是內臟，因為氣味很腥，日本人根本不敢吃。反而是從大正時代到戰前從事重度體力勞動工作的朝鮮半島人非常愛吃內臟。他們視內臟為滋補的料理。

不過，據說在品川一帶，日本人從太平洋戰爭的末期左右也開始吃起了牛內臟料理。那邊有朝鮮人的聚落，日本人也會去那裡買當地釀造的濁酒「馬格利酒」。好像就是在那個時候認識了烤內臟的滋味。而且邊吃烤內臟邊配馬格利酒簡直是人間美味，更別說還能補充精力了。最重要的是價格非常便宜。這個說法轉眼間就在日本民間流傳開來，再加上糧食取得不易的關係，一下子便大受吹捧。

用占領軍食堂不要的剩飯做成雜煮也跟上述的內臟一樣，是對日本人當時的餐桌造成莫大影響的「料理」之一。當時在橫濱的黑市是用汽油桶收集再煮好之後，當成「精力湯」來賣，同樣的情況也發生在東京。

占領軍把稱為「Garbage」的廚餘丟棄時，原本是乾乾的固態物體。由新宿的黑市裝進大袋子回收，接著一股腦兒倒進大鍋裡，加點水、用中火煮滾後，再加入鹽巴攪一攪就大功告成了。

波矢多也在上京的途中嘗過這種湯，但滋味真是難以形容。令人意外的是其實並不難吃，但也絕對稱不上美味。只覺得很久沒吃到這種重口味、高營養價值的東西了。

在獅子文六以戰敗後的東京為舞台，描寫一對夫婦愛恨交織的情境劇小說《自由學校》（《朝日新聞》／一九五〇）裡將這道「料理」形容為「濃郁甘甜，還很油，就像葷的紅豆湯，是一種筆墨難以形容，但是吃得飽的味道。（中略）的確是戰前絕對不會出現，只要別在乎體面，就能確實填飽肚子的食物」。

新市吃了幾次後，似乎能吃出這款特別的濃湯有什麼食材了。裡面似乎加了罐頭牛肉、紅蘿蔔、雞骨、豌豆、馬鈴薯、芹菜、豬肉末、玉米粒、蘑菇等，好像還有錫箔紙沒撕乾淨的起司碎片。

據新市所說，似乎還發生過出現菸蒂或保險套的慘案。即使原本就是廚餘，會出現這些東西也必然是贏得戰爭的占領軍相關人士對戰敗國庶民的羞辱。問題是，真的有日本人會為此大動肝火嗎。即便生氣，也只會讓肚子更餓而已。

9西洋文化在明治時代傳入日本，其影響力導致制度與日常習慣等層面都出現大幅變化的現象。

諷刺的是，這種殘羹剩飯做的濃湯正是戰敗後日本人的餐桌逐漸西化的契機之一。回顧歷史，再也沒有比飲食文化的「侵略」更困難的事了。唯一有辦法實現的情況，或許就只有將戰勝國的料理引進戰敗國一途。

雖說黑市的「料理」或許比用一食券可以換到的外食券食堂的「料理」更能填飽肚子，但是不必多想也知道，開出的價格肯定也高得離譜。

假設戰敗兩、三年後，某國家公務員的月薪為三千圓，在黑市喝一杯酒就要五十圓、一貫壽司要二十圓，合計七十圓，換算成現在的幣值大約是七千圓。光是要飽餐一頓，就得花上相當於現在的數萬圓。

同一時期，有個前科多達十二次的男人從府中刑務所出獄時，所方給他五天份的飯糰和九十五圓。從服刑期滿的人不僅可以得到金錢，還能得到飯糰的事實也能充分看出當時的糧食問題實在很嚴重。順帶一提，九十五圓相當於戰爭時大學畢業的學生剛進公司的薪資。再和剛才提到的某國家公務員月薪相比，也能理解物價從戰爭時到戰敗後的上漲幅度有多異常。

出獄的男人為了返回故鄉，步行前往東京車站。想搭電車，但車站售票窗口大排長龍。其中也有為了買車票而專門來占位置的「所場屋」。多半是上了年紀的女性和小孩，當然，你必須支付黑市的價格。

男人一個勁兒地往前走，終於抵達東京車站。不過車票已然售罄，要再等三天。男人口很渴，結果到黑市四處看看時就發現了橘子，花十圓買了三個，再花十圓買花生。然後抵擋不了香味的誘惑，走進賣關東煮的攤位，喝了一小壺二十五圓的酒，再吃完五十圓的關東煮後，身上連一毛錢都沒有了。

「看樣子，在外面實在活不下去。」

結果男人移動到銀座，故意在僅能勉強遮風擋雨的小飯館吃了七十圓的霸王餐，希望能再回去坐牢。

在大廻大吾的打點下，波矢多得以用折扣價買到食物，實在是無比幸運，但一般老百姓可沒有這種好運了。不僅父母雙亡，也沒有任何親戚可投靠的戰爭孤兒就是比前面提到的出獄男子還更悲慘的案例。

其中也有生命力比較頑強的孩子跑去黑市找工作。如同去黑市什麼都買得到，那裡面林立著販賣各種商品的「店」。不過最多的還是賣食物的店家。大概是因為人類最優先追求的終究還是解決饑餓吧。無法滿足這點的話，就算賣再多東西也沒有意義。這些賣吃的店家除了食材以外，還需要水。但是想也知道，下水道不可能經過每家「店」。必須從最近的井汲取大量的水再運過來。這些工作幾乎都落在小孩的頭上，吸引大批的戰爭孤兒趨之若鶩。

話雖如此，並不是每個人都能找到工作，也不是每個人都能做得得心應手，一定有人跟不上。不，應該說大多數的戰爭孤兒其實都是那樣的處境吧。入夜後，他們大多只能睡在地下道，四處尋找黑市的殘羹剩飯。然而不同於占領軍的廚餘，會被丟在黑市的殘羹剩飯通常都已經餿了，因此也有人吃壞肚子、發高燒。但其他小孩什麼忙也幫不上，只能眼睜睜地看著那些孩子死去……

他們最害怕的莫過於「抓捕流浪兒」。公所的人看到在街上流浪的戰爭孤兒，就會不由分說地把他們抓到手推車或三輪汽車上，送去流浪兒收容所。他們的地位就跟流浪狗或街上的垃圾沒兩樣。但是，不管他們再怎麼飢餓也不會攻擊人類，世田谷卻發生過食堂女服務生被野狗咬死的事件。

戰爭孤兒們一抵達收容所，就算是嚴冬也會立刻要他們脫光衣服洗冷水澡，再把光溜溜的孤兒們關進被鐵欄杆圍起的空間。對於戰敗後的日本來說，他們不過就是這種程度的存在。

然而，波矢多後來將會聽聞比關進流浪兒收容所還更可怕、更令人難以置信的體驗。

他在錄取自己的大學邂逅了「民俗學」，重新對研究學問產生渴望。為了探索日本人的歷史與文化，分析、研究蒐集到的傳承就是民俗學領域要做的事。正因為現今看似因為戰敗而失去了一切，才更需要民俗學不是嗎？波矢多認為這個想法沒錯，但每次在黑市走動，親眼所見的嚴峻現實都讓他覺得學問本身竟是如此軟弱無力。

在大學鑽研近一年的民俗學後，波矢多的內心開始產生迷惘。自己難道就不能為今後的日本再多做些什麼嗎？

「你還是老樣子呢。」

新市敏銳地從波矢多的來信中察覺到他的煩惱，所以又再次勸他來趟東京，還邀他去位於新宿黑市的酒館喝酒。

說是酒館，但其實只是開設在臨時搭建的簡易長屋裡，只有吧檯和幾張破椅子、面積不超過三疊大小的「店」。雖然勉強用吧檯隔開老闆娘與客人，但店內與店外的區別極為模糊。客人背後就是通路，也有客人直接站在路邊吃東西。而且老闆娘每次要進入吧檯內側都得從吧檯邊邊的下方鑽進去。如果剛好有客人坐在那裡，還得請他們特地站起來讓道才能進出。就是這種風格的一家「店」。

不過黑市的「店」也在不斷地進化中。起初只鋪了報紙或草蓆，後來再加上波浪板和竹簾隔開，勉強弄出「店」的樣子。如今已演進成使用有屋頂的攤車，甚至出現了臨時搭建的簡易長屋。而且有些地方還蓋了被稱為「Market」的木造兩層樓集合式店鋪。其實已經算是很正常的店面，不再是什麼「黑市」了。儘管如此，還是無法擺脫「黑」這個字，大概是因為經手的商品依舊不合法吧。

「這裡沒問題，但是去了別的地方一定要小心喔。」

每次帶波矢多去喝酒，新市都會像這樣在耳邊輕聲囑咐。不過他還沒有真的吃到苦頭，就先透過作家們寫的文章做好功課了。

「坂口安吾在澀谷的宇田川町只喝了兩瓶啤酒，結帳時卻變成二十瓶。坂口抗議，結果老闆要他看看腳邊。低頭一看，腳邊竟然真的有二十支空瓶。」

「被設計了呢。」

新市笑得很無奈，大概是因為這是惡質黑市的酒館常見的手法吧。

「不過啤酒比較不容易蒙混，所以或許還算是好的。」

「你是指假酒嗎？」

「對呀，那個一定要非常小心。」

每天的生活都過得很悲慘，就會有許多人藉酒澆愁。不管再怎麼窮，總之都要先來杯酒。因此酒的需求永遠都不會消失，但或許再也沒有比戰敗後還更需要酒的時期了。只是真正的酒供給遠遠不夠。有點頭腦的人都知道這是很有賺頭的生意，於是開始有人私自釀製。

黑市的酒以私釀的粕取燒酎[10]和炸彈酒最有名。望文生義，「粕取燒酎」原本是以酒粕為原料釀造的蒸餾酒，無奈戰敗後只能取得廢棄的米或番薯為原料，而且還是以外行人製作的容器蒸餾而成的速成品。實在臭不可聞，酒精濃度也高達四十度，據說根本沒辦法喝超過三杯。後來人們之所以會稱創刊後只發行了三期就廢刊的雜誌為「粕取雜誌」，就是因為這種酒最多只能喝三杯。

另一方面，「炸彈酒」顧名思義是烈到喝下去以後會懷疑胃袋好像要起火燃燒、最後破裂的酒。以燃料用的酒精為主要材料，再加以稀釋，然後裝進汽油罐來販售。總之很便宜，短時間就能喝醉，所以還滿搶手的。不過，私釀的粕取燒酎和炸彈酒都是絕對不能掉以輕心的危險烈酒。

在這些私釀酒裡混入工業用酒精的黑心商人有如雨後春筍般出現，甚至有人喝了之後因此失明或喪命。戰前就以無產階級文學作家聞名的武田麟太郎因為長年飲酒，戰敗後隔年就過世了。據說原因可能就是喝到加入工業酒精的酒。

即使在東京都內設置了六十二個「飲食物簡易檢查所」也效果不彰。聽說進駐軍還下達「以工業用酒精導致士兵死亡之人處死刑」的命令，但是不是真的就沒有人知道了。

波矢多和新市喝著比較安全的酒，天南地北地亂聊。

「我認為你很適合鑽研學問。」

「是嗎。」

「嗯，絕不會錯。」

新市自信滿滿地回答後，臉上似乎冒出了些微不確定的神情。

「只不過啊，我也知道你不是那種會乖乖待在屋子裡跟一大堆書大眼瞪小眼的傢伙。從這

10原文為「カストリ」（Kasutori），源自於「粕取」的讀音。

個角度來說，需要從事民俗田野調查活動的民俗學，不正是非常適合你的學問嗎？」

「嗯。我自己也這麼覺得……」

「既然如此，你就不要再想休學的事了，昂首闊步地向前邁進吧。」

或許是因為新市的忠告一直在腦海內迴盪，那天晚上，波矢多很難得喝醉了。儘管如此，朋友走在黑市時的喃喃自語始終縈繞在耳邊，揮之不去。他也不明白究竟原因何在。

「……那小子。」

望向新市的視線前方，有一個青年剛好走進招牌上寫著「內臟料理　李」的店家。青年個子矮小，外表瘦弱不說，還長了一張老好人的臉，看起來就很懦弱的樣子，走在黑市裡肯定會被當成肥羊痛宰吧。

「認識的人？」

「算是吧。」

新市原想一語帶過，但隨即改變心意。

「我老爸的弟分[11]裡面有一個戰前從關西輾轉來到這邊的老大。把你介紹給大阪的大廻大吾老大時，其實也受了那一位不少的關照。」

「這樣啊。」

「那個人的姓氏讀作『Kisaichi』（きさいち），漢字寫成私人的『私』、市場的『市』。

眼前那傢伙相當於他的子分，姓『貴市』，貴族的『貴』，後面一樣是市場的『市』。」

「私市先生的漢字和讀音都很特別，貴市先生則是漢字很特別。」

「叔叔──我從小就這麼稱呼他──認為自己的姓氏裡有個市場的『市』字與的屋這一行相得益彰，所以非常喜歡喔。」

「更別說生意人通常也比較迷信吧。」

波矢多跟著附和。

「你的名字也有『市』這個漢字，肯定從小就很得私市先生疼愛吧。」

「因為我是他大哥的兒子嘛──我猜也有這個原因，不過或許名字的功勞還更大呢。當然，最主要的原因還是我小時候是個非常討人喜歡的小鬼。」

「別借酒裝瘋，看你在那邊自吹自擂的。」

兩人捧著肚子笑了好一會兒後，新市有些苦惱地說：

「而且貴市那傢伙似乎也很受叔叔的器重……」

「本人的實力不行嗎？」

新市既沒有肯定，也不否定。

「如果想成為獨當一面的的屋，必須按部就班地從『幹活』變成『一本』，然後是『實子分』，再從『自立家名』變成『代目』，依序往上爬才行。幹活和一本都稱為『若眾』，這時還不成氣候。這個階段的人都稱為若眾，與年齡無關。唯有成為自立家名或代目才能被人尊稱一聲老大。『實子分』介於若眾與老大之間，地位經常跳來跳去，所以這裡就先略過不提[12]。」

「說穿了，貴市先生還是幹活吧。」

「你說的沒錯，明明再不升上一本就不行了。可是叔叔卻對他網開一面。這麼一來實在很難讓其他的若眾服氣。」

「原來如此。」

波矢多看似理解了，其實不然。

雖說對方是父親的弟分、是從小看自己長大的「叔叔」，但新市與貴市這號人物的關係應該相當淡薄。儘管如此，朋友卻如此介意，波矢多認為這裡頭或許還有別的原因。

可是，這時的波矢多不只要煩惱自己的未來，也喝得相當醉了。因此他沒有繼續追問。

那天晚上新市給他的忠告再合理不過，但波矢多已經發現，目前就讀的大學並沒有自己想追求的東西。因此回到關西後，他立刻毫不戀棧地提出退學申請。在那之後有一年左右的時間靠著在報社和出版社打工餬口，但終究敵不過「為了支援日本戰敗後的重建大業，所以想做點更有意義的事」的滿腔熱血，踏上流浪之旅。

包括熊井新市在內，以前的同窗們都紛紛勸阻他，然而誰也無法動搖他的決心。或許友人們也都隱約料到了這點。

波矢多沒有往北，而是往南方走，最後流浪到北九州一個名叫穴寢谷的小站。他在那裡遇見了以前曾在煤礦公司擔任勞務輔導員的合里光範，前往野狐山地方的拔井煤礦旗下的鯰音坑成為礦工。

然而，就在波矢多逐漸熟悉礦坑的工作時，竟然發生了以礦工住宅區的簡陋房間為舞台、極其不可思議的密室連環離奇命案。案件似乎跟戴著黑狐面具的神祕人物有關係。他也因而被迫捲入這起匪夷所思的事件……

即便如此，波矢多仍絞盡腦汁破解了命案的謎團。但也因此不得不辭去礦工的工作，就此離開北九州，前往東京。

波矢多抵達了東京，然而在那裡等待他的，竟然是以被稱為「赫衣」的神祕怪人為開端、慘絕人寰的「紅色迷宮赫衣殺人事件」。

11日本的屋與黑道體系中的擬似血緣關係。大致可分為位居領導者的親分（老大），以及與親分締結兄弟關係的弟分、與親分締結親子關係的子分。

12原文階級由低至高依序為「稼ぎこみ」、「一本」、「実子分」、「一家名乗り」、「代目」。「稼ぎこみ」和「一本」屬於第一線工作人員。「実子分」算是居於若眾之首。「一家名乗り」得以自立門戶並擁有自己的手下。

第三章

寶生寺

物理波矢多是在新綠的季節抵達東京，當時已是黑市逐漸邁向衰退的時期。

大部分起初被稱為「青空市場」或「自由市場」的「店」，如今已經以「店鋪」的形式移轉到簡易長屋或木造的兩層樓市場裡。戰敗後大約半年左右的黑市是相當渾沌的空間，你在今天看到的那些「露天攤商」或「露天地攤」形式的「店」，明天就不曉得還在不在。但諸如此類的「店」後來都集中在人稱「雜貨市場」的設施裡。雖然是很簡陋的設施，但至少不用擔心明天就消失不見。儘管如此，還是無法消除「黑市」的污名，無非是因為裡頭依舊充斥著來路不明的物資與遠高於市場行情的價格。

據說「黑市」這個名稱起源自十九世紀的中國，原本是「小偷市場」的意思。意指用來銷贓非合法來源商品的市場。這個名詞自戰前到戰時，為強化國家管制、確保軍用物資而實施「物資動員計畫」後開始在日本被廣為使用。

只不過，「黑市」這個名稱也逐漸改以片假名的「ヤミ市[13]」來表示，恐怕是因為大部分的日本人都認為黑市實際上非但沒有「黑」這個字所代表的負面意涵，反而還把戰敗後的國民從饑饉中拯救出來吧。更何況黑市成立的背後還有行政單位及警方大力的支持。

然而，警視廳早在昭和二十一（一九四六）年二月就頒布了「臨時露店取締規則」，九月為了強化執行，又頒布「露店營業取締規則」。大致有兩個理由。首先是黑市這個場域的封閉性，無論如何都會變成滋生各式各樣犯罪的溫床。認同非法的物資與價格只不過是戰敗後當下逼不得已的應急措施。無奈其他的違法行為也在黑市內橫行，還陸續發生以保險金為目標的縱火案，以及與第三國人之間的抗爭等重大案件。另一個理由是物資與貨幣的流通逐漸看到恢復正常的曙光。一旦流通系統完全恢復正常，的屋自然不是政府的對手。

不過，也有人認為這兩個理由只是對外的說詞。真正的目的或許就如同波矢多先前的猜測，是因為GHQ擔心日本人與第三國人經由黑市而組織起來，進而發動革命。

無論這些理由是真是假，警察已開始加強對黑市的取締，同時也檢舉的屋。一再受到檢舉的結果，就是東京露店商同業公會被迫於昭和二十二年七月解散。

如此一來，表面上黑市（市場）不再受到的屋控制，實際上只是轉為地下化而已。尤其是餐飲店，大部分都還是繼續非法營業。

「也就是說，黑市並沒有真的消失嗎？」

在熊井家與新市感受重逢的喜悅後，波矢多最在意的就是這點。他很擔心對自己照顧有加的友人父親潮五郎旗下的事業。兩人面前擺滿了新市的母親為他們精心準備的好酒好菜，看樣子依舊是「不虞匱乏」。

順帶一提，皇居是「不虞匱乏的地方」中的佼佼者。牆上還會貼出當天為皇族們準備的餐

13黑市的日文漢字為「闇市」，闇的讀音即為「ヤミ」（yami）。

點品項，有米有肉有魚有菜，豐盛極了。在那裡看不到絲毫「饑餓」的影子。皇居在東京都內可以說完全是另一個世界。

「只不過那種店家亂七八糟地群聚、充滿黑市感的光景消失了。其實它們只是移到簡易長屋及木造兩層樓市場，原本的結構還是留了下來。」

新市邊回答邊勸酒，波矢多迫不及待地追問：

「但還是有被警方介入吧？」

「掌管市場的的屋會事先得到這方面的消息，到時候再把酒什麼的都藏起來就行了。換句話說，會被抓的都是些小角色。」

「上有政策、下有對策嗎。」

波矢多真心感到佩服，不過新市的表情有些凝重。

「話雖如此，但黑市本身大概明年起就會真的消失了。所以我認為如果想要生存的話，就只能正式向原本的土地所有權人買下土地，然後在上面興建市場，進行招商，打造成集合式的店鋪。」

「已經有類似的案例吧。」

「可是啊，土地的問題可沒那麼簡單。承租的店家想買下目前在市場裡做生意的店面，結果才發現建築物本身就不合法，所以他們什麼權利也沒有——也出現過這樣的問題呢。」

新市一本正經地說完，波矢多便問他：

「你要繼承令尊的事業嗎？」

結果新市不知為何笑著否認。

「沒有，但應該要說不可能。」

「為什麼？」

因為他的笑容沒有一絲喜悅，波矢多忍不住追問：

「我覺得你已經完全掌握的屋的門道與黑市的結構了，肯定可以成為優秀的繼承人才對啊。」

「的屋的繼承人向來分成兩種傳統。一種很排斥老大與子分之間有血緣關係，另一種則是藉由地緣與血緣的關係來代代相傳，以鞏固老大與子分之間的關係。我們家老爸屬於前者。」

「如果是前者的話，要由誰來繼承？」

「讓原本沒有血緣關係的子分成為代目——這個儀式稱為代目披露——將這個人培養到足以獨當一面後，就把事業傳承給他。」

「親生兒子絕對當不了繼承人嗎？」

「要是無論如何都想繼承家業的話，就必須先斷絕父子關係，再重新與父親締結老大與子分的關係。不過啊，一般不是很建議這麼做——話說回來，又不是你要繼承。」

新市又笑了，但笑容裡始終藏有一絲陰霾。

「沒有血緣關係的繼承人可能不會被特別追究的失敗，要是換成親兒子犯下這種錯誤的話，或許就會被批評『果然不該傳給親兒子吧』。在的屋的世界裡，從以前就存在這種獨特的雙重標準喔。」

「可是你現在不也在幫令尊做事嗎？」

「我雖然私底下做了很多事，但絕對不會出面。原本我還覺得好玩得不得了，但差不多該結束了。」

「你打算金盆洗手嗎？」

「喂喂喂，我不是說過，的屋不是黑道嗎。」

新市面露苦笑，同時也再次目不轉睛地看著波矢多。

「總之，我的事你就別操心了。你呢？上次收到信的時候，你在信裡面提到你在那邊被捲入了可怕的命案。」

於是波矢多就從相關經過一路說到揭露真相，把自己在鯰音坑遭遇的注連繩連續殺人事件告訴了他。

「……好、好可怕。」

新市聽得呆若木雞，一臉震驚不已的表情。

「這麼說來，你喜歡偵探小說吧。要不要乾脆把礦坑的命案寫成小說，再投稿給出版社呢？」

「我沒有這方面的文采——」

「少謙虛了，我認為你有喔。」

戰敗後的出版界正掀起一股偵探小說的風潮。

首先是橫溝正史在《寶石》的昭和二十一年四月號到十二月號連載長篇小說《本陣殺人事件》，同時在月刊雜誌《LOCK》的昭和二十一年五月號到隔年四月號連載長篇小說《蝴蝶殺人事件》。《本陣殺人事件》付梓後，橫溝正史榮獲了第一屆偵探作家俱樂部獎。當然，兩部作品還在連載時，波矢多就拜讀過了。

緊接在這兩部長篇作品後，在江戶川亂步的推薦下，初登場的新人高木彬光的長篇小說《刺青殺人事件》被選為「寶石選書」的第一部作品，於昭和二十三年出版。沒有任何預兆就推出沒沒無名的新人所寫的長篇小說，這件事本身對當時的出版界而言可謂大事一樁。

見波矢多熱切地談論這三部作品的模樣，新市臉上堆起了笑容。

「這不是剛剛好嗎。」

「咦？什麼意思？」

「三部作品裡面就有兩部寫到密室殺人事件。礦工住宅的現場也是密室，所以一定能投其所好。」

「是、是嗎。」

「而且其中一部作品是在日式住宅的偏屋、另一部作品是在澡堂，每部作品頂多只有一個密室。但你遇到的可是連續密室殺人案喔。不只礦工住宅的兩個房間，礦坑內那個前方根本無路可走的開鑿面也算是密室。你贏了。」

「偵探小說又不是在比誰的密室數量比較多。」

「你在說什麼傻話啊。後起之秀無時無刻都得想著要怎麼打敗前輩才行。」

「呃，所以說——」

「標題乾脆就模仿這三部作品，取名為《礦坑殺人事件》或《礦住殺人事件》好了。」

順帶補充說明，以密室為題材的作品分別是《本陣殺人事件》與《刺青殺人事件》，「礦住」則是礦工住宅的簡稱。

新市說得眉飛色舞，波矢多笑著調侃他。

「你顯然沒什麼偵探小說的品味呢。」

「是是是，誰叫我本來就不是什麼文藝青年呢。」

雖然露出不服氣的表情，但新市隨即好奇地反問：

「如果是你會怎麼命名呢？」

波矢多不假思索地回答：

「我會直接取名為《黑面之狐》吧。」

「是喔。」

新市的反應很冷淡，但波矢多知道他的內心其實很佩服。這麼好懂的新市令波矢多覺得很好笑。

「總之你快點寫就是了。」

「……嗯。」

但波矢多始終一副不乾不脆的態度。

「我們的同儕裡面還沒有作家呢。」

新市自顧自地說得很開心，彷彿波矢多已經出道成為作家了。

「在寫小說之前，得先找到工作才行——」

但是聽到波矢多提出現實面的問題後，新市有些欲言又止地說道：

「工作的話，倒也不是沒有……」

「你要幫我介紹嗎？」

「不是我，是我老爸，而且也不是介紹，其實是有事相求。」

「我受到令尊非常多的幫助，也約好等我出人頭地一定會報答他——雖然還沒有出人頭地——但如果是我辦得到的事，請盡管說沒關係。」

波矢多想也不想地回答，但新市依舊一臉猶豫的樣子。

「你在北九州的礦坑裡解決了那麼離奇的事件，所以我認為你應該很適任，可是這件事說起來真的十分詭異。」

「而且還跟怪談有關嗎？」

「你的觀察力真的太敏銳了。」

波矢多對著半是佩服、半是訝異的新市說：

「總之你先說明一下。」

「……好吧。聽我說完後，你再決定要不要接下這份差事好了。」

波矢多點點頭，但心裡早已打定主意。既然是熊井潮五郎的請託，除非真的超出自己的能力範圍，否則他都會答應。

「你知道寶生寺吧。」

「聽起來像是某座寺院。」

「寺院的話好像在八王子還是橫濱，但我現在說的是地名。」

「鄰近武藏野的軍需工廠那一帶嗎？」

「寶生寺車站的周圍也沒有例外，進行了建物疏開。不過空襲造成的破壞比較少，這點跟別的地方不太一樣。因此戰敗後還能留下相當完整的空地。」

「所以也比較容易形成黑市。」

「那邊的黑市也跟別的地方不太一樣。」

「有什麼差別？」

「土地。」

新市先簡單扼要地回答，接著才開始詳細說明。

「地名由來的寶生寺，在江戶時代位於本鄉元町，後來在明曆大火[14]燒得精光。幕府計畫將廢墟重建成大名屋敷[15]，此舉讓住在門前町[16]的百姓失去了住家和土地。作為替代用地分給百姓居住的地方就是現在的寶生寺一帶。」

「也就是說，地名雖然取自寺院的名稱，但寺院本身卻不在那裡嗎？」

「原本好像有……」

新市的語氣顯得意味深長。

「不瞞你說，那片土地曾是牢獄和刑場的所在地。但不知道為什麼，後來在沒有明確理由的情況下拆掉了。所以雖然有供養罪人的寺院，卻沒有牢獄和刑場，最後好像就直接廢寺了。」

14發生於明曆三（一六五七）年一月十八日至二十日的嚴重火災，波及了大半個江戶。延燒面積跟死亡人數都屬江戶時代最嚴重的火災，與明和大火、文化大火並稱江戶三大火。
15各地大名設置於江戶的居所。兼具各藩對幕府在政治與經濟等層面的往來窗口機能。
16在興盛的寺院或神社周邊形成的街區。

「聽起來有很多隱情呢……」

「奇妙的是這部分的詳情似乎也沒人知道。」

波矢多對此很感興趣，但因為新市也不曉得，感覺眼下也無法繼續探究了。

「也就是說，寶生寺這個地名是後來取的。」

「意味著這是由原本住在寶生寺門前町的居民所開墾的土地。」

「也是希望藉由新的名稱來封印那塊土地過去的黑歷史吧。」

「這種想法很有你的風格呢。」

新市面露苦笑。

「因此寶生寺完全沒有寺院。明曆大火後，幕府將大部分的寺院都遷到江戶外圍地帶。寶生寺附近也有幾座那樣的寺院，後來開墾好的土地就分出一部分給那些寺院和遷居過來的人。其中一座寺院叫朱合寺。朱合寺擁有以目前的寶生寺車站為中心的一整片土地。」

新市向波矢多說明寺院名稱的漢字怎麼寫後，才接著往下說。

「也有很多人在關東大地震後搬來寶生寺。沒多久後，車站落成、鐵路開通。但是車站前面並沒有馬上變得很熱鬧。直到寶生寺車站落成後又過二十年，人稱寶生寺拱廊商店街的氣派複合式商業設施才大功告成。」

「這個寶生寺拱廊商店街也在建物疏開的時候拆掉了嗎？」

「那當然。不過還殘留著建築物的基礎，因此是很久以後才完成土地的區劃。」

「所以寶生寺比較不容易出現黑市會發生的土地問題嗎？」

「就結果來說是這樣沒錯，可是戰敗後的混亂期，不管哪裡都一樣亂。」

從新市的語氣之中可以感受到自嘲，想必是因為父親從事的屋工作的關係吧——波矢多注意到這點。

「戰敗後的寶生寺車站周圍轉眼間就有三、四百家攤商四處林立，形成不容小覷的黑市。我認為主要的原因是空襲的受災戶紛紛移轉到了這裡。」

「拱廊商店街沒有重建嗎？」

「就算過去的所有權人想重建也無能為力，因為土地已經被的屋分出勢力範圍、非法占據，然後切割成一坪一坪的單位，再找攤商來擺攤，開始向他們收取保護費。再加上寶生寺的黑市也有很多第三國人的攤商，動不動就跟的屋組織爆發地盤之爭。」

「這點跟其他地方的黑市一樣呢。」

「但不同的點在於有朱合寺這個前地主。」

「朱合寺跳出來主持大局嗎？」

「嗯，不光是攤商和第三國人，還有強制疏開的人和引揚者等所有相關人士都派出代表與朱合寺討論。結果就把有爭議的土地細分化，並且承認大家都有使用權。」

「連被迫疏開的人都可以參加，真了不起。」

「結果，明明開設了各種店鋪，但是全部集結再混合之後，竟形成了只有在寶生寺才看得到的獨特黑市風景。由於每個細分的地區都有不同的店鋪，店與店之間產生了有如血管般的巷弄，少有直線的街道。而且因為巷子很窄，走在裡面的感覺就像是不小心闖進迷宮裡。」

「聽起來很有意思呢。」

看波矢多聽得津津有味，新市忍不住笑出來。

「我就知道你一定會出現這種反應。」

「因為很適合當成偵探小說的舞台嗎？」

新市點點頭。

「幾乎所有的黑市都是這樣吧，這裡同樣也有很多餐飲店。尤其是晚上喝酒的地方特別繁盛。天一黑，這些小店就會一起點亮燈籠，將狹窄的巷弄暈染成難以形容的紅色。不，或許該說是介於紅色與橙色之間的朱紅色吧。所以儘管有『寶生寺拱廊商店街』這個正式名稱，但大家都稱那裡為『紅色迷宮』。」

波矢多沒有出聲，在心中默念這個名字。

……紅色迷宮。

這個名稱帶給他一股下流混亂、神祕、混沌、背德、耽美、幻想般的感覺，明明連看都還沒看過，就覺得腦袋開始嗡嗡作響了。

「掌管那座紅色迷宮的的屋是一個名叫私市吉之助的老大。這個人相當於我爸的弟分，從我還很小的時候就對我疼愛有加。」

「這個人就是上次我們去新宿的黑市時，你提過的那位的屋吧。」

「……我有說過嗎？」

「有啊，就是看到貴市先生後——」

「噢！」

新市顯然也想起來了，但他的樣子有點怪怪的。因此波矢多也不再多談貴市的事。

「也就是說，令尊與私市先生是同一位老大的子分嗎？」

「沒錯。」

「你當時跟我說過，令尊介紹大阪的大廻大吾先生給我認識時，也受到那位私市先生的諸多關照。」

「哦，我也說了這件事啊。」

新市的表情看起來似乎變得柔和了一點。

「私市叔叔有個名叫祥子的女兒，比我們小四歲，我小時候經常和她一起玩。」

「她是你初戀的對象嗎？」

明知相差四歲應該不太可能，但波矢多也會開這種玩笑了。只不過，新市的反應卻顯得有些不自然。

只見他身體抖了一下，然後以一副什麼都沒聽見的樣子說：

「她在日本戰敗後結婚了，目前有孕在身。」

新市冷靜地說出了這件事。

說不定他是因為戰敗後與對方重逢，結果發現對方已經完全變成一個成熟的女人了……這是波矢多的想像，當然他並沒有說出口。

「那位私市老大有什麼事拜託身為大哥的令尊，然後令尊想要委託我——我的理解沒錯吧。」

「就結果而言是這樣沒錯吧。」

新市不置可否，所以波矢多追問這句話是什麼意思。

「其實是紅色迷宮裡面有個令人毛骨悚然的傳聞。」

「什麼傳聞？」

「我也是聽別人轉述的，所以不是很清楚。據說有個全身呈淡淡紅色的男人在紅色迷宮的巷弄裡出沒，然後尾隨年輕的女性。」

「有人被襲擊了嗎？」

「沒有，目前還沒有人受害。但這個傳言已經讓那些在紅色迷宮裡工作的女人以及去那裡光顧的潘潘人心惶惶了。」

所謂的潘潘就是指娼婦，主要是指以美軍為對象提供服務的女性，因此也有「洋潘」這個稱呼。

「只不過……」

因為新市這時露出了微妙的表情，於是波矢多問道：

「怎麼了嗎？」

「沒什麼，我只是覺得說不定還有什麼我不知道的內幕。」

「私市先生連你也沒有透露嗎？」

「這個傳聞目前還只在紅色迷宮內流傳。如果可以的話就盡可能不要擴散出去，或許這是叔叔衡量過後的決定吧……」

「擔心要是告訴你的話，就會傳遍都內的黑市嗎？」

「別說傻話了。」

新市不理會波矢多開的玩笑。

「最重要的是，萬一謠言傳到紅色迷宮之外，可能會影響到客人前往的意願。就算沒傳出去，店裡的人也會變得要在揣揣不安的情況下工作。私市叔叔留意到這個狀況，就來找我爸商量。於是老爸就告訴他『有個再適合不過的優秀青年』，還拍胸脯保證呢。」

「……那個人就是我嗎？」

波矢多啞口無言，新市有些抱歉地說：

「我跟我爸提起你在信中寫到的北九州礦坑事件。」

「可是我也在信裡面說了，還不知道那起事件……」

「嗯，還不知道真相對吧。但我爸相信你一定能解開謎團喔。還擅自認定你一旦解開命案的謎團就會再來東京。所以就把你推薦給私市叔叔了。唉，真的很不好意思呀。」

「等等，你們該不會是要我抓住那個不知道是人是鬼的傢伙吧。」

波矢多慌了起來。

「而且那是警方的工作吧。」

「叔叔也找過警察商量，請派出所的員警在巡邏時要特別留意。無奈謠言依舊傳得繪聲繪影。所以我爸的意思是希望你能擊退那種妖怪。」

「也就是說，希望我能替那個聽起來很像怪談的傳言賦予一些合理的解釋，好讓謠言消失——是這樣吧？」

「噢，跟你討論事情就是這麼有效率。」

相較於喜形於色的新市，波矢多則是陷入了長考。

「這件事說起來簡單，做起來很難耶。」

「怎麼說？」

「這方面的傳聞通常很難釐清是從哪裡傳出來的。而且內容又很虛幻，多半都是一些沒頭沒腦的坊間謠言。因此傳聞幾乎可以說是沒辦法消除，只能耐心地等待時間解決一切。」

「那可就傷腦筋了。」

「你聽說過於昭和初期流傳的紅斗篷吧。」

對於波矢多這個沒頭沒腦的提問，新市雖然露出詫異的表情，但似乎也回憶起當時的事，懷念地說：

「小時候聽過，我記得當時非常害怕呢。」

「記得是什麼樣的傳說嗎？」

「如果太陽下山了還在外面玩的話，就會被紅斗篷抓走——最早是被鄰居這樣嚇唬。」

「太陽下山後，就會從某個地方冒出披著紅色斗篷的怪人，把小孩抓走然後殺掉。基本的情節只有這樣，後來出現了各式各樣的變化版。像是在學校的廁所出沒，結果有小孩遇害了。或是某個地方出現了好幾個犧牲者，最後還由警方和軍隊出面處理遺體。甚至還有警方為了追捕紅斗篷而出動的說法。但沒有一個傳言是具體的。」

「你認為那只是某些人基於惡作劇的心理，故意放出來的謠言嗎？」

「大概是吧。要是能找到放出傳聞的人，讓他承認自己是在撒謊，或許謠言就有辦法被消除了。」

「但實際上不可能嗎？」

「不僅如此，傳聞這種東西還會在流傳的過程中被加油添醋，變成別的東西。就算能推翻一開始的謠言，但屆時或許又會變成完全不同的故事繼續傳開。」

「我認為紅色迷宮的傳言還沒到那個地步……」

「沒有具體的傳聞這點，不是跟紅斗篷差不多嗎？」

「嗯……也對。」

新市似乎也漸漸開始理解，想要「解決」在紅色迷宮裡流傳的怪談有多麼不容易了。

「以紅斗篷來說，也有人認為可能是出自江戶川亂步的《怪人二十面相》或紙話劇的怪奇故事。」

「哦，這個說法聽起來很合理呢。」

「也有可信度明顯比那些說法低很多，卻因為內容的關係無法對它們視而不見、令人感覺無比詭異的事件……」

或許是波矢多說得太過隱諱，反而激起了新市的好奇心。只見他露出興致滿滿的表情。

「是什麼事件啊？」

「明治三十九（一九〇六）年二月十一日的深夜，有個披著藍色毛毯、年約三十五歲的男人，拜訪了位於福井縣坂井郡三國町一間經營回船問屋[17]生意的橋本利助商店。掌櫃加賀村吉出來接待，結果男人告訴他『你住在新保村的親戚生病了』，請村吉跟他一起過去一趟。這個新保村就位於三國町的隔壁。由於男人特地冒著大雪前來通知，所以村吉完全相信他說的話，隨他前往。然後這個披著藍色毛毯的男人又以相同的手法從村吉家裡帶走村吉的母親阿菊和妻子都緒。村吉和都緒的長女當時剛好去別人家幫忙帶小孩，所以不在。兩歲的次女則是都緒在出門前託付給鄰居照顧。披著藍色毛毯的男人也想帶走次女，幸好幫忙照顧次女的那戶人家沒把孩子交給他。」

波矢多盯著完全被他淡然的描述給吸引住的新市，又接著往下說。

「被披著藍色毛毯的男人帶走的三個人始終沒有回來。後來有個木工經過橫跨於三國町與新保町之間的新保橋時，發現欄杆上殘留著斧頭的痕跡以及將白雪染紅的血跡。警察在附近一帶進行搜索，結果在竹田川與九頭龍川發現了都緒和阿菊的遺體。向村吉住在新保村的親戚確認後，才知道那天根本沒有人生病。可是無論眾人怎麼找，都找不到村吉的遺體。」

「難不成……村吉就是殺死母親與妻子的凶手？」

17在委託人與船主之間經手貨物載運工作的業者。

新市朝波矢多投以懷疑的眼神，但波矢多搖搖頭。

「村吉確實和那個披著藍色毛毯來訪的男人一起出去了。而且雪地上的血跡很大片，實在很難想像村吉會平安無事。」

「原來如此。結果怎麼樣了？」

「最後變成懸案了。」

「所以還是不曉得凶手是誰啊。那麼也不知道動機囉？」

「除了村吉以外，還有母親、妻子，甚至還想帶走兩歲的次女。從這點來看，凶手似乎想要殺害加賀村吉全家。既然如此，應該是非常恨他的人吧。」

「如果有這種深仇大恨，警察只要稍微調查一下，立刻就能抓到犯人了。」

「可是卻找不到任何一個嫌犯。」

「這也太不可思議了吧。」

「明明加賀家的人一個個都在那個雪夜裡被凶手帶走了……」

「……你不覺得光是想像就很恐怖嗎？」

新市以似是憤怒的口吻說道，一個勁地灌酒。

「以上就是被世人稱為『藍 Get 殺人事件』的故事，也有人說紅斗篷的傳說是從這裡衍生的——」

「一邊是藍毛毯、一邊是紅斗篷啊。聽起來很牽強。而且這裡表示毛毯的『Get』用的還是英文『Blanket』略稱後的濁音版本，為什麼只有這裡用了英文也很莫名其妙。」

「自從文明開化以後就很流行和製英語，所以像這樣日英夾雜也不足為奇。」

「啊，沒錯。」

新市坦然接受了這個說法。

「但就算這樣，要說是紅斗篷的原型還是很牽強。」

「其實還有一種說法是二・二六事件[18]的某位將領穿著紅色的斗篷……」

「哦，這個說法聽起來可信多了。那起事件導致了戒嚴令的發布，所以流言傳得繪聲繪影的可能性很高。穿著紅色斗篷的將領，在坊間傳來傳去以後就演變成紅斗篷怪人，想想一點也不奇怪呢。」

「話雖如此，傳言的出處依舊是謎團呢。」

「紅色迷宮的怪人最後也會變成這樣嗎？」

新市一臉傷腦筋的樣子，愁眉苦臉地喝著酒。

「那傢伙沒有名字嗎？」

---

18 昭和十一（一九三六）年二月二十六日至二十九日於東京爆發的政變事件。當時屬於皇道派的陸軍青年軍官率領屬下襲擊統制派的軍方人物與政府要員，占據了永田町和霞關等政治中心區。最後政變以失敗告終。

波矢多突然想到這個問題，便問了新市，結果他低聲回道：

「雖然沒有人正式命名，但大家好像都稱那傢伙為『赫衣』。」

第四章

紅色迷宮

在熊井家與新市重逢並留宿一宿的隔天，波矢多就帶著從北九州礦坑帶回來的行李，與新市一起前往寶生寺車站。日本國有鐵道是一年後才成立，所以當時兩人搭乘的是帝都電鐵。不用多說，車票當然是潮五郎幫他們弄來的。

「褲裙的打扮漸漸減少了呢。」

走向最近的車站途中，新市悠閒地看著走在街上的女性，有些感慨地說。

褲裙是一種女性穿的工作服，雖然也是和服，但下半身剪裁成袴的樣式。主要是農山村的穿著，而且原本是沒有分男用女用的，誰都可以穿。但隨著厚生省在戰時推廣褲裙普及運動，並將其設定為防範空襲用的服裝，女性就被規定非穿不可。而且到了昭和十七（一九四二）年，它還成為婦女的標準服裝，就連平時也有做此裝扮的義務。那是個女性只要稍微打扮一下、穿上褲裙以外的衣服就會被視為「非國民[19]」，飽受輿論抨擊的時代。

戰敗後，明明可以自由選擇要穿什麼衣服了，但還是有很多女性繼續褲裙的打扮，主要是因為沒有別的衣服可以穿。大概是因為比起衣服，人還是會優先選擇食物吧。

順帶一提，衣料配給領用票要到昭和二十六（一九五一）年才廢止。不過，即使拿著衣料配給領用票去正規的店，實際上可能連一片布都換不到。最後只有到黑市去才能買到衣服。

「這麼說來，戰敗後，我準備從和歌山前往東京時第一次去了黑市。那裡有個男人突然對一個穿著毛衣的少女說『我要買這件衣服』，嚇了我一大跳。」

「那種情況很常見啊。」

想起大約三年前的事，波矢多回憶起當時的驚訝情緒。但新市則是見怪不怪地回應。

「就算那件毛衣是亡母親手編織、是留給少女唯一的遺物，只要賣掉的錢能用來買吃的，我想少女一定會忍痛割愛吧。」

「……確實呢。我沒有看到最後，所以不確定少女最後有沒有賣掉毛衣，但我想她的母親肯定比較希望孩子能飽餐一頓吧。」

新市看了心情沉重的波矢多一眼，接著故作開朗地說：

「說不定那個女孩現在也在哪裡打扮得漂漂亮亮的。」

「……但願如此。」

假如少女現在真能過上有辦法打扮自己的生活，或許也是因為少女成為了「在夜裡討生活」的女人……內心最先浮現出這個可能性。這讓波矢多陷入了黯淡的情緒，至於新市也沉默不語。無須刻意提起這點，他應該也能想像到這種情況吧。只是顧慮到波矢多的心情，所以沒有說得很明白而已。

隨著車站愈來愈近，人潮也開始變得擁擠。至於車站內就更不用說了。好不容易擠上電

19指稱違反身為國民的義務與本分，國民自覺淡薄的人。在戰時更是具有抨擊該人欠缺國家意識、沒有為國效力精神的指責意義。

車，這次迎接他們的是宛如被塞入做押壽司的模具裡、擠壓得嚴嚴實實的地獄。不同於押壽司，人類不像米粒那樣可以被硬擠。因此發車後可能會有幾個人從車窗或車門口掉出去。

「不過比起戰敗後那種惡夢般的採買列車，這樣還算好一點了。」

聽到新市的安慰，波矢多只能苦笑。

他口中的「採買列車」是指為了買到地下管道流通的米而湧向農村的人所搭乘的超擁擠電車。車廂的窗框已經擠滿了乘客，沒想到就連車頂也坐滿了人。即使這麼拚命，費盡千辛萬苦用珍貴的和服等物好不容易換來糧食，萬一回程碰上取締，也會被不由分說地沒收。若是把這些風險全部考慮進去，在黑市買還比較安全。但是不用想也知道，黑市的價格要比直接去農村交涉高太多了。因為其中還加上了「流通費用」。

眼下波矢多他們搭乘的這輛超載電車上就可以看到很多扛著大布包或行李的人。這些都是要做「闇」買賣的人吧。但是，看起來就像是理所當然的情景，極為自然。

即使電車到站，乘客也沒有減少。因為就算有人形色匆匆地下車，擠著上車的人更是絡繹不絕。被輪替速度極快、人數又多到爆炸的乘客給擠得七葷八素，不知不覺間，波矢多和新市就因此分散了。別說聊天，明明都在同一截車廂內，卻連對方人在哪裡都不曉得。

拖著險些被擠爛的身體抵達寶生寺車站時，波矢多覺得自己好像坐了大半天的電車，整個人疲憊不堪。

下到月台，他立刻試圖尋找新市的身影，無奈人群紛紛朝著車站出口流動。此外，也有另一群人爭先恐後想擠上電車，由不得他停下腳步。無奈之下，波矢多只好把自己交給前者的人潮，任由人潮推著自己走出了車站。

車站東邊有個狹小的站前廣場，再往東邊就是寶生寺的黑市攤商開展出——不，看起來該說是一整個區塊。乍看之下並不巨大。面向車站的店鋪全都掛著一樣的招牌，上頭寫著「大盛食堂」、「柏青哥」、「甘味・喫茶」、「藥局」、「釣具」、「內臟」、「買入洋裁」等文字。猛然一看，店家的數量多如繁星，但因為全都聚集在一個地方，所以感覺能輕易掌握全貌。

「像這樣從車站前看過去，感覺麻雀雖小、五臟俱全吧。」

新市不曉得在什麼時候站在他的旁邊。

「但是既然會被稱為『紅色迷宮』，裡頭肯定很深吧。」

「正所謂百聞不如一見，你不如從現在開始親眼確認。」

新市邊說邊帶著波矢多走向相當於迷宮出入口的其中一條巷子。

根據從站前廣場綜觀全貌的感覺，與在其他黑市裡也能看到的臨時搭建簡易長屋相去無幾。可是前腳剛踏進去，馬上就能感受到「這裡不一樣」了。如同新市的說明，每家店鋪各自獨立，完全沒有長屋的那種氣氛。另一方面，有效運用狹小土地的結果，若不是與隔壁的店完全連在一起，就是即便有巷子也非常窄、非常短。因此只要走幾步路，馬上就會突然撞進別家店，再不然就是不得不轉彎。

這種迂迴曲折的巷弄特性，顯然就是讓這裡形成迷宮的最大原因。

有些由簡易長屋構成基礎結構的黑市會在巷弄上方加蓋屋頂，通常會呈現與市場融為一體的整體感。但這裡的情況，是頭上彷彿被各店鋪的屋簷所形成的屋頂遮蔽的巷子，與可以正常看到天空的巷弄等雜亂無章地交織成一片。

這種完全不一致的感覺也很有迷宮的氣氛。

「是要完全遮住天空，或者是完全開放，選擇其中一種的話至少還不會亂成現在這副模樣……」

走在新市身後的波矢多低聲說著。

「想也知道是因為巷子太窄又彎彎曲曲的關係。」

「從物理層面的角度來說，窄巷當然是最大的問題吧。但是從心理層面的觀點來看，天空若隱若現的狀態顯然也有影響。」

「很像你會有的想法呢。」

新市眉開眼笑地說。

「你果然很適合處理這次的事。」

「有什麼關聯嗎？」

「如果不是有辦法這麼思考的人，根本就無法對抗赫衣那種來歷不明的存在喔。」

波矢多本想嘴上反擊一下，但又想到既然都來到這裡了，便打消了念頭。

九彎十八拐的巷弄左右兩邊陸續出現了「炒麵」、「咖啡」、「壽司・大福」、「鍋子・茶壺」、「關東煮」、「酒吧」、「烤雞肉」、「菜刀・刀具」、「肉烏龍麵・牛肉飯・滷牛肉」等招牌。但這些文字進入視野後，波矢多就有些不滿。

壽司和大福居然放在同一家店裡賣。

即使內心有些不以為然，這個念頭也立刻從腦子裡消散。因為跟在新市背後走著走著，他竟然開始感到不安了。

「喂，你認得路吧。」

「那當然。」

新市回答得自信滿滿，可是卻不時在轉角停下腳步。那明顯是在觀察周遭找路的反應。

「沒有迷路吧。」

「別說傻話了。」

雖然不假思索地回答，但新市的腳步卻變得愈來愈緩慢。後來甚至開始向在巷子裡擦肩而過或店裡的人問路。波矢多只能假裝沒看見。

即便如此，只要照著別人指點的路走，應該就能找到方向，然而他們卻遲遲無法抵達目的地。

「怎麼淨是遇到一些騙人的傢伙。」

雖然新市開始動怒罵人，但波矢多也反應過來了。看來那些被新市問路的對象也並非完全理解紅色迷宮的構造。

……這也不能怪他們。

如果現在把他一個人丟在這裡，他也沒有能走回車站前的自信。

要是所有的店都沒人的話……

就只能一直在紅色迷宮的巷弄裡徘徊，最後累到走不動，說不定就這樣倒下餓死了。波矢多突然陷入了這樣的恐懼裡。

不，不僅如此。他甚至有種預感，或許會以這個異常的迷宮為舞台，發生什麼超乎人類所能想像的事。這股筆墨難以形容的不祥預感沒來由地糾纏著他。

……只是被現場的氣氛給影響了吧。

就在波矢多在心裡做出冷靜的判斷後……

「好，來吃午飯吧。」

新市唐突地擅自決定。

時間確實來到中午了，但是聽在波矢多耳中，只覺得這是為了掩飾迷路的藉口。而且他們在熊井家已經吃過豐盛的早餐了，所以還不餓。

啊，可是……

這時，波矢多想起自己在戰敗後回到老家時，母親對他說過的話。

聽說戰爭的時候，經常會有人故意在午餐時間去拜訪別人。站在對方的立場，必須要請客人吃午飯才行，無奈糧食極端匱乏，只能咬著牙把原本要給家人吃的食物拿出來招待客人，以盡待客之道。實在是很討人厭的一件事。

這種見縫插針的鼠輩現在肯定也算準了午飯或晚飯的時間，準備去別人家蹭飯吃。

想到這裡，波矢多發現他們現在很可能會做出同樣的事。所以這次還是乖乖聽新市的安排吧。

「你知道最受歡迎的黑市料理是什麼嗎？」

新市看著巷子左右兩邊林立的店家，悠悠哉哉地問波矢多。

「水團嗎？」

「那玩意兒只有剛戰敗的時候流行過一陣子吧。畢竟那是個就算幾乎沒有配料，也能賣到缺貨的時代。」

「現在如果不加點料就賣不出去嗎？」

「哦，就是這裡。」

新市帶他走進招牌寫著「炒麵・餃子」的店。

「炒麵和餃子各兩人份。」

「早上吃得那麼飽，你還吃得下啊。」

新市一副理所當然地點菜，波矢多連忙提醒他。

「還在發育吧。」

「拜託，我們都幾歲了！」

「雖說比以前好多了，但麵粉依然短缺。而且流入黑市的麵粉都是來自美國的援助物資，品質都很差。因此就算是一人份的炒麵，實際上也只有半球麵，再加入高麗菜絲拌炒，最後淋上黑漆漆的醬汁就完成了。想也知道連片肉也沒有。」

新市解釋完畢時，炒麵也上桌了。麵條軟趴趴、毫無嚼勁的口感吃得出廉價感。黑漆漆的醬汁看起來也很不健康。不過卻意外地美味。

「如何，還不錯吧。」

新市露出得意的表情，不知情的話還以為麵是他炒的。

「再來是餃子。」

「這兩道菜都是中華料理吧。」

被波矢多一問，新市點點頭，像是在表示「這還用說嗎」。

「不過那邊吃的是水餃，不是這種煎過的。」

「我猜——」

新市用筷子夾起餃子。

「這大概是把在中國或台灣吃到的香腸改良成日本人風格的引揚料理吧。」

「引揚者們的半創作料理嗎？」

享用完炒麵和餃子後，新市趁結帳時向店裡的人問路。看樣子他果真是迷路了。

「就快到了。」

再次往前走時，新市這麼掛保證，但他們依舊只是從這條巷子鑽進下一條巷子，於是波矢多又開始心生不安。

「喂，真的——」

正當波矢多在他背後出聲時……

「啊！」

新市突然大喊。

「怎、怎麼了？」

「就是這裡……終於找到了。」

定睛一看，出現在兩人面前的店門口掛著標示「柏青哥　私市遊技場」的招牌，雙開的毛玻璃門往左右敞開，從店內傳出《軍艦進行曲》的音樂。話說，店鋪的玄關面向南方，但兩人此時根本無法辨別方位。

「好漂亮的字啊。」

如此龍飛鳳舞的文字出現在店鋪——而且還是柏青哥店——的招牌上實在很突兀，波矢多感到驚豔的同時也不免有些困惑。

「那是私市叔叔寫的喔。」

新市輕描淡寫地說。

私市遊技場是一家柏青哥店，把土填平壓實後，豎起圓木和柱子，鋪上地板，再貼上黑色的紙，搭起用薄木片砌成的懸山式屋頂。削切木材時會產生被稱為「杮」的碎片。把薄薄的杮板疊在一起，再用釘子釘起來就成了粗製濫造的屋頂，人們都稱這個為「咚咚屋頂」。顧名思義，名稱來自「咚咚咚敲著釘子」的聲響。

提到足以代表黑市的建材，莫過於波浪板和羽目板。當時的建築現場有很多橫行霸道的占地無賴，處於先插旗就能先得到那片土地的情況。「柏青哥　私市遊技場」的土地問題已經解決了，但蓋的方法完全是黑市店家的風格。

「私市先生開的是柏青哥店啊。」

「咦，我沒告訴你嗎？」

新市搔了搔頭，隨即若無其事地說：

「不過他還有別的店，所以也不算是專門經營柏青哥的生意。」

「真不愧是的屋啊，就連店門口也比別人寬呢。」

「不，其實是其他店的門太窄了。」

新市笑著走進店內，然後往左手邊的牆壁走去。那邊有一張立著「珠子・獎品兌換處」牌子的桌子，只見一個四十歲上下的男人坐在那裡。

「楊先生，午安，叔叔人在嗎？」

新市口中的楊先生微微一笑。

「啊，是新市先生啊，好久不見了。老大在裡面喔。」

從特殊的腔調可以聽出眼前的男人是第三國人，再透過楊這個姓氏，可以判斷他應該是來自中國——波矢多推測。

「這傢伙是我大學時代的朋友，名叫物理波矢多。我想今後會有很多需要楊先生關照的地方，還請多多指教。」

新市行禮致意，將波矢多介紹給對方。

「這位是楊作民先生。是私市遊技場的老員工。」

「我是老員工？實在太抬舉我了。」

「我是物理波矢多。請多多指教。」

由於楊作民一臉認真地問候波矢多，波矢多也向他打了招呼。

「物、物理……」

新市見楊作民說得結結巴巴的，於是就自作主張、請他直接喊波矢多的名字。

「波、矢、多。叫他波矢多就行了。」

「波矢多先生，我記住了。請多多指教。新市先生，雖然老大人在裡面，不過現在有客人，還請你稍微等一下。」

「這樣啊。那我們先來玩一下吧。」

楊作民要直接給小鋼珠，但新市婉拒了。他付了錢，連波矢多的份也一起買單。

店內十分寬敞，與來這裡的途中所看到的其他店家完全不在同一個等級。店門口的寬度也很夠，而且深度更深，空間一路往內延續。左右兩邊的牆壁各擺了一排柏青哥機台，從雙開門能看到的有兩排機台，呈現背靠背擺放的狀態，各自往店內深處延伸。換言之，這間店一共有兩條走道、四排柏青哥機台。

天花板為膠合板，從上面的小洞可以看到黑色的電線有如樹根般盤根錯節地在天花板上爬行，底下東一盞、西一盞地垂掛著裸露的燈泡。左右兩邊的牆壁各有三扇窗戶，可惜距離隔壁的店太近了，陽光幾乎照不進來。

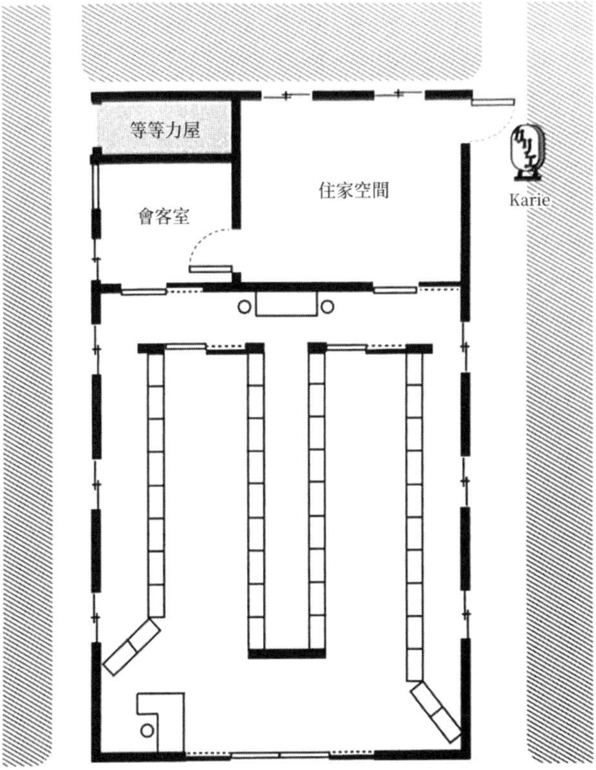

「小時候的粗點心店都有擺彈珠機台吧。」

「我沒碰過，我們家是鄉下地方。」

新市告訴他，兩條走道的盡頭各有一扇拉門，可以繞到柏青哥機台後面。從那裡可以為機台補充珠子，也可以處理珠子卡住之類的客訴問題。

新市把機台環顧了一遍，選了兩台相鄰的機子，示意波矢多玩其中一台。

「你那台應該會跑出很多珠子。」

新市笑著說完，就把小鋼珠塞進機台的洞裡，開始玩了起來。

「那是種投個一錢硬幣進去，就會跑出彈珠，然後再用彈簧把彈珠射進洞裡，就會掉出糖果的裝置。」

「兒童版的柏青哥啊。」

「不過打仗時被視為奢侈品，所以禁止製造了。連那種給小鬼玩的遊戲機都沒有承認的氣度，難怪會輸了戰爭。」

「偵探小說在日本受到彈壓時，美國的士兵們都在戰場上閱讀推理小說的平裝書呢。」

「真是的。」

新市誇張地大大嘆了一口氣。

「戰前有種一錢柏青哥，連大人也為之瘋狂，那東西在戰敗後以突飛猛進的速度進化呢。也因此引起了叔叔的關注。」

「我還記得在最早的黑市裡，是在掛著竹簾的狹小店內營業，而且只有一、兩台機子。」

「起初只有在警方認可的鬧區才能經營柏青哥生意。直到去年才開始出現稱得上是專門店的柏青哥店。今年頒布了風俗營業等取締法，柏青哥機台也出現了相當大的變化。能提供讓大男人們輕輕鬆鬆就能玩的娛樂，大概就是柏青哥會如此流行的原因吧。」

當時店裡的客人完全沒有女性和小孩，全都是成年男性，而且多半是每天被生活壓得喘不過氣、看起來累壞的人。相較於獨自在黑市的小店裡忙進忙出的女性們，男人臉上都掛著絕望的神情，再不然就是空虛至極的面無表情，又或者是雙眼充滿血絲、自顧自地打小鋼珠。

新市的判斷沒錯，波矢多的機台中獎率特別高。但是從獎品兌換處換來的東西也只有零散的幾根香菸和一盒牛奶糖。

波矢多把自己換到的香菸全給了新市。

「呦，新市。你來啦。」

耳邊傳來精神抖擻的宏亮嗓音。

望向聲音傳來的方向，有個年約四十出頭、身材壯碩的男人站在走道深處的拉門前，朝兩人露出與那健壯的體型不太相符的柔和笑臉。

「叔叔，好久不見了。」

新市行了一禮後，就帶波矢多走上前去。

「這傢伙就是我之前提到的那位朋友，物理波矢多。這位就是我老爸的弟分，私市吉之助老大。」

新市分別幫他們兩個介紹。

「初次見——」

波矢多正要打招呼問好，吉之助就搶先一步、大聲地說：

「哦，你就是名偵探物理老師啊。」

這話說得太誇張了。波矢多驚訝的同時，也立即慌張起來。因為走道附近的客人這時全都看向他們三人。與其說是對吉之助的大嗓門有所反應，不如說是被他口中的「名偵探」這個陌生的字眼挑起了興趣。

「不、我不是——」

「一板一眼的寒暄就免了。來，快進來。」

吉之助打開拉門，先讓他們進去。門後面是個往左右兩邊延伸的狹長空間，有套桌椅放在接近正中央的位置。細細長長的走道從這個空間的兩端和中央往玄關方向延伸，可以從這裡走到店內所有的柏青哥機台後面。看樣子桌椅應該是給員工休息用的。

有個孕婦就坐在椅子上，這位肯定就是吉之助的女兒。雖然已經二十歲了，長相仍有些稚嫩，與大腹便便的模樣形成相當大的反差，散發出一股說是有點不自然也不為過的性感魅力，令波矢多臉紅心跳。

「喂，祥子，名偵探來了。妳可以放心了。」

可是當他又聽到吉之助這麼介紹，立刻就想在第一時間否認。不過，吉之助的女兒已經準備要挺著大肚子站起來了，所以波矢多連忙打招呼。

「別動別動，請坐著就好。我是熊井的朋友，物理波矢多。但我並不是什麼偵探，所以也不知道能否幫上妳的忙，可是我一定會盡我所能。」

「不好意思，還讓您大老遠跑來這種地方。」

儘管波矢多出言制止，她仍努力站起來，雙手護著肚子，恭敬地行了一禮。

「也謝謝新市哥。」

「這傢伙跟我不一樣，腦袋可聰明了，所以一定能揭穿魔物的真面目，小祥再也不用擔心受怕了。」

你們別聽他胡說八道——波矢多很想向私市父女解釋，但隨即打消念頭。因為他從新市安慰祥子的語氣裡聽出一絲微妙的情緒起伏。

她是你初戀的對象嗎？

這麼說來，波矢多這樣問他的時候，他什麼也沒說。

之所以委託波矢多這項「工作」，或許除了父親潮五郎及私市吉之助的關係之外，也是為了眼前的祥子。

波矢多下意識察覺到這點，所以選擇緘默不語。

祥子對新市回以笑臉，接著問吉之助：「我去買咖啡吧？」

「妳就別跑來跑去了。這點小事，讓店裡的人去做就好。」

「可是大家都有工作——」

「妳不也一樣嗎。唉，早知如此就不要開什麼店了——」

「爸爸，懷孕又不是生病。醫生也說過，完全不運動反而不好──」

「說得好聽，妳不是都在這裡打瞌睡嗎？」

看樣子，吉之助顯然看過好幾次祥子坐在這個員工休息區的椅子上打瞌睡的模樣。

「這就是疲憊的證據。」

「休息一下就好了，別擔心。而且我只是去前面的『Karie』請他們送咖啡來。」

「萬一在去的路上摔跤了該怎麼辦。」

「我說呀……」

至此，祥子似乎領悟到這只是一場無謂的口舌之爭。

「三杯咖啡對吧。」

所以丟下這句話後，她的身影就消失在休息區右手邊深處的拉門另一頭。

「我們家這孩子真是的──」

吉之助念念有詞地埋怨，然後打開左手邊深處的拉門。他大概會一直操心到女兒平安誕下第一個金孫吧。他的樣子充分讓人感受到何謂天下父母心，但看起來又有些滑稽，波矢多不禁莞爾。

正當新市跟在吉之助後面、波矢多又跟在新市後面要走進去時，有個男孩從右端細長走道的角落探出臉來。

年紀大概十歲了吧。只是跟大多數的成年人一樣，小孩們也都不太能吃飽。加上正值發育期，營養不良的影響顯而易見。因此看起來比實際年齡還小的孩子也愈來愈多了。

「喂，不用做事嗎？」

吉之助發現少年正看著這裡，出聲斥責。少年趕緊把頭縮了回去。這樣的舉動非常可愛，也非常孩子氣。吉之助的聲音裡並未感受到憤怒，這點也令波矢多鬆了一口氣。

「這孩子叫柳田清一，是戰爭孤兒。某一天突然出現在店裡，要我雇用他。但我們做的可是柏青哥店，跟賭博沒兩樣，根本不適合小孩。不過我猜這樣的理由可能無法說服他，於是我告訴他『你的身高根本搆不到柏青哥機台，所以我不能雇用你』結果第二天他居然搬了一個踏腳凳來。問他凳子哪來的，結果竟然是他親手做的。到處蒐集人家不要的廢棄材料，自己動手做。看在他那麼努力的份上，我只好雇用他了，而且他真的很勤奮。」

從吉之助的表情可以看出，他應該是真的很滿意清一的工作表現。

「只要附近店家的孩子能弄到材料，從陀螺到高蹺、甚至是風箏或羽子板，他都可以幫大家做出來喔。就連維修柏青哥機台也一下子就學會了呢。」

「聽叔叔的口氣，將來可能會把這家店交給討厭番茄的清一呢。」

「真不可思議，那小子唯有番茄絕對不吃，對其他食物倒是完全不挑食。真是個奇怪的孩子。」

吉之助只對新市話中提到番茄的部分有反應，邊說邊從拉門後面招手叫他們進去。

「可以請你們先坐在這裡等一下嗎？」

拉門後面是簡陋的會客室。中間有沙發和桌子，牆邊則是擺了放酒和酒杯的櫃子，此外這裡還掛著一幅畫。畫裡描繪了直到因為關東大地震而倒塌前都還是淺草地標的凌雲閣（通稱「十二階」）。

背對店內的營業空間，右邊牆壁有一扇門，左邊的牆壁有扇小窗跟另一扇門。左邊的門大概是通往外面的巷子吧。

看著吉之助從右手邊的門走出會客室的背影後，新市故意模仿美國大兵的樣子聳聳肩說道：

「叔叔肯定是要去 Karie。」

「是那間咖啡廳嗎?就在附近吧。」

「就在隔壁喔。」

新市指著私市遊技場的東側——面對店鋪大門口時的右手邊。

「小祥剛才走進去的拉門後面是私市家的住家空間。不過他們在車站那邊也有房子，所以現在沒住在這裡。住在這邊的是剛才那個清一。」

「不只給那孩子工作做，還給他地方住啊。」

「自己製作踏腳凳這件事徹底打動了叔叔的心。小祥也很疼他，感覺就像是多了一個年紀差很多的弟弟。不過看在清一眼中，祥子其實更像母親，而不是年長的姊姊吧。」

「畢竟是戰爭孤兒嘛，這也難怪。」

「清一起居的住家空間有一扇門，通往店旁邊的巷子。走出去後，面前就是Karie。那裡白天是咖啡廳，晚上變成酒吧。不過咖啡很好喝喔。」

「既然是這樣的話，私市先生也太愛操心了。」

「因為兩個兒子都死在戰場上，妻子和大女兒則死於空襲……所以也不是不能理解他會這麼擔心祥子的心情……」

聽到這段話，波矢多什麼也說不出口。

「看樣子你似乎過關了——」

新市像是重新打起了精神。

「從叔叔對清一的態度也可以看出，他平常雖然溫和，但好惡其實很分明。」

「比方說？」

「他很討厭第三國人。」

「咦？但他不是雇用了楊先生嗎？」

波矢多聞言有些訝異。

「叔叔討厭第三國人是事實，但也不是那種會歧視他人的人。而且，他會討厭第三國人其實是有原因的。」

「因為占領軍稱他們為『解放國民』，允許他們跟自己一樣不受日本的法規限制嗎？」

「拜占領軍所賜，他們把持的黑市完全變成法外地帶。就連警察也拿他們沒輒，當然，跟的屋間的對立也是時有所聞。」

「不難想像呢。」

「叔叔氣炸了，但另一方面也很同情他們。不由分說就被徵召來當日本軍，戰敗後卻沒有給予任何的保障，就這麼拋棄他們，實在太殘酷無情了。這點也令叔叔相當憤慨。」

「話雖如此，但是站在身為的屋老大的立場，也不能一味地對他們寄予同情吧。」

「叔叔說，誰叫日本打了敗仗，這也是沒辦法的事。換句話說，輸掉關鍵戰爭的國家無法對當初的殖民地國民提供任何補償。」

「等等，說起來，納為殖民地這件事——」

波矢多忍不住想提出反對意見，但又覺得說了也沒用，便把話給吞回去。因為人類的歷史本來就是在反覆發起侵略其他國家的戰爭。

「同樣的事，歐美各國也做了不少呢……」

「就像現在，美國也正在一步一步蠶食鯨吞，試圖將日本納入從屬國。」

「因為不是明目張膽的殖民化，所以反而容易成功吧。」

「在絕大多數的日本人都沒有意識到的情況下……嗎。」

「不，眼下不就已經展開飲食文化的統治了嗎？」

波矢多的說法一針見血，新市無奈地點了個頭。

「第三國人的特別待遇很快就會消失。因為GHQ也認為他們應該適用於日本的司法權。但就算是這樣，他們跟的屋之間的嫌隙也不會輕易消失吧。」

「在這種情況下，真虧他還雇用了楊先生呢。」

「所以我才會說，叔叔他不會歧視任何人。他確實很討厭第三國人，但他討厭的是整個群體，對象是一個國家、一個民族……」

「原來如此。」

「正因為討厭到骨子裡去了，才會對於特定的個人這麼親切，也算是一種補償心理吧。」

「場面話與真心話——這麼說好像也不對。」

波矢多想不到貼切的表現方式，而新市則是有些欲言又止的樣子，最後以一種「告訴你應該沒關係吧」的態度說道：

「楊先生的妻子和四個孩子都在日中戰爭時被日本兵殺了。」

「……發生了這種事啊。」

「日軍在中國盲目莽撞地擴大戰線，另一方面卻對最關鍵的兵站輕忽大意。只能說是愚蠢至極。」

所謂的兵站是指位於戰鬥區域的大後方、為在前線衝鋒陷陣的部隊提供後勤補給的一切軍事行動。從準備軍需物資到確保糧食無虞，總之兵站的任務就是負責調度所有士兵需要的各種物資。

「因此士兵們被迫在前線進行調度。也就是向中國的民眾徵收物資，完全陷入惡性循環。」

新市的臉色很凝重，波矢多也露出苦澀的表情。

「無論是哪一國的軍隊，都有蔑視士兵人權的傾向。其中又以日軍特別嚴重。前線的士兵等於被國家拋棄了，因此更不可能憐惜出兵對象國的人民。結果就發生以『徵收』為名的略奪，或者是以『使喚』為名的虐待。楊先生的家人也成了其中的犧牲品。」

「只有他平安無事，而且竟然還是因為當時被迫上了戰場……所以雖然很諷刺，但終究還是活了下來……」

「……」

「我以前聽我爸說過，叔叔好像也曾在日中戰爭時隨軍前往中國。儘管叔叔絕口不提戰爭時發生的事，但畢竟和老爸相識多年，多多少少還是會透露一些事情。所以聽到楊先生的遭遇後，他肯定沒辦法坐視不管吧。」

波矢多什麼話也說不出來，新市也跟著苦笑。

「叔叔就連在楊先生面前，也敢明確表態自己討厭第三國人。」

「這樣不會引起誤會嗎？」

波矢多擔心地問道。

「至少在紅色迷宮沒問題。因為大家都知道叔叔的為人。」

說到這裡，新市的表情突然蒙上一層陰影。

「話說回來，小祥的婚姻可以說是一波三折呢。」

波矢多還在思考該不該問得更深入一點時，通往住家空間的門開了，有個好像在哪裡見過的青年走了進來。

一看到那位青年，新市立刻低聲犯嘀咕：

「那個一波三折的根源來了。」

第五章

闇之女

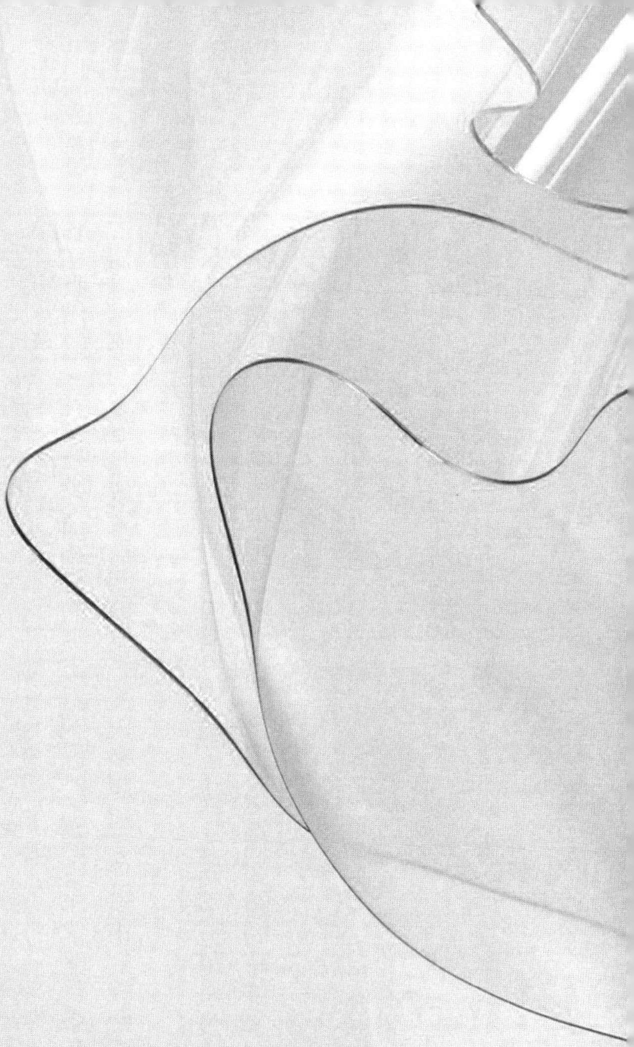

「……啊，咦？老大人呢？」

不知為何，波矢多感覺青年在認出會客室裡的人是熊井新市時，視線就開始四處遊移。也覺得他下意識抬出老大的名字，或許也是為了不讓他們看穿自己的慌張。

「你有從老大那裡聽說了吧。這傢伙是物理波矢多。」

新市先為他介紹波矢多。

「他是小祥的夫婿，貴市心二。不對，現在是私市心二了。」

站在眼前的人就是他曾在新宿的黑市看到過的那個青年。雖然是私市吉之助的子分，也深受老大器重，無奈並不是成大器的料——波矢多想起了從新市的說明中得到的印象，與此同時也想起朋友的樣子不太對勁。

原來如此。他是祥子小姐的丈夫啊。可是，當時他們不是還沒有結婚嗎……

波矢多在心中思索著，但現在顯然也不是提出這個問題的時候。

「久等了。不小心在 Karie 聊起來了。」

私市吉之助在這個時候回來了。

「啊，老大。」

「在新市和物理老師的面前叫我爸爸就好了。」

吉之助對畢恭畢敬的心二說完，波矢多見機不可失，便趕緊表示：

「不知道，各位能不能別稱呼我老師呢？」

「為什麼？你不就是大名鼎鼎的偵探老師嗎？」

「就是說啊。」

吉之助露出意外的神情，新市立刻打蛇隨棍上、在一旁搧風點火。雖然波矢多悄悄瞪了他一眼，但對方假裝沒看見。

「對了，明世和小和呢？」

吉之助一問，心二立刻展現有如新兵向長官報告的態度。

「和子小姐就快到了，然後才是明世小姐。」

「這個順序真的沒問題嗎？」

「沒、沒問題。」

面對吉之助的確認，心二的語氣聽起來有點沒自信。

「我應該告訴過你，跟她們約時間的時候務必要考慮到她們的工作情況吧。」

「……是、是的。」

吉之助顯然一下子就聽出心二雖然口頭上承諾，但其實並沒有真正理解自己交代的意思。

「現在是傍晚，小和要幫忙準備開店吧。另外，明世這個時間還沒開始做生意。所以這麼一來，是不是應該先請明世過來，然後才是小和啊。」

吉之助並未動氣，而是語重心長地提點心二。

「啊，您說得對。」

心二轉身就要衝出房間。

「你現在再調換她們倆的順序也只會讓事情愈變愈複雜。下次注意點就好。」

吉之助叫住他。

「我這邊已經沒事了，你去幫祥子。」

待心二走進柏青哥店後，吉之助笑著說：

「等孩子生下來以後，這傢伙應該會振作一點吧。」

波矢多很快就發現新市的表情不以為然。但新市什麼也沒說，波矢多當然也保持沉默。

叩、叩。

後面傳來奇妙的聲音，好像是有人在敲著小窗的毛玻璃。

「哦，來啦。」

吉之助打開鎖似乎已經壞掉的窗戶。

「讓您久等了。」

聲音從窗外傳來，與此同時有個擺了三杯咖啡的托盤塞了進來。

「有勞了。」

吉之助接過托盤，新市再接過去，然後放到桌上。從他們行雲流水的動作來看，咖啡外賣在這裡或許是司空見慣的服務。

問題是，為什麼不從那扇門進來呢？

波矢多難以理解地望向小窗右側的門，結果被眼尖的新市發現了。

「那扇門當初蓋的時候沒處理好，現在已經打不開了。」

「畢竟是粗製濫造的東西，沒辦法。」

吉之助露出苦笑，請波矢多喝咖啡。

接下來，新市高談闊論地發表了一大篇「名偵探物理波矢多的豐功偉業」。滔滔不絕的模樣彷彿自己才是主角，讓波矢多難為情得只想挖個地洞鑽進去。不料吉之助聽得津津有味，新市顯然非常滿意他的反應，說得更起勁了。

「不愧是貨真價實的名偵探啊。」

聽完新市的胡吹亂蓋，吉之助大表讚歎。

「我覺得這小子跟其他同學完全不一樣喔。」

儘管將波矢多捧上天，看起來卻像是完全陶醉於自己發表的長篇大論，這點也很有新市的風格。

「不好意思，請容我潑一下冷水——」

波矢多先向朋友道歉，接著目光真誠地注視著吉之助。

「我確實查明了注連繩殺人事件的真相，但是對於發生在野狐山地方的黑面之狐那種怪異，我完全是舉雙手投降。而且對照拔井礦坑的鯰音坑裡發生的事件，目前在這裡引發問題的赫衣，會不會也相當於黑面之狐那種存在呢？」

「你還是這麼一板一眼耶。」

新市似乎有些錯愕。

「因為現階段還完全不清楚赫衣是真實存在，還是只存在於怪談之中，不如先聽聽她們怎麼說，再來思考這個問題也不遲。」

「既然我已經答應了，一定會竭盡所能。不過，如果期待我能像偵探小說裡的名偵探那樣大顯身手，我想恐怕要讓大家失望了。」

波矢多的這句話，前半句是說給新市、後半句是說給吉之助聽的。

「我明白、我明白。」

新市不當一回事地敷衍。

「新市的隨興和物理老師的認真，我都很中意喔。」

吉之助突然笑出來。

「等一下，叔叔，我哪裡隨興了──」

新市不滿地反駁。

「能有物理老師這種人當朋友，這小子真是太幸運了。雖然他就是這樣的傢伙，但以後也請你多多關照。」

說完後，吉之助就向波矢多低頭致意，於是新市也安靜下來。

叩、叩。

這個時候響起了敲門聲，門一開，就看到祥子探臉進來。

「爸，明世小姐來了。」

與心二安排的順序相反，先來的是明世而非和子。

「嘖嘖，那小子真是的——」

吉之助似乎很無奈。

「私市老大，打擾了。」

此時明世已經邊打招呼邊走進來了，所以吉之助也不好再埋怨。

「一直承蒙您的關照，真是感激不盡。」

明世畢恭畢敬地欠身行禮。看上去年約二十五左右，有別於謙卑的態度，不僅燙髮又染髮，還塗著大紅色的口紅、穿著厚墊肩的上衣與長裙，嘴裡咬著口香糖。無論怎麼看都能一眼看出是風塵女子的打扮。

「怎麼，妳已經換上戰鬥服啦。」

相對於有些訝異的吉之助，明世臉上浮現出燦爛的笑容。

「因為是新市先生和他的朋友要聽我的經歷嘛，要是不打扮得漂亮一點不是很失禮嗎？」

這句話才剛說完，明世立刻又接著說：

「哎呀，新市先生的朋友果然是個俊俏的男人。」

「那當然，我長得俊俏，我的朋友自然也不遑多讓——是這個邏輯吧。」

「邏輯是啥意思，又賣弄那種難懂的字眼了。」

「都叫妳不要再假裝自己是傻大姊了——」

新市不服氣地鼓起臉。

「別看她這副德性，她看過很多書喔，肯定跟你很談得來。」

「哎呀，這麼有氣概的男人也喜歡閱讀啊。」

見明世開心的樣子，新市對她投以不懷好意的眼神。

「這傢伙愛看的書主要是偵探小說，或許是這樣才會滿口邏輯大道理呢。」

「欸，那還是饒了我……」

新市笑得東倒西歪。「喂！」一旁的波矢多輕輕責難了朋友一聲。但新市還沒來得及回嘴，明世就先向他問好：

「你好，我叫明世。」

「敝姓物理，物理波矢多。」

「物理先生，好特別的姓氏啊。不過，波矢多這個名字很適合你呢。聽起來非常響亮。」

「那新市如何啊？」

新市立刻插話。

「當然也是很好聽的名字啊。我從以前就這麼覺得了。」

明世不著痕跡地避開新市的糾纏。

「如你所見，我是個潘潘。」

明世以坦蕩蕩的態度自我介紹。

「我知道，還請妳多多指教。」

波矢多正經八百地回答，結果害她笑得一時半刻停不下來。

「……抱、抱歉啊。因為你明明是新市先生的朋友，可是卻非常有紳士風範，所以我有點驚訝——」

「喂，我可不會裝作沒聽見喔。」

「哎呀，我的意思是新市先生很有活力。」

明世四兩撥千斤地打發新市的大聲抗議。吉之助則是一臉傷腦筋地看著他們。

「要鬥嘴可不可以去別的地方。」

「叔叔，是她先——」

「老大，對不起呀。」

不同於還像個小孩子一樣的新市，明世的應對很成熟。

「啊，那是Karie的咖啡吧。」

不過她也有孩子氣的地方。明世似乎很喜歡外賣的咖啡，硬是跟吉之助要來喝。

「明世是妳的源氏名嗎？」

明世坐到吉之助請她坐下的沙發上，波矢多就好奇地問她。

「是的。做我們這一行的，不知為何都取一些明美之類的名字，所以我稍微改了一下，你覺得如何？」

「日本的世代迎來光明綻放——有種清新振奮的感覺。」

「哇！」

波矢多的解釋似乎令明世感動得不得了。

「事不宜遲，可以請妳說說妳看到的赫衣嗎？」

或許也因為如此，雖然波矢多的催促讓明世在瞬間繃緊了身體，但如果是要說給這個人聽的話……於是她開始熱切地說了起來。

在進入明世的體驗談之前，以下先簡單地整理一下她們這些娼婦是如何誕生的。

潘潘、闇之女、街娼、夜之女、娼婦、夜天使……稱呼形形色色，但是要追本溯源的話，日本政府於戰敗的短短十三天後急就章成立的「特殊慰安設施協會（RAA）」幾乎可以說是一切的開端。

這個組織有兩個目的，一是「為了開始重建新日本及捍衛全日本女性的貞潔」，另一個目的是提供美國的占領軍「關東地區駐軍將領及一般士兵的慰安服務」。然而，日本女性的「貞潔」與美軍的「慰安」完全是相互對立的字眼。

當協會開始在銀座的大馬路等地設置寫著「敬告新日本女性。進駐軍慰安的大事業是國家戰後處理緊急措施的一環，需要新日本女性共襄盛舉、踴躍參加」的巨大招牌進行徵召時，做夢也沒想到是要為美軍提供性服務的年輕女性們爭先恐後地加入。看在「年齡介於十八至二十五歲之間，全面提供宿舍、被服、糧食等等」的條件上，這也是想當然耳的結果。

沒想到仔細詢問之後，才知道「工作」是賣春。警視廳為她們取名為「特別挺身部隊員」，後來協會也改名為「國際親善協會」，無疑是國家公認的一大賣春組織。

只不過，幾乎所有前往協會本部的女性都沒有一個人因此返家。不，是回不來了。不只為了自己，也為了養活祖父母及父母，乃至於兄弟姊妹，又或者是丈夫和子女，所以她們不得不接下這份「工作」。

她們從事這份「工作」是為了活下去。雖說是建立在合意的前提下，但美軍的行為其實近似於「強姦」。因此有很多人身心受創，甚至還出現了選擇自我了斷的人。協會當然也盡力徵召戰前及戰時就在遊廓工作的公娼，但因為疏開而回到故鄉或死於空襲的人也不少，所以這個艱鉅的負荷無論如何都會落在直到昨天都還是普通人的女孩們身上。

慰安所門庭若市，但另一方面也發生了性病蔓延的嚴重問題。淋病及梅毒等性病在慰安婦與美國大兵之間大爆發。

GHQ開始禁止美軍前往慰安所，但士兵們往往陽奉陰違。如果是軍事上的命令，士兵們也不敢違抗吧。但事關他們的生理需求，而且他們大都對日本女性懷有「藝妓女孩」這種不切實際的幻想。因此無視命令，照舊出入慰安所的士兵所在多有。逼得占領軍不得不在所有的慰安所前面立起「off-limits」的黃色看板，還寫上「VP（梅毒地帶）」的注意事項。

早在全面禁止美軍進入慰安所之前，他們就向日本政府提出〈要求日本廢除公娼制度相關備忘錄〉。過去的公娼制度至此全面廢止。但這裡頭也有場面話與真心話的兩副面孔。

遭到封鎖的慰安所外面，無處可去的「公娼」們成了「街娼」，在紅線與藍線[20]之間反覆橫跳。雖然MP（占領軍的憲兵隊）與警察展開「取締潘潘」大作戰，但最主要的目的並不是取締賣春行為，而是強制她們接受檢查，以免美軍染上性病。最好的證據就是她們被帶到標示著紅十字標誌的小屋後，只在大腿內側注射盤尼西林，就又被放回到大街上。

而且，等於是被RAA逐出門庭的前公娼們都沒有得到慰問金等任何補償。身心都瘡痍滿目的她們只得到一句「希望妳們能以為國家盡忠為榮」的空話。

問題是她們的犧牲是否真能「捍衛全日本女性的貞潔」呢？很遺憾，答案是「沒有」。日本各地都發生了美軍對婦女施暴、綁架、強姦的案件。不僅如此，他們甚至還做出了強盜、恐嚇等行徑。可是，當時不允許媒體報導占領軍士兵參與的犯罪行為，因此一般國民根本無從得知。報紙只會以「長得高聳入雲的高大男人」或「身高六尺多的怪異壯漢」來形容事件的犯人，仔細想想就知道絕對不是日本人所為，但也絕不能公諸於世。

滿街的娼婦大致可分成「腳踩木屐的天使」和「指甲染成紅色的伴遊小姐」。前者潘潘的服務對象是日本人，後者的潘潘則是以美軍為性交易對象。從賦予兩者不同的名稱也可以看出，相較於服務日本人的「天使」聽起來給人明褒暗貶的諷刺意味，服侍美軍的「伴遊小姐」反而有幾分光鮮亮麗的味道。雖然裝扮也有所不同，但最主要還是客層的差異。

「以日本人為對象的潘潘整個低人一等喔。」

津津有味地喝著Karie外賣的咖啡、以強硬口吻如此主張的明世，不用說也知道是專門做美軍生意的潘潘。

20 GHQ提出廢止公娼至日本賣春防止法部分施行之前的半公認賣春區域（紅線，又稱紅線地帶、紅線區域）與賣春非合法區域（藍線，又稱藍線地帶、藍線區域）。

「而且我聽說她們的年齡跨度非常廣，下至七歲，上至四十五歲。」
「聽說走到高架橋下的陰暗處，就能見到各種類型呢。」
「我說新市先生，你該不會真的去過吧？」
「這不是廢話嗎。」
新市不假思索地回答。但波矢多認為先不管最後有沒有發生性行為，如果是這個人的話，就算是抱持「社會觀察」的目的跑去一探究竟，其實也並不奇怪。
「相比之下，我們的年紀……嗯，大概都集中在十八到二十五歲之間。其中也有很多專屬（Only San）姊妹，所以也會有人堅持自己不是潘潘呢。」
她所說的「專屬」是指固定只跟某個美軍相好的娼婦。並非來者不拒，所以與其說是賣春婦，或許更像是「情婦」的定位。
「要是站在那種人的立場，我也不是不能理解她們實在不想跟服務日本人的潘潘混為一談的心情……可是話說回來，大家都是被ＲＡＡ欺騙才會成為潘潘的，都是天涯淪落人吧。裡面並不是只有本來就從事俱樂部或藝妓工作的特種行業的女子，也有剛從女校畢業的女孩。所以從上班族到女工、舞者、護士、再到普通的家庭主婦都有喔。人數最多的，或許是家園在戰火中付之一炬，家人也生死未卜，本身真的很平凡的女孩也說不定呢。」
或許是想起當時的「姊妹們」，明世一時說不出話來。

「所以我覺得即便是專屬，也沒什麼好囂張的。」

明明不久之前的發言很明顯就瞧不起以日本人為對象的娼婦，如今卻又因為洋潘中的區隔而憤憤不平。

「話說回來啊，國家還真是毫不留情地背叛我們、直接棄我們於不顧呢。」

她指的大概是包含自己在內的娼婦們吧。不過就算把她口中的「我們」換成「日本國民」也完全沒有任何問題。戰爭期間，國家確實拋棄了自己的國民。不，不止戰時，戰敗後也還是同樣的作為。

「可是啊，我其實也想過要不要改當專屬。」

明世又把話題拉回來。

「對方是個名叫喬治的黑人美軍，但是他比白人體貼多了。白人大兵嘴裡說得好聽，心裡絕對不把我們──應該可說是不把日本人當人看吧。不，不光是日本人，他們瞧不起所有的東洋人。黑人不是也受到他們的歧視嗎，所以黑人對我們也很溫柔。」

只因為黑人也有受白人迫害的歷史，就以為黑人不會歧視東洋人，這種想法再怎麼說都太天真了──波矢多深切地感受到這點。至於新市和吉之助想必也有同感吧。

喬治肯定是個善良的黑人大兵沒錯。但如果要問能不能把同樣的評價放到全世界的黑人身上，想也知道答案當然是否。

儘管如此——

即使同樣都屬於受歐美人歧視的東洋人集合體，但日本人依舊會藐視同為東洋人的第三國人。這個公式不正好可以套用在專屬、以美軍為對象的洋潘、以日本人為對象的潘潘等提供性服務的女性們那階層式的歧視思維上嗎？

想到這點，波矢多陷入黯淡的心情，不過他當然沒有說出口，只是專心聽明世說下去。

「我們的工作場所主要是那個狹小的站前廣場，但那裡有派出所，所以不能明目張膽地拉客，只能逮住正要走進紅色迷宮或剛從裡頭出來的美國大兵。」

聽到這裡，吉之助露出滿面愁容。

「美軍雖然是我們的衣食父母，但也經常惹事生非。」

「他們惹出的麻煩真的很糟糕。」

「戰勝國的人好像會認為自己可以為所欲為。」

「實際上也真的不會受到任何責罰，所以簡直無法無天。」

新市說得同仇敵愾，明世像是要安撫他似地說：

「所以我們會阻止他們進入紅色迷宮。」

「但也會招呼出去的人吧。」

「他們要那麼早來，我有什麼辦法。」

明世氣得鼓起雙頰。

「新市，少說廢話。」

吉之助替明世斥責他一頓，所以明世隨即恢復了好心情。

「那天我想告訴喬治自己想改當專屬的事，所以沒在車站前拉客，一直在等他，但是都沒有看到他的人。我猜大概是朋友找他去別的地方喝酒，所以晚點才會來。一想到等他的時間本來可以用來賺錢的，不免有些懊惱。」

「妳不是想當他的專屬嗎？」

新市出言調侃。

「事又還沒有成，有什麼關係嘛。」

明世又被他激怒了，但隨即換上嚴肅的表情。

「我現在要講的內容是連新市先生也不知道的事件，所以你別打岔，安靜地聽我說。」

以下，就是明世告訴他們的體驗談。

第六章

美軍傑克

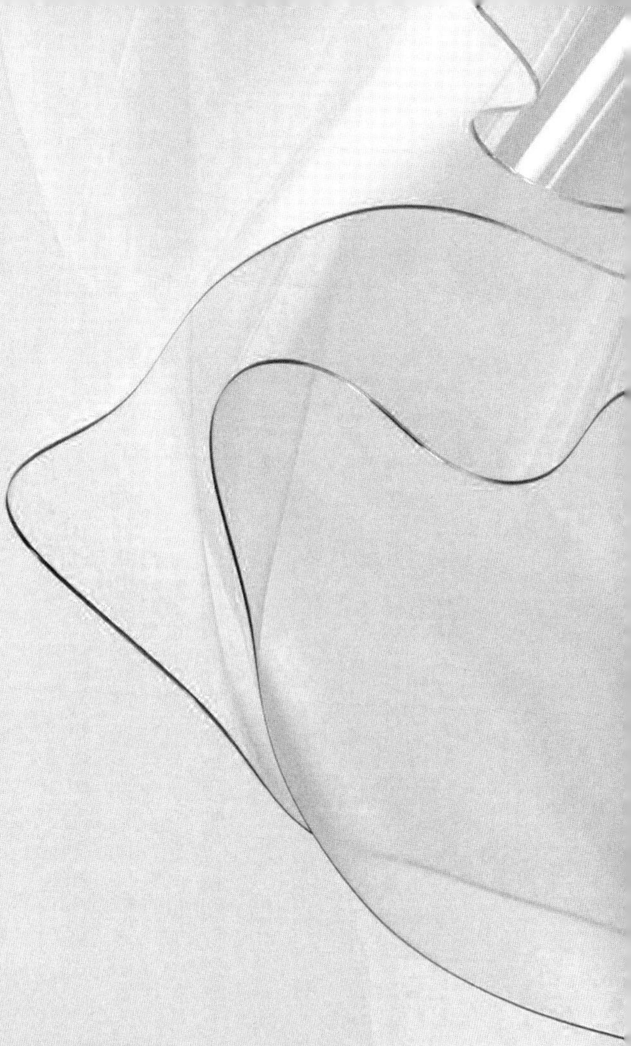

那天的傍晚時分，明世據守的地點，竟然是介於寶生寺的車站建物與紅色迷宮出入口中間的派出所後面。

「大姊，這個時間，妳在這裡做什麼？」

剛好經過的歡場後輩千代子一臉驚訝地問她。

「我想要守在這裡堵喬治啊。雖說時間還早，但是被客人找上也很麻煩吧，要拒絕就更麻煩了。」

聽到這裡，千代子就明白了，心領神會地點點頭，轉身離去。

寶生寺站的北側是以前日軍的軍事設施，不知為何居然沒有在空襲時受損。如今建築物如同字面上的意義，已經完完全全落入占領軍手中。因此附近居民一致認為「會不會是早就打算占領這裡，所以當初才沒有進行轟炸呢」。車站西側從戰前就是富人住的地區，戰敗後換成在黑市賺得盆滿缽滿的的屋及掮客住在那裡。私市吉之助大概也不例外，他在車站的西側蓋了房子。車站東側是建物密集的紅色迷宮，南側則是強制疏開的空地，上頭林立著臨時搭建的小屋，散發出貧窮的氣息。大部分在紅色迷宮工作的人都住在南側的貧民窟。

明世之所以會於此時此刻躲在派出所後面，確實是因為「不想被其他恩客看到」，但這只是原因之一。另一個原因是「也不想被喬治看見」。

他最近好像經常去那種店光顧。

這個風聲最近不時傳進明世的耳朵裡。那種店指的是基本上還是喝酒的地方，但二樓其實也兼營色情交易。聽說喬治常光顧那種店，這令明世非常著急。現在正是能否成為他的專屬情人的關鍵時刻，絕不能被那種「賣春酒館」的女人橫刀奪愛。

我們可是拚了老命。

明世對工作有這樣的抱負。但那些在暗地裡賣春的店則是先灌醉客人，再暗示客人可以跟剛才陪他喝酒的女人這樣那樣……然後直接把客人帶到二樓。

真不要臉。

雖然都是賣春的勾當，但那種設局給客人跳的做法令明世難以忍受。如果是大大方方地販賣自己這項「商品」還可敬一點。這是在「做生意」，所以根本沒必要遮遮掩掩、躲躲藏藏。以上是明世的想法。

當然，如果是毫不掩飾的賣春行為，就會成為取締潘潘行動的目標而被捕，但占領軍與警察也會玩弄場面話和真心話的兩套手法。只要「做生意」時巧妙地遊走於兩者之間的地帶就沒問題。但那種店打從一開始就只想玩陰的。表面上是「喝酒的地方」，私底下想做的很顯然就是其他的「生意」。

最好的證據就是通往二樓的樓梯通常都低調地藏在狹小店內的角落。也有些店家會在樓梯上擺滿雜物，假裝成置物櫃。就算客人以為是樓梯想上樓，也會因為突然矮一截的天花板而撞到頭。

「客人，那裡不是樓梯喔。」

藉口雖然牽強，但是瀰漫在那種店裡的獨特氣氛——或許也包括異常昏暗、雙眼難以看清周遭狀況的店內環境在內——卻讓這種荒唐的說明變得可能。店內隨時洋溢著一股心照不宣的詭譎氣氛。

然而仔細一看，就能看到天花板上四角形的溝槽。再仔細端詳，還可以看到有個長方形的小洞。把手伸進去摸索，移動類似門栓的木片後，就能掀起天花板的一部分。把臉探進四角形的洞裡窺探，裡頭就是個與其稱之為二樓、不如說是閣樓的狹小空間。

紅色迷宮裡有好幾家酒館都有這種機關。只是沒人知道到底有幾間。也有很多難以斷定是不是這種店的店家。因為二樓部分是老闆或員工居住空間的例子也不在少數。

不過，那家「Twilight」一定是。

明世可以確定，由據說以前是遊廓遣手婆的老婦人須美子所經營的店「Twilight」一定有見不得光的賣春行為。

遊廓的遣手婆是負責教育未來要成為遊女的少女，同時監督現役遊女的人。絕大部分都是已經退休的前遊女，對遊女的一切知之甚詳，因此是再適合她們不過的「工作」。因此，對於以前當過遣手婆的女人來說，要在店內的二樓安排性服務可以說是易如反掌。

怎麼可以把喬治交給那種店的女人。

促使明世下定決心的其實還有一個原因。那就是她聽說有個名叫傑克的白人美軍很喜歡那種店，經常光顧，不僅傳出非常難聽的風評，最後甚至還發生了傷害事件。

傑克很危險。

街娼們都聽過這個傳言，所以願意做他生意的人少之又少。這裡的危險是指暴力傾向，不過也有其他士兵有這種情況。可能是因為血氣方剛、性欲太強、基於男尊女卑的思想、因為戰爭造成的心靈創傷、自恃是戰勝國士兵的傲慢……理由千奇百怪。再加上買春本身就被視為「玩弄」的行為，所以她們也做好了多少會遭受一點暴力對待的心理準備。能舉重若輕地迴避暴力才是做這行的高手，至少明世是這麼想的。

……可是，傑克不一樣。

那傢伙怪怪的……

提起他的人無不露出不安的表情。不被街娼們待見的他開始頻繁光顧那一類的店家，但是說起後續傳出的流言，就令人感到不寒而慄。

偷偷從事賣淫生意的店和街娼之間，說穿了就是競爭對手，所以彼此通常不太會洩露情報給對方。但唯有這個傑克的情報另當別論。彷彿只要是在黑市裡討生活的女人都一定要知道——不知不覺間便以這種形式傳得人盡皆知了。

傑克是虐待狂。

傑克有異常的變態性欲。

傑克會讓對方吃安眠藥。

傑克過去曾經把女人凌虐至死。

起初頂多只是「帶了點真實成分的謠言」，傳來傳去的過程中居然真的開始有賣春酒館的女人受害。只不過，這些都不能公諸於世。不光是因為賣春本身就是違法的行為，被害人也因為被迫服下安眠藥，所以沒有當時的記憶。再加上又與美軍扯上關係，那就更不用說了。

有些店開始婉拒傑克上門。但是礙於對方是美軍，也不能不管三七二十一就趕走對方。其中也有一些店家故意抬高價碼，但還是做他的生意。隨著他的謠言傳得沸沸揚揚，藉機敲竹槓的店——雖然很少——也開始冒了出來。

然而，不知不覺間，在夜裡討生活的女人間開始口耳相傳起更驚悚的流言。

有娼婦被亂刀砍死……

凶手是傑克……

只不過，案發現場是哪家店、被害人是誰、為什麼警察都不管、有沒有其他客人、店主在做什麼……這些關鍵的資訊都沒有任何人知道。

只是謠傳嗎？

原本嚇得驚惶失措的她們轉念一想，又放下了心中的大石。不過，感覺好像真有其事……類似的傳言緊接而來。因為店家不想把事情鬧大，所以打算把事件永遠埋藏在黑暗之中。店裡的隱藏二樓空間就是命案現場——由於傳言傳得煞有其事，她們又開始心生恐懼。

在寶生寺的車站前看到傑克。

他在紅色迷宮裡走來走去。

他又進了那家店。

諸如此類的目擊證詞傳遍了各處，其中到底哪些是真的，誰也說不準。

萬一命案是真的、隱瞞事實也是真的，傑克反而會離紅色迷宮遠一點吧。實在不太可能還敢若無其事地在路上到處走。也有人冷靜地陳述這樣的意見。然而，幾乎所有的女性顯然都不這麼想。

因為，傑克這個人的腦袋怪怪的……

所以才會泰然自若地跟以前一樣繼續光顧紅色迷宮內的店不是嗎？考慮到要去其他的黑市發掘出同樣的店並非易事，才會乾脆就繼續待在熟悉的紅色迷宮不是嗎？抱持這類看法的人占了大多數。

沒多久，在紅色迷宮靠賣春討生活的女人都這麼稱呼他。

開膛手傑克……

當時明世並不知道，一八八八年在倫敦的白教堂地區曾發生過五名娼婦被手術刀切開身體、慘遭殺害的命案。當時凶手被賦予的名號就是「開膛手傑克」。

八月三十一日，瑪麗・安・尼科爾斯陳屍於屯貨區的巷子裡，脖子左右兩邊被割開，小腹也有被捅了好幾刀的傷痕。

九月八日，安妮・查普曼陳屍於漢伯里街，喉嚨被割開、頭幾乎被砍斷。腹部也被砍了好幾刀，子宮及膀胱等內臟的一部分還被帶走了。

九月三十日，先是發現喉嚨被割開的伊莉莎白・史泰德陳屍於博納街的國際勞工教育俱樂部中庭。這時有人目擊到疑似凶手的人物。因此警方研判犯案者應該沒有時間凌虐死者。緊接著又在主教廣場的阿爾德蓋特廣場南端發現了身中多刀的凱薩琳・艾道斯。左眼被戳爛、右耳被切掉，凶手還帶走了腎臟和部分的子宮，腸子從腹部被拉出來，掛在死者右肩。

第三名死者與第四名死者的命案發生在同一天晚上。

十一月九日，瑪莉・珍・凱莉在米勒庭院的出租屋十三號房以近乎被肢解的方式慘遭殺害。鼻子和乳房被切掉，肝臟和腸子也遭到切除。

明世並不清楚這些詳盡的細節，但就算不想知道，後來也耳聞開膛手傑克的犯案手法是多麼殘忍且暴虐。正因為如此，她才會擔心美軍傑克或許也跟那個在白教堂地區犯下獵奇連續殺人案的凶手一樣，陷入瘋狂的境地……

可是，她的「同事」們顯然有不太一樣的看法。

凶手並沒有被捕。

死者都是娼婦。

名字一樣叫傑克。

基於以上三個共通點，她們認為這個美國士兵傑克，就是那個開膛手傑克。

幸好傑克殺害娼婦的傳聞還沒有流出紅色迷宮。就連是否真的發生了殺人案，還有就算真的發生過，那凶手是否真是傑克，以及他現在是否還在紅色迷宮出沒都沒有人能確定。

本來時間或許能解決一切。目擊到傑克的證詞遲早會逐漸減少，直至消失。到時候誰也不會再提起他。大家應該都是這麼想的，無奈這時有了新的發展。

有幾個成為美軍專屬的女人向男友打聽關於傑克的事，不料所有人都諱莫如深。簡直就像是上級下令交代「不准提到他的事」。即便如此，還是有個女人鍥而不捨地打破砂鍋問到底，問到相好的美軍說溜嘴。「那傢伙回國了。」也就是說，他好像是被強制遣返了。

看樣子娼婦被殺是真有此事，命案葬送在黑暗裡也是事實，凶手就是傑克。

新的謠言又開始流傳。既然本人已經回美國，應該不用再擔心了。即便如此……看到他的目擊證詞不知為何始終不絕於耳。而且，事情並沒有就此結束。

有個全身染上淡淡紅光的男人跟在後面……

不只娼婦怯生生地如是說，就連在紅色迷宮裡工作的女性也開始出現這種耳語。全身呈現紅色是因為被死者娼婦的血給濺到了。

此外，在紅色迷宮裡工作的女性之間，過沒多久也開始流傳前述這種解讀。美軍傑克已經被強制回國，不可能會在紅色迷宮裡出現。就算有人這樣開解她們，依舊一點效果也沒有。因為相較於開膛手傑克是幾乎只流傳在娼婦之間的傳言，這個全身染上淡淡紅光的男人，可是令所有與紅色迷宮有關的女性都嚇得聞風喪膽的怪談。

從美軍傑克變成開膛手傑克，再從開膛手傑克到赫衣，紅色迷宮內的恐懼也不斷地變化。

話說「赫衣」這個名稱的由來也眾說紛紜，完全是個謎。早在於紅色迷宮內現身之前，似乎就已經存在這方面的傳言了。因此可以知道為其取名的並非娼婦，也不是在紅色迷宮的店鋪工作的女人。根據傳言的傳言所說，好像是某個以前住在寶生寺的人取的名字。如果是這樣的話，以前的那個人又是在寶生寺的哪裡遇見這個全身散發紅光的男人，並且開始這麼稱呼他的呢？

但就算已經縮小命名者的範圍，也無法確定那個人是誰。因為沒有人想查這件事。

深怕打草驚蛇。

為什麼要取名為「赫衣」？光是聽到赫衣這個名字，所有人就隱隱覺得不安。深怕貿然去探查其中的理由，可能就會發生什麼可怕的事。

後來，父母在紅色迷宮裡工作的小孩們之間開始流行起下面這首歌謠。原曲是由三木露風作詞、山田耕筰作曲的童謠《紅蜻蜓》。

黃昏時分、深更半夜的赫衣
被追趕、落荒而逃是何日的夜晚

把店裡帳房的收入
交給的屋是幻影嗎

姊姊十五就落入風塵
故鄉也從此斷了消息

黃昏時分、深更半夜的赫衣
就在你身後看著你呦

從歌詞的「店裡帳房的——」和「姊姊十五就——」等部分也可以清楚感受到把歌詞改成

這樣的孩子不只很有文采，還有敏銳的觀察力。栩栩如生地表達出在紅色迷宮工作的人所面對的嚴峻現實。

明世曾在寶生寺站前廣場的昏暗環境中，從娼婦後輩千代子口中聽過這首改編的歌。千代子配合原本的歌曲旋律低聲哼唱。

聽到「店裡帳房的——」這段歌詞，明世不禁莞爾，但聽到「姊姊十五就——」的部分，眼淚就潸然落下。然而來到最後的「就在你身後看著你呦」，全身的寒毛都豎起來了，幾乎是瞬間就要忍不住回頭。

「聽到一半先是噗哧一笑，然後又覺得心有戚戚焉，最後則是嚇死人了。」

千代子不僅沒有取笑明世的反應，還不安地四下張望。

因為發生過這樣的事，明世一面回想，耐著性子站在車站前派出所的後面。

季節差不多要迎來春天，所以日照時間也變得比較長，即使今天天空從午後就陰陰的，不過以娼婦出沒的時段來說，現在這個時間還太早了。但喬治要是結束在美軍設施的工作後就直接過來紅色迷宮的話，就會是目前這個時間。不，她認為喬治應該是最近才開始養成這種習慣。所以她今天傍晚就在這裡埋伏，打定主意一定要堵到他。

……咦？

或許是心裡有太多雜念，儘管盯著從車站的方向開始往紅色迷宮移動的美國大兵們，卻好像有點心不在焉。

剛才的背影是不是喬治？

留意到疑似喬治的美軍，明世有些困惑。如果是他的話，勢必得追上去才行。但萬一認錯人的話，喬治本人可能會在她踏進紅色迷宮的時候出現。

要是知道Twilight的地點……

就能先繞去那裡守株待兔了，問題是辦不到。明世當然知道大概的位置，但如今一點自信也沒有。雖說平常就在紅色迷宮進進出出，但她「工作」時會利用的飯店或旅館都集中在車站附近，對紅色迷宮其實不是很熟悉。與美國大兵一起去紅色迷宮內的店也幾乎都是固定那幾家，因此對其他店鋪也不太了解。更別說她還很沒有方向感。

不過明世的猶豫就只有一瞬間。

萬一這個人真的是喬治的話……

想到這裡，身體自己採取行動，從派出所後面衝了出去。

反正只要稍微走進紅色迷宮就能叫住那位美軍了。一般女性另當別論，自己可是在夜裡討生活的女人，向美軍搭訕根本是家常便飯。就算認錯人，只要隨便找個藉口搪塞過去就行了。況且對方也還沒喝醉，這不是很簡單的事嗎。

明世一面安慰自己，踏進紅色迷宮。

眼前突然暗下來，感覺空間變得狹窄。大概是因為突然從車站前的廣場鑽進小路的關係吧。再加上某些店家的屋簷往巷子的上空突出，有些地方抬起頭來也看不見天空，實在很陰暗。更別說此時已是陰天的黃昏時分。

可是另一方面，也有很多店家已經點亮了燈籠，照理說應該會感覺相對明亮才對，但不知道為什麼，卻依然只能看見幽暗的羊腸小徑。

甚至覺得影影綽綽的燈籠光芒反而凸顯出陰暗的狀態。其實那些燈籠的光很微弱，因此隨著夕陽西下，反倒使得令人介意的昏暗因此增幅了也說不定。

真討厭，人不見啦。

明世後知後覺地發現，眼前延伸的狹窄通路上早已不見美軍的身影。

第七章

赫衣之怪

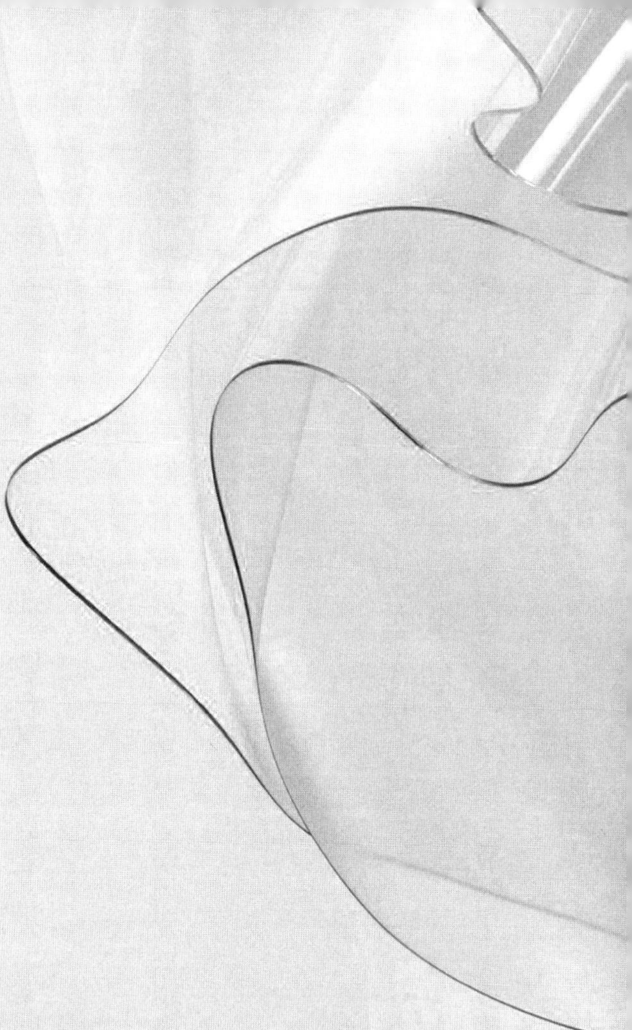

明世急了，想要跑起來。可千萬不能在途中跟丟喬治。無論如何都得追上他才行。

但巷子實在太窄了，還有一些提早跑來喝一杯的男人走在前面，害她寸步難行。而且那些男人一看就知道她是做什麼的，幾乎所有人都目不轉睛地上下打量她，真是煩死了。雖說早已習以為常，但明世此時此刻的精神十分緊繃，所以覺得他們的視線非常惱人。幸好大家也一眼看出她是洋潘，所以才沒有人向她搭訕吧。

明世在第一個 Y 字路口著急地左顧右盼，這才勉強在右手邊的巷子盡頭轉角發現正要左轉的美軍背影。

……太好了。

可不能再跟丟了。但她卻莫名恐懼，深怕只要稍微拉開一點距離，或許就追不上了。

「請讓讓。借過一下。」

明世想撥開聚集在巷子裡的男人們，繼續前進。

「喂，別推啊。」

「這女人是怎麼回事。」

「瞧妳目中無人的勁兒，不就是個潘潘嗎。」

周圍傳來破口大罵，但她一點也不在意。

男人們任意挑起戰爭，犧牲的卻是女人和小孩。而且原本大聲嚷嚷「鬼畜美英」的男人們不僅一輸掉戰爭就像奴才似地乖乖把日本女人獻給他們口中的敵國，還見死不救，任由戰爭孤兒們接連活活餓死。

明世之所以選擇當洋潘，除了美軍出手比較大方以外，另一方面也是因為死都不想拿日本男人來當客人。

追蹤過程很順利。接下來只要等喬治正要走進Twilight的瞬間直接逮住他就行了。如果在他進去以前就發難，對方可能會打馬虎眼，只要確實「人贓俱獲」，他就無法再藉詞推託了吧。

因為那個人的本性耿直——

只要苦口婆心地告訴他這種店很危險，他一定會回心轉意的。正當明世打著這樣的如意算盤時……

「咦，妳要上哪兒去？」

耳邊傳來爽朗的喊聲，定睛一看，眼前的人是芽衣子。

明世剛開始在寶生寺「工作」時，芽衣子非常照顧她。說穿了，芽衣子相當於她的「大姊」。

……真傷腦筋。

明世立刻向她問好，但內心卻仰天長嘆。芽衣子古道熱腸，所以在夜晚討生活的女人都很仰慕她，但問題就在於她有「長舌婦」這個缺點。要是在這裡打開話匣子的話，一定再也追不上喬治了。

「妳來得正好。我跟你說啊——」

芽衣子果然迫不及待地打開話匣子。雖然明世有附和，不過也是心不在焉的。芽衣子說的事情一點也不緊急，但是打斷她說話也很失禮。

「怎麼啦？」

芽衣子突然問她。

「感覺妳心不在焉耶。」

明世當然不會放過這個千載難逢的機會，簡單地向芽衣子說明了前因後果。

「妳怎麼不早說呀。快去、快去。」

結果芽衣子比她還急，明世也繼續往前走。

然而在巷子裡左彎右拐也沒看到喬治的背影。遇到岔路要選擇走哪邊時……Twilight 應該是在這個方向吧——頂多只能依靠直覺去判斷。沒辦法，畢竟她毫無方向感……

啊！

這時，前方的轉角有個疑似喬治的美軍背影映入眼簾。

選對路了。

明世喜上眉梢。幸運女神今晚似乎站在自己這邊。

撥開依舊不斷從四面八方湧現的男人，明世繼續穿街過巷，尾隨在後。

差不多快到了吧。

明世心想，但就在她尾隨美軍剛轉過某個轉角時……

「好痛！」

與明世擦身而過時稍微被碰到肩膀的男人突然大聲叫嚷。

「什麼嘛，這不是潘助[21]嗎。」

兩個看似已經喝得醉醺醺的中年男子纏著她不放。一看就知道兩人都是窮光蛋，賺了點錢就來這裡喝便宜的酒。

「不就是個臭潘助，憑什麼大搖大擺地走在路上啊。」

「只會對美國佬搖尾乞憐地諂媚。」

明世不想理會他們，但兩人執意擋住她的去路。一人用十分凶狠的目光瞪著她，另一人的臉上堆滿了卑劣的笑意。

「有何貴幹。」

明世瞪了他們一眼，也想出言反擊。但繼續與這種人糾纏下去的話，喬治就走遠了。

「哼！」

21將潘潘人名化的說法。

她轉了個方向，想直接從兩人身邊擠過去。

「給我站住。」

「別以為撞了人還有辦法直接走掉啊。」

兩人死皮賴臉地不讓她過。三人對峙的過程中，有很多男人逕自從他們身邊經過。其中也有人投以好奇的視線，但是沒有人停下來幫忙，也沒有人表示關心。明明身邊有這麼多人，明明現在卻幾乎快被難以言喻的孤獨感吞沒。

要是對方只有一個人……

還能伺機逃走，但是要對付兩個人的話就有點棘手了。而且他們都喝醉了，明顯散發出暴力的氣息，似乎現在就想在此發洩白天累積的鬱悶。他們大概以為面對賣春的女子就能為所欲為吧。

「妳要怎麼向我們賠不是？」

「妳還算是個潘潘的話，就應該做出相應的賠罪。」

幾乎是近似黑道的舉止了。不，他們顯然比黑道還更惡劣、更加危險吧。是絕不能搭理的存在。

再也沒有比撒酒瘋的普通人更難對付的人種了。

只要是在夜裡討生活的人，這點可以說是眾所周知的「常識」。平常愈是安份守己的人，日常生活累積的不平與不滿就更容易一口氣爆發。再加上普通人瘋起來一向不知分寸，所以千萬不能正面硬碰硬。若不是速速撤退，就是快點打發他們走。

這些在夜晚的世界裡可以說是理所當然的常識，但此時此刻的明世卻無計可施。再這樣下去，一定會惹上大麻煩的。

為什麼偏偏選在這個時候。

看著面前愈來愈激動的兩人，難道只能靠自己打趴他們了嗎——她正準備下定決心。

「那邊的三個人，你們在做什麼？」

因為背後傳來訓斥，明世下意識回頭看去，結果看到了熟悉的臉龐，不由得鬆了一口氣。

平常姊妹們都在背後戲稱這個人長了一張「木屐般的臉」——但算是帶有好感的戲謔——盡可能想方設法躲著對方，但現在無異於救命恩人。

「伊崎先生！」

這個人是在寶生寺車站前的派出所執勤的警官。肯定是在巡邏的途中碰巧經過這裡。

「我想過去，可是這兩個人不讓我過。」

明世可憐兮兮地告狀。

「是這女人轉彎的時候一頭撞上來，也不道歉就想走，我們只是在教她做人的道理。」

「沒錯沒錯，我們一點也沒錯。」

兩人明知眼前的人正是警察，依舊得理不饒人。

「這裡的巷子本來就很窄，所以互相禮讓、彼此尊重是很重要的。這次可以看在本官的面子上原諒她嗎？」

伊崎打算大事化小、小事化無。

「什麼嘛，警察大人。你站在潘潘那邊嗎？」

「拿我們繳的稅金吃飯，這種身分憑什麼高高在上地對我們指手畫腳。」

這句話激怒了明世。

「正因為有警察巡邏，這裡的治安才能獲得某種程度的保障不是嗎？用稅金支付薪水給他們不是理所當然的嗎？」

「這裡沒有靠男人賺皮肉錢的潘潘說大話的份啦。」

「賣春婦給我閉嘴。」

兩人說得愈來愈沒分寸，在之前都很溫和的伊崎，臉也逐漸漲紅了。

「要是你們繼續口出狂言，只好請兩位來派出所一趟了，這樣也無所謂嗎？」

「怎麼，你想侵犯人權嗎？」

「警察應該要保護我們的人權才對。」

兩人見縫插針地開始鼓噪。

戰前與戰時的國民哪有什麼人權可言。戰敗後卻開始流行起「侵犯人權」這種說法。關注人權固然是件好事，但也有很多鼠輩把這句話拿來當免死金牌。

「民主警察要踐踏我們的人權喔。」

「警察也太蠻橫了吧。」

兩人開始對巷子裡熙來攘往的行人大聲控訴。

……真糟糕。

明世擔心起伊崎的立場。儘管在夜裡討生活的女人和警察的關係絕非融洽，但因為聽說過他的某項傳聞，所以明世還是不免為他感到憂心。

MP與警方開始管理黑市前，伊崎前往由一對貧窮的母女經營的小店，一臉猙獰地說：「這裡有違法物品嗎？」拜其所賜，她們才能在MP與警方接管前先將違法物資移往他處，不至於損失慘重。聽說除此之外，還有其他同樣受過他暗中幫助的店家。那些店都有一個共同點，那就是店主開店並不是為了賺錢，而是真的只能靠這點微薄的收入勉強度日。

這也是傳聞，聽說伊崎在戰場上發生過很慘的事。當然，幾乎所有的日本兵都能說是擁有類似的經歷吧。但據說他看到再真實不過的地獄景象，所以生還後就立志要從事對人們有幫助的工作。而那份工作就是警察。

隨便哪個的屋老大剛好經過都好……

就在明世急得有如熱鍋上的螞蟻時……

「要說人權，你們有顧慮到她的人權嗎？」

面紅耳赤的伊崎質問眼前的兩人。

「潘潘哪有什麼——」

「既然都是人類，任誰都有人權，我有說錯嗎。」

似乎是被伊崎的迫力與正確的論述壓倒，兩個男人一句話也說不出來。

伊崎不知在何時擠進兩人與明世之間，因此位置調轉一百八十度。而且他還頻頻在身後揮手，示意明世「快走吧」。

……不好意思。感激不盡。

明世在心中向他鞠躬道謝，急忙離開現場。

「不許走，給我站住！」

背後傳來男人的叫罵聲，但明世充耳不聞地往前走。不能辜負伊崎的好意。改天再來報答他這份恩情就好了。

比起這個，她更擔心還能不能追上喬治。那群男人糾纏她的時間比芽衣子還久。或許已經沒辦法再找到他了。

儘管心急如焚，明世仍在每個巷弄的分岔路慎重地做出判斷，選擇她認為是Twilight的所在方向前進。忘了走到第幾個岔路，就在她經過某個轉角時，一個正從前方的巷子左轉的美軍背影依稀進入了視野。

……找到了。

今晚似乎真的非常走運。明世沾沾自喜，但同時也陷入了恐懼。自己遲早要面對幸運的反噬，而且作為獲得幸運的代價，可能會發生什麼不幸。

那也只能到時候再說了……

總之神明是公平的。如果人生終究要禍福兩平，到頭來也只能坦然接受。再說了，如果真有所謂幸運的反噬，不幸肯定是突如其來、避無可避不是嗎？

總之今晚只要想著成為喬治的專屬就行了。

或許是在跟蹤他的時候只想著這件事，明世花了一點時間才留意到一個奇妙的事實。

……咦？

這麼說來，我……

……一直都只看到他的背影？

從疑似喬治的美軍背影消失在紅色迷宮出入口的剎那，到她跟著衝進巷弄裡之後，自己看到的一直都是相同的光景。

只有他轉彎瞬間的背影……

紅色迷宮的巷子確實都很短。但理所當然，每條巷子的長短都不一樣。即便如此，一路都只能看到他轉彎的背影也太奇怪了吧。

……好像有點不對勁。

她漸漸感到可疑的同時，周圍也產生劇烈的變化。沒有一家店開門做生意，每間店都關上木板門，悄然無聲。不僅如此，直到剛才都還擠滿整條路的男人，現在也一個都看不到了。

這裡……

該不會是傳聞中位於紅色迷宮東邊角落的「鬼城」吧？

早期的黑市，「店」的興衰遞嬗十分劇烈。因為大部分的「店」其實根本連個店鋪都稱不上。後來出現了臨時搭建的簡易長屋和宛如市場的「集合式建築物」，進駐這些地方的「店」才成為獨立的店鋪。拜此所賜，這些店總算開始穩定下來。

隨著店鋪穩定，也開始需要各種用來維持店面的資金。黑市起初「擺出來就能賣掉」的特性也逐漸開始被動搖。由於幾乎所有的店主原先都是外行人，所以也開始出現隨隨便便做生意導致關門大吉的店。

紅色迷宮也不乏這種倒閉的店，但不知道為什麼，它們全都集中在東邊的角落。簡直就像是從最邊邊的住家開始，每個月都會依序有一個人過世那樣，店一家接著一家倒閉。由於空店鋪太多的話也不好看，所以其周邊店鋪的房租開始變便宜了，或許是因為這樣，前來開店的人絡繹不絕。然而，最後還是一家又一家地消失。

這下子完全陷入惡性循環。隨著房租愈來愈便宜，也開始傳出「那個角落被詛咒了，在那裡開店一定會倒閉」的風聲。漸漸地，那裡再也沒有新的店家開業了。然後不知道是誰起的頭，開始有人稱那裡為「鬼城」。有人說是洋潘取的名字，但是真是假沒有人知道。

當然，那個角落的面積根本稱不上「城」的規模。頂多只是一個區域罷了，但似乎是紅色迷宮錯綜複雜的街道特徵讓人覺得比實際的面積還要寬廣。

萬一在那裡迷路，可能就再也出不來了。

不知不覺間，煞有其事的風聲開始流傳起來。如同字面上的意義，鬼城的「鬼」字更加助長了這樣的傳聞。

意識到自己闖入了這個謠傳不斷的場域，明世不由得停下腳步。

是什麼時候……

今晚沒有餘力察覺到巷弄兩側接連出現的店家變化，或許也不能怪她。因為她幾乎看都沒看向那些店鋪一眼。問題是，她怎麼沒發現理應掛在店頭的燈籠，今天連一盞都沒看見，四周已經變得非常昏暗了呢？更重要的是，為什麼沒注意到原本在巷子裡群聚的男人們後來一個也不剩的事實呢？雖說跟店鋪的情況一樣，她確實也無暇顧及那些男人。可是跟單純位於左右兩邊的店鋪不同，他們可是會阻礙自己前進的攔路大石。然而，她卻在完全沒發現那些男人全都消失的情況下，悶著頭在巷子裡前進，再怎麼說都不太可能吧。

然而實際上，明世的確陷入了非常詭異的狀況。

孤身一人走在周遭只有關閉的店、沒有半個人出現的巷子裡，追逐著只能偶爾看到背影的美國大兵。

視線前方是剛才只看到背影的美國大兵轉彎的巷弄轉角。只不過，在同一個轉角彎過去後，她依舊只能看到在更遠的前方轉彎、正要消失在轉角的美軍背影。即使她跟上去、轉彎，再繼續跟上去、再轉彎，這個情況大概也不會改變。無論怎麼選擇，看到的光景都一樣。

只有消失在前面轉角的美軍背影……

原本汗流浹背、有些發熱的身體一口氣冷卻下來。截至目前為止都帶著熱氣的汗珠，忽然變成了冰冷的水滴。

……得快點離開這裡才行。

比起回頭，直接穿過鬼城、從紅色迷宮的東側出去或許要快多了。但明世也因此必須跟著那個只能看到背影的美軍轉彎。而且，這也意味著明世將會遠離 Twilight 的位置。

既然如此，不如悄悄地折返……

這麼一來可能也不會被那個發現，就結果而言或許是一件好事。但就在她改變心意的時候……

有某種東西從前方的轉角偷偷窺探。
那個紅紅的東西像是在窺看這裡，似乎很疑惑明世為什麼還不追上去的樣子。
不對！當明世意識到這點時，立刻反射性地轉身、頭也不回地跑了起來。
那是……赫衣……
明世聽過很多赫衣的傳聞，也聽過一些體驗談。不過，這時她覺得或許是自己多心了。而且傳聞的內容基本上都是被赫衣尾隨不是嗎？從來就沒聽說過因為自己追上去，之後被誘導進入鬼城的體驗。
難道是那東西利用喬治的形象……
明世也覺得不太可能，但唯有這麼想，一切才說得通。要以常理推斷那種不知道是人是鬼的東西做出的行動，本質上就是一種謬誤。話雖如此，但如果讓思考在這裡停止，自己可能就會發瘋。這點令明世非常害怕。
她邊跑邊回頭看，那個紅色的東西正從剛才經過的轉角看著自己。或許用朱紅色來形容會比較貼切。但是否仍是最初猛然一瞥時看到的顏色，還是已經在過程中產生了變化，明世當然不得而知。
與剛才正好相反。
唯有這點是可以確定的。原本的追蹤者現在正處於被追蹤的立場。被那個追上以後會有什麼下場呢?明世雖不願意想像,但也無法不去在意。

萬一我剛才追上那個的話……

會被帶到鬼城區域的廢屋嗎?會在巷子裡的廢墟受到什麼對待呢?接著又會發生什麼事?即便再不願意,也忍不住思考起來。

明明狂奔過一條又一條的巷子,左右兩側依舊是門戶緊閉的店家,周遭也依舊沒有半個人。原本覺得討厭的男人,現在卻讓她想要舉雙手雙腳歡迎。就算是剛才那兩個死纏爛打的男人也沒關係。要是他們能馬上出現在自己的面前,她一定會歡天喜地地抱上去吧。

但眼前無限延伸的巷弄風景不管跑到哪裡都是一樣的。這就是鬼城。暮色深重,太陽再過不久就要完全下山了。伸手不見五指的漆黑夜色在那之後就會降臨在每個角落,讓這裡化為真正的黑暗市場。

……到時候就真的沒救了。

明世本能地領悟到這點,所以拚命豎起耳朵。她竭盡所能邊跑邊仔細聽著,想看看能不能聽見紅色迷宮的喧囂、能不能聽出聲音傳來的方向。

……是這個嗎?

這時好像聽到什麼聲音。無奈不可能邊衝邊聽個清楚,只能放慢腳步,集中精神在兩隻耳朵上。

……噠、噠、噠。

可以清楚聽見那是踩在潮濕的地面、從後面追上來的聲音。之所以不認為是腳步聲，是因為她實在不覺得那會是人。

……噠。

明世從背後的氣息感受到那個聲音正轉進她所在的巷子。一瞬間，感覺彷彿有人用漏斗往她的脖子滴下了冷水，一股惡寒正沿著背脊往下流淌。

「不、不、不要啊！」

忍不住發出尖叫後，明世再次拔腿就跑。

然而，剛剛折返後跑了半天都無法離開鬼城。只看到一間又一間大半已化為廢墟的店。在巷子裡狂奔的唯有她一個人，完全碰不到其他人的身影。

……這到底是怎麼一回事？

也太奇怪了吧……

鬼城有這麼大嗎？應該不過就是紅色迷宮的東端一角吧？所以的屋的老大們才會置之不理，心照不宣地視為一種「必要之惡的區域」。明世也聽過這樣的說法。

即便如此，不管跑了多久，眼前仍然是同樣的鬼城情景。不管往回走到哪裡，還是身處在同一座鬼城裡。

同一座鬼城？

此時明世突然察覺到一件事，心裡一凜。

現在從店門前通過的這間右側店家，剛才是不是有看過？總覺得似曾相識。不，不對，感覺是之前已經看過一次了。

在這之後，她開始留意左右兩邊的店。然後在不曉得轉過第幾個轉角的時候……果然沒錯……

看樣子自己一直在鬼城的同一個地方繞圈圈──她逐漸意識到這個可怕的事實。

……不行。逃不出去。

明世拚命逃跑的同時，萬念俱灰的淚水也流個不停。跑著跑著，體力已然用盡，連一步也走不動了。感覺兩條腿都僵硬到不行。然而一旦停下腳步，馬上就會被赫衣追上。接下來會發生什麼事呢？光是想像，腦海就染上一片殷紅。

比起紅色還更像朱紅色……

從朱紅色聯想到神社的鳥居，再從鳥居聯想到稻荷神社，再從稻荷神社聯想到狐狸，再從狐狸聯想到祖母說過的民間故事……她就像這樣依序聯想。

……祖母說過的民間故事。

發現自己被狐狸騙了的男人，停止像隻無頭蒼蠅到處亂飛亂撞的舉動，抽了一根菸後，便回到原本世界的故事。

但她實在不覺得那是真實的體驗……

直到現在，她仍這麼想，但祖母說得活靈活現。祖母不是會說謊的人。為了擺脫這個恐怖的狀況，就算是無稽之談，或許有值得一試的價值。

明世擠出最後的力氣，不顧一切地拔足狂奔。拉開一段距離後便停下腳步，接著從手提包裡拿出一盒 Peace 香菸。當時是禁止販賣手提包或化妝品等奢侈物品的年代，當然這些規矩都跟在夜裡討生活的女人無關。

如果是在黑市買的香菸，就算裝在 Peace 的盒子裡，也絕不可能是真貨。品質最好的是用占領軍抽的菸蒂再製而成的產品，再來是自家製的菸葉，最便宜的是混合了菸蒂與菸葉的東西。換成 Corona 的菸盒也是同樣的情況。

她拚命壓抑雙手的顫抖、費盡千辛萬苦才放進嘴裡的香菸當然是真貨。這是喬治給她的香菸，所以無庸置疑。不過現在就算是品質最差的再製品，只要能抽就要謝天謝地了。只要能點火的話……

卡嚓、卡嚓。

但是試了好幾次，打火機都點不著。雖然有火花，可是都無法化為火焰。

……噠、噠。

就連她手忙腳亂的時候，那個還是一步一步地靠近。似乎還在前一個巷口，但是要踏進這條巷子也只是時間的問題。

不是還有火柴嗎？

明世扔掉打火機——連放回包包的時間都不想浪費——在包包裡翻找火柴。打開火柴盒，拿出火柴往盒子側面的磷皮一劃。點不著。再劃一次，還是點不著。明世扔掉那根火柴，正要拿出新的一根時，不小心把整盒打翻在地上。

她連忙蹲下去撿。

……噠。

那個東西走進她這條巷子了。

明世心急火燎地把火柴棒往盒子側面一劃，這次終於點著了，趕緊將火柴靠近銜在嘴裡的香菸前端。無奈手抖個不停，一時半刻點不著。火柴的火在香菸前端晃過來晃過去。

……噠。

那個逐漸靠近。

好不容易點燃香菸。她深深地吸進一口，結果因為太急而嗆到。

咳咳、咳咳。

……噠。

那個已經來到身後了。

明世狠狠地咳了一番後，慢慢地吸氣、吐氣。

她知道那個正不聲不響地低頭看著自己。

等呼吸平靜下來後，她又深深地吸了一口，讓煙進入肺部、停住，然後再緩緩地一點一點吐出來。

呼……

隨著把煙從口中吐出來，感覺那些令人懷念的喧囂正從遠方逐漸靠近……猛然回神，明世正蹲在雜沓的巷子裡。

「這個女人在做什麼？」

「喂，妳擋到路了。」

「別坐在路的正中間啊。」

在巷子裡來來往往的男人們對她破口大罵。

「真、真不好意思。」

明世高興得快飛上天了。不僅沒有回嘴，反而還道歉。

「啊！」

明世站起來，看了看四周，不由得驚呼出聲。因為眼前不就是「Twilight」的招牌嗎。

連忙推開門走進店裡，只見喬治在一個年輕女性的帶領下，正要爬上店內深處的小樓梯。

「喬治！」

明世的叫喚令喬治壯碩的身體大大地抖了一下，提心吊膽地回過頭來。

「哦，是明世啊。」

聽見喬治以獨特的發音喊她，明世突然放下心中大石，當場痛哭起來。事後回想，或許這個反應才是對的。要是當時歇斯底里地大吵大鬧，恐怕就無法成為他的專屬了。

喬治慌張地衝向明世，一個勁地安慰她。顯然誤以為她是因為看到自己出現在風評不好的賣春酒館，所以才這麼傷心。

美軍的體格都很魁梧，看起來很強勢的樣子，再加上在各處確實都流傳著不太好的名聲，所以被視為非常可怕的存在，不過其實也有很多心地善良的人。尤其是下級士兵特別顯著。他們很多人都不會寫字，有些美國大兵連「I」和「me」、「What」和「Where」都分不清。所以看到日本的中學生竟然會寫英文時，也都會感到十分訝異。

喬治雖然能讀能寫，但經由這段時間的往來讓明世覺得他心裡似乎還住著一個少年。看到號啕大哭的明世，他少年的那一面就跑出來了。

「乖，不哭。」

喬治操著一口不甚流利的日語扶著明世起身。哭腫眼睛的模樣是不是很醜啊？明世現在已經恢復冷靜，有餘裕去思考這個問題了。

因此，她又擔心起新的問題。

「我要回去了。」

喬治向老闆娘須美子道別，付錢走人。

然而，他們能平安無事地離開這裡嗎？這裡可是對方的地盤。聽說賣春酒館背後都有黑道撐腰。如果客人是美軍的話，黑道應該不敢貿然出手，但也不能因此掉以輕心。

就在明世提高警覺時，站在隱藏樓梯底下的妙齡女子突然對她說：

「妳叫明世對吧？」

「嗯，我是……」

明世保持戒心，點了點頭，結果那個女人突然沒頭沒腦地說：

「剛才有人來找妳喔。」

「……芽衣子姊嗎？」

「不是，是男人。」

「……什麼樣的人？」

明世一頭霧水，所以不疑有他地反問。年輕女性正要回答，態度卻突然變得很古怪。

「……咦，這麼說來，是什麼樣的人來著。」

事。

「不是剛剛的事而已嗎？」

明世起初還以為她是故意使心眼、不願告訴自己，但是從女人的態度看來卻又不是那麼回事。確實是真心打算要回想，卻怎麼也想不起來的樣子。

「身上穿的衣服之類的也沒有印象嗎？」

明世一問，年輕女性的臉上就露出在記憶底層翻箱倒櫃的表情。

「……好像，有點紅紅的。」

「欸……」

明世的身體頓時繃緊了，接著就聽見了老闆娘須美子的低喃：

「與其說是紅紅的，那顏色更接近朱紅色呢。」

第八章

一種推理

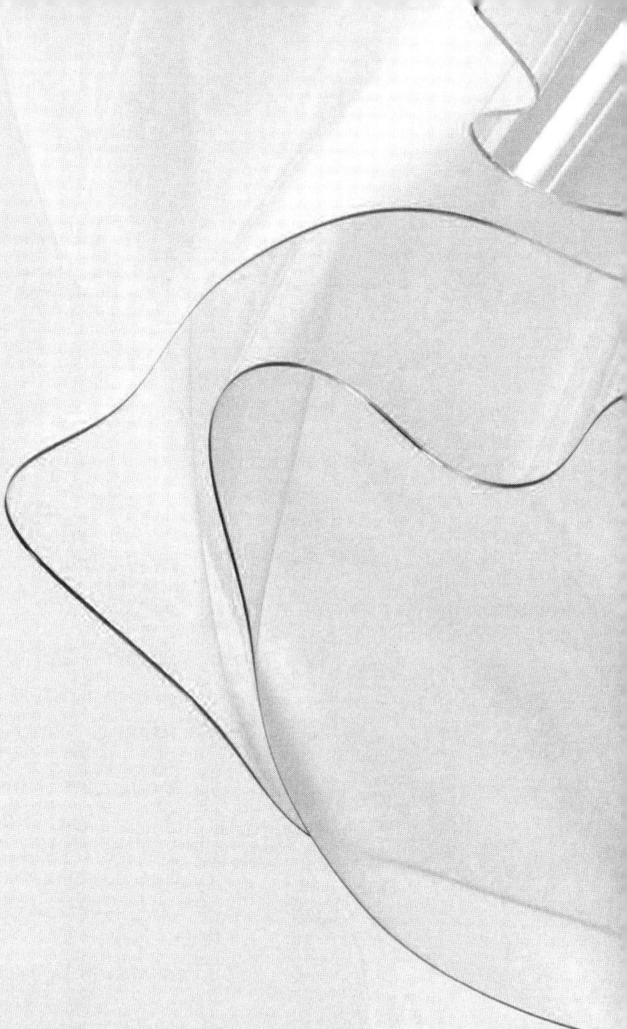

「從此以後，我就盡量不去比老大的柏青哥店更裡面的地方了。」

明世以這句話為漫長的體驗談畫下句點。

「柏青哥　私市遊技場」幾乎就位於紅色迷宮的正中央。從靠車站側的迷宮出入口看過來，柏青哥店位於東方。所以她的意思肯定是只要別從這裡繼續往下走的話，就不會進入鬼城了。

「請問一下。」

波矢多專心聽完明世的體驗談，便以相當嚴肅的表情輪流打量她和私市吉之助兩人，接著問道：

「大部分看到赫衣的人都跟明世小姐有相同的遭遇嗎？」

「不不不，老師，要是那樣的話，大家早就逃出紅色迷宮了。」

吉之助連忙否定。

「我之所以會請這孩子來報告，是因為她是最近一個遇到赫衣的人，而且碰上的狀況也最驚人。」

「這麼一來我就稍微放心了。」

見波矢多露出放心的表情，明世反而以不安的口吻說：

「我完全沒有放心的感覺喔。」

「剛才的體驗是什麼時候發生的事？」

「大約一個月以前吧。我記得是進入四月的事。」

「是你在當礦工的時候呢。」

或許是新市的這句話來得突然，只見明世雙眼圓睜。

「欸！波矢多先生當過礦工啊？」

「想不到吧。」

「完全想不到喔。」

以上的對話或許讓明世的心情稍微輕鬆了點，臉上浮現淡淡的微笑。

「後來妳跟喬治先生有什麼進展呢？」

波矢多的這個問題更是讓明世臉上堆滿笑容。

「我成為他的專屬了。」

「那真是恭喜妳了。」

「哦，太好了。恭喜妳。」

波矢多和新市相繼送上祝福，這次明世又像個少女一樣，雙頰染上了淡淡的紅色。

「時間上也剛剛好——」

「什麼意思？」

「我懷孕了。」

三個男人頓時不約而同地露出訝異的表情。

「真的嗎！那真是雙喜臨門啊。」

吉之助率先大聲祝賀，新市與波矢多也再次恭喜她。

明世是在夜晚討生活的女性，一般而言懷孕並不是值得祝福的事。而且孩子的父親喬治還是美軍，遲早要回美國。被留下的母子二人，可能會受到非常嚴重的歧視與偏見。就連日本的戰爭孤兒都會受到同為日本人的大人或小孩的侮辱及輕蔑了，更何況是與美軍、而且還是黑人生下的孩子——再加上母親還曾經是在夜晚討生活的女人——真不知會受到什麼樣的對待。

波矢多光是想像都覺得心痛。新市和吉之助恐怕也有類似的想法。只見兩人的笑容都有些勉強。

說不定私市先生——

是在明世身上看到身懷六甲的祥子身影，想像萬一女兒的對象是黑人的話……吉之助在戰場上失去了兩個兒子，又在空襲中失去了妻子與大女兒。萬一孫子的父親是美軍……他有辦法接受嗎？

事實上，這種例子已經多得數不勝數。新市和吉之助也深知這個事實。所以他們的笑容才會帶有一點難以釋懷的感覺吧。

不料當事人明世倒是非常坦然。她這麼聰明，不可能沒有預料到嚴峻的未來。正因為知道未來有多麼殘酷，她的笑容才會如此晴朗。

「太好了。」

波矢多抱著為她祈願的心情獻上祝福。

「我們已經想好要住在哪裡了——」

在那之後又聽明世炫耀了一堆她與喬治的愛情故事。拜此所賜，她對赫衣的恐懼似乎消退殆盡，準備離開的時候已經恢復原本精神奕奕的狀態了。

「我不會再靠近鬼城了，這樣就沒問題了吧。」

即便如此，她還是又問了波矢多一遍，可見她的體驗確實不太尋常。

「我不敢隨便向妳打包票，但黃昏以後就不要進入紅色迷宮，若是一定要進來的話就與喬治先生同行，我想應該就沒什麼大問題了。」

「你的遣辭用句好謹慎啊。」

或許是沒有得到絕對沒問題的保證，明世似乎有些不滿。

「哎呀，已經傍晚啦。」

明世看了對一般人而言屬於貴重品的手錶，與三個男人打聲招呼後，便形色匆匆地從會客室走向柏青哥店內，再從店門走出去。

「所以呢，你怎麼看？」

新市迫不及待地問波矢多。

「呃……就算你這麼問我也……明世小姐的體驗相當特殊呢。」

後半句是對著私市說的，於是私市回應：

「除了她以外，還有很多人被赫衣跟蹤過喔。雖然同樣是從前方的巷子轉角偷看，不過一旦當事人轉身逃跑後，好像都不會再追上來呢。」

「也就是說，明世小姐的體驗可以說是例外中的例外。那麼大概很難為她的體驗找到合理的解釋吧。」

這次的後半句是對新市說的。

「話是這麼說，但是以你的本事一定能——」

「別為難我了。」

「果然不應該一開始就找明世來嗎。」

不同於完全不當一回事的新市，吉之助頻頻道歉。

「真的對老師很過意不去。」

「別這麼說，明世小姐的體驗非常有意思喔。只不過，既然是那麼超乎常理的體驗，恐怕就沒辦法為它賦予一個合理的解釋。」

「難道說，明世遇到真的魔物了……」

「……或許真的碰上了。」

新市默不作聲，凝視著以這句話回答吉之助的波矢多好一會兒，才接著開口。

「聽起來似乎和你在野狐山地方的鯰音坑遇到的黑面之狐有異曲同工之妙。」

「種類固然不同，但是就怪異這點來說，或許是這樣沒錯。」

這時傳來敲門的聲音，祥子從住家那邊的門把臉探進來。

「明世小姐好像談完了，可以請小和進來了嗎？」

「怎麼，那孩子已經在那邊等啦？」

「嗯，已經來了很久囉。」

聽到這裡，新市苦笑著說：

「明世的廢話太多了。」

「那真是太不好意思了，快請她進來。」

在吉之助的催促下，與祥子交換位置走進來的是個還一臉純真的未成年少女。或許是接在明世後面，更顯得樸實無華，怎麼看都是剛從鄉下過來的樣子，給人純樸木訥的印象。

「小和，不好意思啊，讓妳久等了。」

吉之助向她賠不是，和子慌張地低下頭去。然後就這麼低著頭愣在原地。

「別那麼拘謹，來吧，來這邊坐。」

吉之助非常溫柔地接待她，但她始終都很緊張。於是就連新市和波矢多都想盡辦法要讓她放鬆心情說話，可惜一點效果也沒有。而且本人似乎也不想多說，是老闆受到關照自己的的屋老大所託，叫她一定要來一趟，她才會百般無奈地赴約……全身上下都散發出這樣的氛圍，也讓事情變得更棘手。

一群人想方設法才讓和子說出的體驗談，跟明世經歷的事情相比其實不值一提。波矢多原本還以為會不會是因為她太緊張了，才沒有講清楚，但她講的好像確實就是全部的事了。簡單整理如下。

和子在紅色迷宮的「天一食堂」裡工作。那是一家只有老闆兼廚師、在老闆手下當學徒的年輕廚師，以及負責送餐、洗碗的和子三個人共同運作的小店。打烊後收拾妥當，通常都已經深夜十一點了。和子在回家前都會先去位於紅色迷宮北側的澡堂，再從澡堂回到位於寶生寺車站南側那片貧民窟的家。年輕廚師也住附近，所以有時候會跟她一起下班、一起去澡堂，然後再送她回家。

然而隨著年輕人為了精進廚藝，打烊後留在店裡、向身為廚師的老闆學習的日子也跟著變多，於是和子必須自己回家的日子也同樣增加了。這不僅令她感到孤單，也覺得很害怕。

無論是在紅色迷宮裡、去澡堂的路上、以及從澡堂返回貧民窟的途中都有很多喧鬧複雜的場所。幸好她已經習慣了，而且那個時間路上也都還有人經過。只要避開暗巷，盡可能與女性同行，基本上不會有太大的問題。

只不過，回家途中有個無論如何都讓她苦惱的地方。而且那並不是某個固定的場所。因為那個地方總是莫名其妙地突然出現……

基本上，和子每天晚上離開天一食堂後都是沿著紅色迷宮的巷子往北走。周圍淨是些醉醺醺的男人，偶爾也會看見跟和子一樣結束一天的工作、正打算去洗澡的女性。像這種時候，她們通常會結伴同行。就算彼此沒有對話也無妨，總之盡可能大家一起走就是了。

但是很多時候並不會這麼幸運，就必須得獨自一人。這種時候一定會被喝醉的客人搭訕。和子當然不會理對方，對方也不太會死纏爛打。只是已經累了一天，還要面對這種糾纏實在很讓人疲憊。拜託你們，別煩我了……和子難免會這麼想。

但萬萬沒想到，竟然還會出現就算是如此討厭的醉漢，也希望他們能陪在身邊的情況。

這種情況都發生在紅色迷宮的巷子裡，地點並不固定。雖然很少，但偶爾會出現和子走著走著、突然意識到完全沒有行人的瞬間，才發現周圍的店鋪也全都門窗緊閉，巷子裡只剩下她一個人的情況。

簡直就像是傳聞中位於紅色迷宮東端的鬼城……

這是和子的感覺，但門窗緊閉的店只是剛好打烊了，並不是歇業。而且紅色迷宮內的客人們也不是全數離開。證據是只要豎起耳朵，就能聽見附近的巷子傳來人聲鼎沸的喧囂。醉漢的說話聲與腳步聲始終不絕於耳。

可是，唯有和子身處的那條巷子裡沒有其他人。無論是前方還是背後，都沒有人走進這條巷子。這裡就只有驀然停下腳步的她。和子曾經不經意地踏入這種異樣的空間。

可想而知，她當然是立刻往前走，朝著有人潮的巷弄走去。只要轉過一個角，就能輕易回到熱鬧的巷弄。

但那天晚上的和子卻反其道而行。跟平常一樣頓時停下腳步後，她不知為何突然在意起身後的情況，不假思索地回頭看去。

接著，她看見有個紅色的人影正從她剛才轉過來的轉角望向這邊。看不清楚是臉紅紅的、還是身上的衣服紅紅的。總之突然映入眼簾的東西似乎是個紅通通的人影……因為和子立刻把頭轉回前方，拔腿就跑，所以只看到這些。

……赫衣。

和子聽說過赫衣的傳聞。雖然不知道是什麼東西，但好像是棲息在紅色迷宮裡的某種存在。只不過一直都是類似民間傳說的說法，誰也沒看過。考慮到紅色迷宮是日本戰敗後才形成的事實，要說是民間傳說也很奇怪，但總之在這裡工作的人都是這麼理解的。也可以說，不過就是這種程度的傳聞罷了。

看錯了吧……

所以當和子轉進下一條巷子，在那裡遇到醉漢們的時候就這麼想了。食堂的工作不僅要一整天站著，還要洗碗盤，今天也累得疲憊不堪。肯定是工作太累了，才會看到那種幻覺。

明明已經轉進別條小路了，她卻又回頭去看。或許是下意識想要確認這個事實。

咦……

此刻，有個紅色的人影正從她剛才轉過來的轉角看著她。看起來雖然是無聲無息地窺伺，卻感覺是直勾勾地凝視著她。

……跟上來了。

想向周圍的男人求救，不料大家都直接走過去。偏偏這種時候就沒有任何人向她搭訕。既然如此，只好主動出擊了，遺憾的是依舊沒有人要搭理她。不是急著回家，就是誤以為她在拉客，再不然就是醉到連話都聽不懂，盡是些派不上用場的男人。

明明處於說是人潮擁擠也不為過的狀態，和子卻感到無與倫比的孤獨。這跟獨自站在杳無人煙的暗巷中間有什麼區別嗎？不如說這種周圍有一堆男人，卻無法期待有人會幫助自己的狀態反而更讓人絕望。

和子不再指望這些人了，她加快了腳步。

但每轉進一條新的巷子，她都會忍不住回頭一望。

每次回頭，那個紅色人影也必定正從轉角那邊偷看她。持續一路跟隨，沒完沒了，直到她走出紅色迷宮。

和子在澡堂用肥皂比平常更仔細地清洗身體。因為覺得在那個緊迫盯人的窺探下，自己的身體好像被弄髒了。肥皂是她向天一食堂的常客偷偷買來的，幸好是真的肥皂，至少沒有白花錢。

黑市裡賣的「假肥皂」品質多半很差，洗個兩、三天就會縮水不說，還會讓皮膚變得緊繃。那是把氫氧化鈉倒進汽油桶，再倒進四角形的木框裡。凝固後倒出來，戴上手術用手套，用鋼琴線切成相同的大小來賣。換句話說，那其實不是肥皂，而是清潔劑。

不過由於肥皂屬於管制品，所以這東西完全就是違法物品，於是賣的人也都說這是「清潔劑」。話雖如此，這無疑是為了讓人以為是肥皂——明顯是誤以為——所下的工夫。

和子向天一食堂的老闆說了那一晚的體驗，請老闆允許自己可以陪年輕廚師留下來。和他一起回家，赫衣就再也沒出現了。可是每當她落單的時候，赫衣就像在等著她似地從轉角偷看，一路尾隨。不管再晚回家都一樣，所以她一定會等年輕人一起回家。

以上就是和子的體驗。

吉之助不停地安慰徹底陷入沮喪情緒的她，並且親切地一路送她到店外，回來後便這麼告訴波矢多：

「那孩子的體驗是紅色迷宮截至目前最早與赫衣有關的經歷。」

也就是說，波矢多聽了最早的案例，也聽到了最新的案例。

「剩下的都大同小異嗎？」

「差不多吧。被赫衣盯著看、被赫衣跟蹤……幾乎都是這樣的情況。」

「叔叔，這裡頭確實也有人受到攻擊吧。」

新市的這句話令波矢多大吃一驚。

「那才是最關鍵的體驗不是嗎。」

「這個嘛——」

吉之助面露苦笑。

「因為提起那段體驗的女孩子有點說謊成性的毛病。大概是為了吸引哪個男人的注意力才故意這麼說的。」

「每當這類謠言傳開的時候，一定會出現這種人呢。」

「真是唯恐天下不亂。」

不同於見怪不怪的波矢多，新市十分憤慨。

「問題是真的也有因此感到害怕的人，所以希望好事之徒不要再來添亂了。」

「……你說的沒錯。」

波矢多出言附和，新市一臉無奈地說：

「話雖如此，但和子剛才的體驗也無法給出合理的說明吧。」

「倒也不盡然喔。」

沒想到波矢多給了否定的回應，於是新市的神色為之一亮。

「怎麼說呢？」

「可能是暗戀和子小姐的男人跟蹤她回家。所以有年輕廚師陪同的時候就不會出現了。」

「樣子看上去像是赫衣又該怎麼解釋？」

「因為轉角處店家的燈籠光照在那個男人身上——」

「嗯哼，聽起來有點道理。」

「還有更合理的推理喔。」

「是什麼？」

「一切全都是和子小姐的謊言……」

這句話不光是新市，也驚動了吉之助。

「你說什麼！」

「這是怎麼一回事？」

波矢多先聲明這一切只是自己的想像。

「說不定和子小姐喜歡那個年輕廚師，所以期待能跟他一起回家。可是他忙著鑽研廚藝。而且有老闆在，自己也不方便留下來等他。所以和子小姐便利用從以前就開始流傳的赫衣傳說——」

「原來如此。」

「不管怎麼看，和子小姐似乎很不想提起自己的體驗。而且說完以後，情緒看起來也變得很低落。」

「因為有罪惡感……嗎？」

「這麼說來好像有點道理。」

新市頻頻點頭後又問：

「那麼，撇開說謊的女孩，其他女性的體驗又該怎麼解釋？」

「我先請教私市先生一個問題，和子小姐與年輕廚師的關係後來怎麼樣了？」

波矢多一問，吉之助似乎想到了什麼。

「之前好像聽說他們結婚了，但是不是真的我就不清楚了。需要確認一下嗎？」

「不，這樣就夠了。」

「喂喂喂，難道其他的女性也是為了吸引哪個男人才故意說謊嗎？」

新市一臉震驚，波矢多則是若無其事地說：

「這肯定是受到和子小姐『經驗談』影響的『正面』部分吧。」

「那『負面』的部分呢？」

「認為自己也看到赫衣了……」

「集體幻覺嗎？」

「因為真真假假全都混淆在一起，謠言才會傳遍大街小巷。也可以這麼思考。」

「那明世的情況又該怎麼說？」

提到明世，波矢多突然一臉困窘。

「……我不知道。」

「說到不知道，赫衣的傳聞也不曉得是從哪裡傳出來的。」

「是紅色迷宮出現以前就已經存在於寶生寺的怪談……對嗎？」

吉之助對波矢多的確認輕輕點了點頭，於是他又繼續問道：

「請問有人可以告訴我這部分的細節嗎？」

波矢多繼續追問，卻見吉之助露出不知所措的表情。

「……有是有啦。」

「叔叔的家就在寶生寺車站的西側，應該有從以前就住在那裡的人吧。」

新市問道，吉之助又點了個頭。

「可是啊，那邊的人不太願意跟紅色迷宮扯上關係。」

「明明是叔叔的鄰居？」

「誰叫他們先來，我們後到呢。」

看樣子，以前就住在寶生寺西側的人與新來的居民之間似乎不是非常對頭。或許與紅色迷宮這個黑市的橫空出現不無關係。

就在波矢多這麼思考時……

「我問問看有沒有人願意告訴我們，不好意思，可以請你給我一點時間嗎？」

吉之助滿臉歉意。

「別這麼說。麻煩您了。」

波矢多連忙低頭致意。

「找到願意告訴我們的人以後，再來討論赫衣的由來吧。」

因為新市說這句話時一臉遺憾，突然想起什麼的波矢多這麼寬慰新市。

「其實聽你提起赫衣的話題時，我想到一件事。」

波矢多想起了什麼，寬慰新市。

「是什麼啊？」

「赫衣的顏色啊。」

「紅色嗎?也有人說是朱紅色……」

「從寺院的名稱來看,寶生寺過去信仰的是不是寶生如來呢?」

對於波矢多的問題,吉之助沒什麼自信地說:

「好像聽說過……」

「印度佛教有所謂五大要素的思維。分別是地、水、火、風、空,各自與黃、白、紅、黑、藍色相呼應。」

「怎麼一下子跳到那裡去了。」

新市出言調侃。

「以前聽你說過平安京的風水也分成這五種顏色呢。」

「東青龍對應到藍色、西白虎對應到白色、南朱雀對應到紅色、北玄武對應到黑色,天上的北極星是黃色。佛教也有同樣的五色,不過這就眾說紛紜了。有一種說法是如來與五色對應,阿閦如來對應藍色、阿彌陀如來對應白色、寶生如來對應紅色、不空成就如來對應黑色、大日如來對應黃色。」

「根據這個說法,寶生如來是紅色啊。」

「這塊土地因信仰寶生如來的寺院而得名,它的擁有者是誰呢?」

「……是朱合寺吧。」

新市問吉之助，後者頷首。

「也就是說，寶生寺是紅色、朱合寺是朱紅色，其中都各自潛藏著顏色。」

「這就是赫衣的由來……」

「為赫衣命名的人物或許是在無意識之間想到這兩座寺院。」

「嗯……」

吉之助突然大聲地哼了一聲。

「拜託老師處理這件事果然沒錯。」

「沒這回事，但我也只能推論出這些了──」

「以你的本事，一定能做出更精闢的推理，放心吧。」

新市不負責任地替急著解釋的波矢多打包票。

自己的任務應該就到這裡了──波矢多正打算表態告退，可是吉之助與新市拚命挽留，希望他能在紅色迷宮多待幾天、多做點調查。

「但真的希望渺茫……」

「欸，別這麼說嘛。」

「像老師這樣的人物願意幫忙調查。光是把這件事告訴大家，紅色迷宮裡的人們也會放心許多的。」

「沒錯，你只要表現出願意調查的樣子就行了。」

「你也太隨便了——」

波矢多真是拿他沒辦法。就在兩人繼續你一言、我一語時……

「只不過……」

波矢多突然喃喃自語。

「怎麼？你想坐地起價嗎？」

新市半開玩笑地回應，波矢多的臉上浮現苦笑。

「才不是。關於赫衣的名稱，有件事情讓我有點在意……」

「剛才的解釋不對嗎？」

「不，我猜至少對了一半。從寶生如來的紅色及朱合寺的朱紅色提取出『紅』這個顏色。問題在於為什麼是『衣』。」

「如果是紅斗篷，顧名思義就是翻飛的紅色斗篷吧。既然如此，赫衣就是紅色的衣服——」

「明世小姐與和子小姐都沒有特別提及那個人全身上下都穿著紅衣服。頂多只是感覺像個紅紅的人……」

「好像是這樣呢。」

新市此時突然像是想到了什麼。

「叔叔，以前有聽說過很像穿著紅衣服的說法嗎？」

「……我記得沒有。」

吉之助顯然也在記憶裡翻箱倒櫃。

「真要說的話，印象中幾乎所有的案例都沒有提到赫衣看上去是什麼樣子。」

「恐怕是因為已經先有『赫衣』這個名稱的關係吧。」

波矢多說完後，新市表達贊同似地接話：

「如果沒有名字，目擊者反而會拚命想要說明對方的樣子。希望盡可能正確地描述自己親眼看到的東西。就是這樣吧。」

「因為已經有了名字，所以每個人都用一句『赫衣』帶過。」

「嗯，所以為什麼是『衣』呢？」

「就是因為不知道，我才會這麼在意。」

波矢多這麼回答急性子的新市。

「從一般的角度來思考……雖然這麼說也很怪，但明明可以直接取名為『紅服』或『紅色的人』，為什麼會用『赫衣』呢。」

「好。」

接著，新市露出了喜悅的神色。

「為了解開這個謎團，你果然還是得暫時留在紅色迷宮，調查赫衣的來歷。就這麼決定了。」

「老師，那就拜託你了。」

於是，配合吉之助和新市的期望，波矢多決定在紅色迷宮多留幾天。

第九章

歡迎會

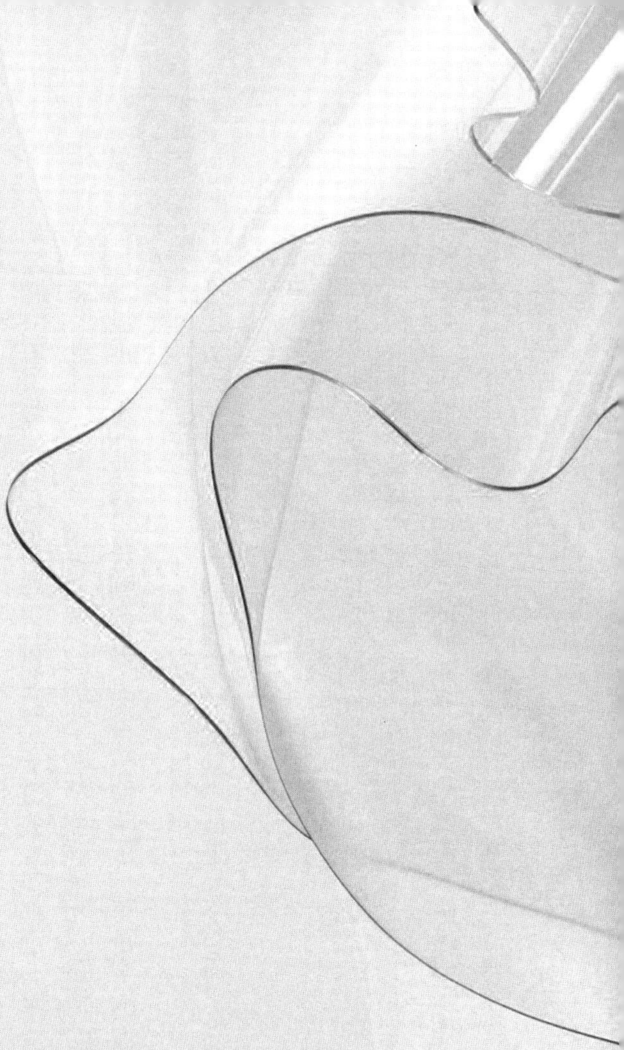

物理波矢多來到紅色迷宮的那天晚上，眾人在私市遊技場後面的住家空間為他辦了一場溫馨的歡迎會。出席者有熊井新市、私市吉之助和他的女兒祥子、祥子的丈夫心二、在柏青哥店的兌換處工作的中國人楊作民、負責柏青哥機台的少年柳田清一、在車站前的派出所執勤的巡察伊崎，然後再加上明世，總共九人。因為空間非常小，所以大部分的餐點都放在會客室和員工休息區。

「那麼，在此歡迎物理波矢多老師光臨，大家先來乾杯吧。」

吉之助站起來，手裡拿著斟滿啤酒的杯子。孕婦祥子和小孩清一喝的是果汁，但兩者在一般家庭都屬於很貴重的飲料。說到孕婦，明世也懷孕了，可是本人卻抬出「才剛懷上」這個理由，一副不醉不歸的樣子。

波矢多很想對老師這個稱謂提出嚴正的抗議，但是又不想掃了大家乾杯的興致，所以還是忍了下來。

「剛好伊崎巡查今天不用當班，特地賞臉來參加。」

波矢多也學吉之助畢恭畢敬地低頭問好。

「彼、彼此彼此，承蒙邀請，萬、萬分感激。」

與娼婦們口中「木屐般的臉」的嚴厲長相大相逕庭，伊崎似乎相當緊張。聲音都分岔了。

「那麼各位，讓我們祈求物理波矢多老師在紅色迷宮大顯身手，乾杯！」

待所有人齊聲附和、喝了口啤酒和果汁後，吉之助大聲宣布：

「那麼接下來就請大家隨意吧——」

眾人開始熱鬧地吃吃喝喝。

在紅色迷宮大顯身手這句話令波矢多感到很尷尬，但他本身對赫衣充滿興趣倒也是事實。同時也自顧自地想著或許能在這裡從事民俗學活動。

啊，更重要的是——

總之要先阻止他們繼續喊自己「老師」，但或許為時已晚。因為除了新市以外的所有人都理所當然地稱波矢多為「老師」。

在酒精的催化下，再加上新市、吉之助、伊崎、明世等四人原本就是熱情爽朗的性格，場子一下子就被炒熱了。

意外的是伊崎本人也很捧場。雖然給人正經八百的第一印象，但是酒過三巡後，話也跟著多了起來。

「我接到報告說，在上野失竊的腳踏車居然在兩小時後就重新漆成藍色，在新橋的黑市販賣——」

他陸續發表這類跟警察的工作有關的趣事，新市和明世都聽得津津有味。

波矢多跳過放著不管也可以聊得很開心的那四個人，想去跟祥子和心二、楊作民和清一聊聊。祥子還好，但似乎很難讓剩下的三個人開口。而且各自存在很難開口的理由，像是心二的性格很拘謹、楊作民的日文說得沒有很好、清一還是個小孩子，尚未與波矢多打成一片。

祥子與明世都很機伶，一直從會客室和員工休息區端菜過來。吉之助一開始很擔心祥子太過操勞，但隨著醉意開始襲來，也不再囉哩八嗦了，對於明世也是相同的態度。

心二雖然擔心妻子的身體，卻不敢打斷岳父說話，所以沒有離座、只是默默看著。楊作民顯然不勝酒力，不一會兒就昏昏欲睡。清一想盡可能協助祥子，但祥子反而不許他幫忙。

「我沒事，你吃你的吧。」

說完便把清一趕出會客室和休息區。

因此，波矢多也幫了祥子很多忙。明明他才是歡迎會的主角，但新市和吉之助、伊崎、明世聊得正起勁，所以就算少了自己也沒有任何問題。

「不好意思啊。父親和新市哥都撇下老師，自己聊自己的……」

祥子低頭賠禮，波矢多則是笑著說：

「不會，別在意我。一直待在那裡，我覺得還比較累。能在這裡稍作休息，我反而樂得輕鬆。」

「感覺好像已經很久沒看到父親這麼開心地喝酒了。」

「平常不是這樣嗎？」

「在我看來，平常只是慣性酗酒。」

這種形容令波矢多不由得苦笑。

「我想大部分喝酒的人都是在『總之先開喝吧』的心情下喝酒。」

「只要別喝到脫序，倒也是無所謂啦……」

聽出祥子的語氣裡流露出某種弦外之音，所以波矢多有些顧慮地問她：

「令尊曾經因為酒醉誤事過嗎？」

「只是發點酒瘋……」

脫口而出後，祥子連忙改口：

「不過，只要別真的喝過量，倒也不至於發酒瘋。父親過去曾經因為賭博受過非常慘痛的教訓……其實他在紅色迷宮成立的過程中，與第三國人爆發衝突時也吃過很大的苦頭……」

「可是私市先生控制住自己了？」

「……是被我拉住了。因為他們也有自己的生活要過嘛。最後我還哭著求他別再喝了。」

「昭和十七年在中國的館陶縣駐紮的日軍內部發生了前所未聞的事件。六名士兵對長官施暴、用武器脅迫長官，最後甚至還發生了開槍、投擲手榴彈的行為。」

「難不成是因為……」

「沒錯。最大的原因就是飲酒過量。士兵們的動機確實與鬱憤脫不了關係，但導火線還是酒。我猜恐怕遠遠超過我們認為的『喝醉』，可能是處於酩酊大醉的狀態。」

「……好可怕啊。」

「以私市先生的情況，的屋的工作難免要與第三國人打交道，身為老大大概也不能輕易示弱。多虧妳能拉住他呢。」

「您也從新市哥那邊聽說過什麼吧。」

見波矢多點頭，祥子露出為難的表情。

「大部分的日本人都打從心底憎恨美軍，可是與個人接觸的時候又不一樣了。父親對第三國人的態度也不例外。」

「這件事我也聽新市說過。」

祥子露出鬆了一口氣的表情，但馬上像是想起什麼似地開口。

「即使是這樣，我和心二在一起的時候也發生了不小的騷動。」

「聽說是一波三折……」

「討厭啦，新市哥這麼說嗎？」

嘴裡這麼說，但祥子絲毫沒有真的不滿的樣子。

「事情發生在心二來這間柏青哥店找工作的時候。因為日語講得不太流利，父親起初還以為他是中國人。但就算是這樣，這也不是不錄取的理由。父親的判斷是他看起來太不可靠了，不適合我們家的生意……」

「不是日本人反而成了錄取的理由呢。」

「是的。但父親似乎又放心不下沒有工作、走投無路的他。」

波矢多沉默不語，已經可以預料到後來的發展了。

「後來我和心二開始對彼此有好感，互相被吸引……於是他向父親請求『請把女兒嫁給我』……」

「這讓私市先生傷透了腦筋。」

「父親不僅對心二沒有絲毫歧視，也非常喜歡他。但是牽扯到成為女兒的夫婿，他好像還是很掙扎……」

「真是個難以抉擇的問題。」

「好笑的是心二完全不曉得父親在煩惱什麼。」

「怎麼說？」

波矢多基於純粹的好奇心問她。

「父親把我們找過去，對我們說『兩情相悅與人種無關』。他的條件是只要心二願意入贅私市家，就答應我們的婚事。可是心二只是一臉茫然，根本不明白父親的用意。於是我下定決心，對父親說這事我來處理，直接把他的顧慮告訴了心二……」

「當時心二先生的反應是？」

「非常軟弱地笑了笑。我嚇了一跳，問他原因，結果該說是大吃一驚，還是火冒三丈呢……」

「難不成他是日本人？」

「正是。日語之所以講得結結巴巴，是因為從小被朝鮮人夫婦收養、由他們一手帶大的關係。」

波矢多想起以前與新市一起去新宿的黑市時，就撞見心二走進招牌寫著「內臟料理　李」的店。他把這件事告訴祥子。

「心二告訴過我，他離開那對夫婦時，他們剛好開了那家內臟料理店。」

「請容許我再多問一句，心二先生為什麼會被李氏夫婦收養？」

這個問題令祥子的表情蒙上陰影。

「其實我也不是很清楚。心二家非常富裕，李氏夫婦原本是他們家的佣人。但心二的父親沉迷賭博，導致一家分散的下場。在那之前，李氏夫婦的兒子恒寧先生正好因病去世。於是李氏夫婦為了報答主人多年來照顧自己一家的恩情，也為了緬懷過世的兒子，決定將心二撫養成人。大概是這樣。」

「這對於心二先生而言，大概是不堪回首的過去吧。」

「……是的。不過，除此之外還有別的理由。」

「別的理由？」

「造成一家分散的原因主要是因為父親好賭，但父親之所以會沉迷賭博好像是有原因的……」

「什麼原因？」

「……關於這點，他還不肯告訴我。」

「只要知道大致的年份，就能從當時的報導調查出一些蛛絲馬跡。更何況還有貴市這個姓氏當線索——」

「不，既然心二不想說，那我也不想知道。這點父親也是一樣的。」

「私市先生也很驚訝吧。」

「對。不過在那之後，父親向心二道歉。心二也為自己引起不必要的誤會向我們道歉。」

「這麼一來，心二先生就能成為私市家的贅婿了。」

「是的，真是太好了。」

祥子露出幸福洋溢的笑臉，不過隨即換成苦笑。

「心二顯然做夢也沒想到，自己竟然一直被當成中國人。後來他與父親相視一笑。不過相較於父親的捧腹大笑，他的笑容似乎有點勉強……心二平常在父親面前就很容易緊張……再加上受到這樣的誤解，或許也大受打擊。」

此時祥子想起了什麼。

「後來父親也與李氏夫婦見面，還跟李先生一拍即合。日本戰敗後，第三國人受到占領軍的特別對待，與做什麼都不自由的日本人相比，簡直是天壤之別，為此沾沾自喜。但這種特殊待遇遲早會隨風而逝，立場總有一天會再顛倒過來，所以我們為了在這個國家安居樂業，只能腳踏實地地工作——李先生好像是這麼說的。父親也非常同意他的看法。」

「聽起來一切都很順利呢。」

波矢多的視線落在祥子的大肚子上，祥子面紅耳赤地微微行了一禮。

「在紅色迷宮開食堂的『濱松屋』，他們的女兒里子小姐現在剛好也有孕在身，我們總是興高采烈地討論著孩子以後要當同學的事呢。」

「身邊有同樣也是孕婦的人，真的會放心不少吧。」

「對呀。只是里子小姐本來就很膽小，有了身孕後更讓她感到不安，所以我總覺得自己必須振作一點才行……但也托她的福，我幾乎沒空煩惱，所以就結果而言反而是好事也不一定。」

祥子笑著說完，轉而換上略顯憂愁的表情。

「可是我一旦要生產，就沒有餘力再處理店裡的事，也照顧不到清一，所以現在開始有點擔心了。」

「我聽新市說，清一小弟似乎很依賴妳呢。」

「也聽說他是戰爭孤兒的事了？」

「是的。考量到身為戰爭孤兒的背景，能在私市先生的店有一份工作，還有地方可以住，真的是太幸運了。一想到他原本可能會碰上的悲慘虐待，實在不曉得該對清一小弟說些什麼才好……」

「那孩子其實真的受過悽慘的虐待。」

以下是祥子從清一本人口中聽到的遭遇。

柳田清一九歲時，在昭和二十年八月十四日的大阪大空襲中失去了祖母、母親和年幼的弟妹等家人。大阪從同年三月十三日到七月二十四日之間已經遭遇過七次空襲，那天則是最後一次。而且隔天十五日就是玉音放送[22]，日本正式宣布戰敗。只要再熬過一天，祖母、母親以及年幼的弟妹就都能得救。這個想法總是狠狠地侵蝕著他幼小的心靈。

他的父親是個木工，戰爭初期就戰死沙場了，因此唯有清一一個人獨留在遍地焦土的人世間。附近比較熟識的叔叔嬸嬸、兒時玩伴們都死去了，就算回到以前柳田家的所在地等待，也等不到任何人回來。

22第二次世界大戰的尾聲，一九四五年八月十四日由昭和天皇親自宣讀《終戰詔書》，隔天透過ＮＨＫ正式對外廣播錄音檔，是為「玉音放送」。

繼續待在這裡，只有死路一條。

在沒有任何食物的情況下，也不能一直留在早已付之一炬的住家廢墟。更何況所有人都死了，等待這種行為根本毫無意義。

但是，說不定政府的人……

說不定國家會派人來尋找自己、加以安置——清一天真地想著。因為他可是「靖國的遺孤」。

在戰爭中失去父親的孩子在戰時被稱為「名譽之子」。他們每年都要派代表從全國各地前往靖國神社，參加典禮。在那場被稱為「社頭的會晤」的典禮中，孩子們被告知「可以見到光榮為國捐軀的父親」，皇后會賜予「御紋菓[23]」，典禮中還有內閣總理大臣的致辭等活動。清一七歲的時候曾參加過一次，即使無法完全理解這是怎麼一回事，卻也感到非常得意。

不過社頭的會晤只在昭和十四年至十九年（一九三九～四四）的六年間舉行。因為靖國的遺孤愈來愈多，戰局卻一天比一天惡化，這也是可想而知的結果。

但是日子一天天過去，國家的人始終沒有要來接他的跡象。

曾經盛讚他們是名譽之子的大人們如今看也不看他們一眼。

迫於無奈，清一決定徒步前往京都。因為父親有親戚在那裡，以前去玩的時候曾留宿過好幾次。那邊的伯父伯母和堂姊妹總是喊他「小清」，對他疼愛有加。所以他不假思索地以那個家為目標前進。

然而，那家人見到清一時的態度卻與過去截然不同。京都從未遭受過空襲，因此伯父家當然完好無缺。看在失去家人、家園被毀的清一眼中，簡直再幸運不過。

但是看到歷經千辛萬苦才抵達這裡的清一，伯母說的第一句話卻極為冷酷。

「你來做什麼？」

兩位堂姊妹從伯母背後探出臉來，打量他的眼神就像是看到了乞丐。

「我們家沒有能力收留你。」

稍後回到家的伯父也毫不留情地說道。

只要看一眼清一的樣子，伯父一家人大概就知道他遭遇了什麼。但他們不僅連一句安慰的話也沒有，還當他是顆燙手山芋。

儘管如此，清一也沒有別的地方可去，只能不計代價、先求能待下來再說。

清一的苦日子就此展開。不僅不能去上學，從早到晚都要幫家裡做事。只要稍微沒做好，

23以模具做出日本皇室菊紋或桐紋外觀的日式甜點。

就會換來一頓打罵，而且每次都不讓他吃飯。兩位堂姊妹拚命欺負他，附近的小孩也開始有樣學樣。

「戰爭乞丐」。

不知從什麼時候開始，大家都這麼稱呼清一。

每當家裡有什麼東西不見，第一個被懷疑的就是清一。久而久之，所有附近發生的壞事都會賴到他頭上。

餓肚子、受欺負還被栽贓，清一實在有冤無處訴。然而最令他難過的，還是伯父伯母毫無情理的一句話。

「你為什麼還活著啊。」

他們動不動就對他說這句話，就像是要全面否定他一路走來的人生、與家人的一切回憶、以及他的存在本身。

不能再待在這裡了。

當時的他還無法理解為什麼會有這種感覺。但是直覺大聲地警告他，再這樣下去，自己的內心一定會有某個地方開始腐爛。

清一決定離開伯父家。他從伯母藏在壁櫥的現金裡抽走相當於至今勞動的薪水。為了證明這不是偷竊，他還留下紙條，鉅細靡遺地寫下拿走這筆錢的理由。

儘管下了這麼大的決心要離開，他卻不知道該往哪裡去，只知道就算回去大阪也沒有意義了。那麼到底該去哪裡呢？

東京。

說到比大阪還大的城市，清一只知道東京。如果是大人，或許能想像日本的主要都市肯定都在空襲的蹂躪下變得面目全非，但年僅九歲的他怎麼可能想得到。不，就連當時的成年人，也有很多人根本沒有明確的目的就離開變成廢墟的故鄉，所以打算前往東京一事，誰也沒有資格責備他。

就算有錢也買不到電車票，所以清一一路坐霸王車前往東京，能這麼做的大概就只有小孩了吧。不過也只撐了三天就被發現，為了逃跑只好提早下車。在名古屋下車時，他也曾想過乾脆就在這裡住下來好了，可是又不想改變當初的計畫。雖說是計畫，但他其實只想到要去東京這一步。儘管如此，並不是只有他抱著「只要去東京就有辦法」的想法。大人也是相同的心思。

好不容易抵達上野車站、來到車站前面時，清一嚇得目瞪口呆。因為眼前的黑市遠比他在名古屋車站前看到的黑市要大太多了。只要有現金的話，什麼都吃得到。這件事讓他覺得很興奮。只是黑市的價錢貴得不可思議，身上的錢可能一不小心就花光了。所以他每天只買一條番薯，分成早晚兩餐，小心翼翼地吃。

入夜後就要為睡覺的地方煩惱，但是一走進車站的地下道，裡頭彷彿天經地義似地躺滿了人。更令清一驚訝的是，睡在地下道的除了大人以外，也有年紀還非常小的兒童。只看了他們一眼，清一立刻就明白了。

……他們跟我一樣，所有的家人都死了。

人們稱這些孩子為「戰爭孤兒」。換句話說，大人們也知道他們是戰爭的犧牲品。可是他們並沒有獲得同情。

孩子們如果想走進車站的候車室，一定會換來「滾出去」的咆哮。也有人直接被一腳踢出去。大人對他們的態度就跟對待野狗沒兩樣。不，面對野狗時還會擔心被反咬一口，所以或許不敢下那麼重的手。正因為他們是手無縛雞之力又餓著肚子的小孩，大人們的舉動才會更加肆無忌憚吧。

戰爭孤兒明明是大男人們挑起的戰爭中最大的犧牲品。

清一每天去買一條番薯，分成早晚兩餐吃的時候都提醒自己要非常留意周圍的動靜。因為只要稍微鬆懈，東西就會被偷走。無法行使暴力的孩子只是目不轉睛地盯著他看。就這麼持續凝視著正在吃番薯的他。

好可憐……清一雖然很同情，但也沒有餘裕分享食物給他們。光是要讓自己活下去就已經筋疲力盡了。

為什麼國家的人連一個飯糰也不肯施捨給這些兒童呢？

內心浮現了疑問，但想起年紀稍長的少年曾說過，街上公然張貼著「不要給流浪兒食物」的告示，便放棄了思考。那些大人們認為流浪兒既不乾淨又不良。

……我們被這個國家和大人們給拋棄了。

他深切沉痛地在這條地下道理解了早就該了然於心的現實。

地下道對自己而言就宛如「家」一般的存在，但依舊存在不管經過多久都無法習慣的東西。那就是跟他一樣的孩童流露的目光。

如果是從那些看著清一的小孩視線中感受到強烈的饑餓，他還能理解。可是，其中也不乏彷彿已經死去的眼神。被那種跟死者無異的眼神盯著看，就連番薯也變得難吃了。所以清一吃飯時不僅要提防四周的孩子，也得小心翼翼地迴避他們的視線。

開始睡在地下道之後，清一最害怕的莫過於幾乎每天都會來的幾個大人。他們會搖晃、拍打躺在地上的兒童的肩和背。如果對方有反應，他們會直接走過去。但如果沒有反應的話，就會被他們扛在肩上，不曉得帶到哪裡去。

起初清一還以為他們是來拯救過於虛弱的小孩。但很快就察覺到真相了。

……他們是來把死掉的孩子運走。

清一發現那些消失的孩子大部分都在那之前就已經露出死亡般的眼神。

……我最後也會變成那樣嗎。

他已經看過太多死人了。不只地下道，走在街上也經常看到倒在路邊的屍體。有的人大概只是睡著了，但大部分的人肯定已經沒有呼吸。所以就算已經習慣看到屍體，要想像自己的死亡完全是另一回事。

好害怕、好害怕、好害怕……

清一感受到遠比空襲時更強烈的恐懼。當然，空襲的恐懼筆墨難以形容，但也同時讓他放棄掙扎，反正再怎麼掙扎也沒用。然而，現在只要有東西吃，就還有活下去的可能性。因此，會感覺「死亡」距離自己好近好近。這才是令他極度恐懼的原因。

身上的錢終究還是花光了。已經什麼也買不了、什麼都吃不上了。

在走到山窮水盡的不久前，清一交到兩個朋友。他們是年紀相仿的仲原和笠南。仲原非常活潑、健談，笠南則相對老實、沉默，他們好像很早就盯上清一了。不過並不是為了偷他的錢，而是想拉攏清一跟他們一起闖空門。

受到仲原的邀請，清一沒有絲毫迷惘就答應了。接著他用身上最後的現金買了一條番薯，三個人分著吃。

他們鎖定的目標是家境小康的家庭。清一先用廢棄的材料做梯子。仲原再用梯子翻牆，從內側打開後面的木門，與笠南一起溜進去。清一則躲在可以同時看到正門和後門的角落把風，監看這家人回來了沒有。萬一有人靠近大門，就吹一下短促響亮的口哨示警，通知兩人從後門逃逸。如果有人靠近後門，則以拉長音的口哨聲通知兩人從大門口逃走。

闖進去以後，由笠南負責最有可能藏現金的壁櫥等處，仲原則搜尋其他地方。這個角色分配得非常好，負責把風的清一也很適任。這兩人能在這戶人家返家發現之前就先逃走，都是拜他所賜。

話是這麼說，要靠闖空門偷來的錢養活三個人還是很困難。得先找到剛好有錢，而且又方便入侵的房子。這點非常困難。其次也不能老是在同一個地區闖空門，這樣非常危險，因此無論如何都必須遠行。在這種情況下，不免往往都「事倍功半」。

無法闖空門時，仲原會去黑市的店偷東西。因為這對老實的笠南來說負擔太大了，所以仲原總是和清一結伴同行。不過清一也還沒有行竊的膽量。因此從店裡偷食物就成了仲原的任務。可想而知，當他抓了食物逃跑，店裡的人一定會追出來。一旦拉開距離，仲原就把食物交給清一，然後故意讓追的人看見自己的身影，往完全相反的方向逃逸。這時清一再乘隙帶走食物。至於笠南則是跟在他後面，確認有沒有其他的追兵。最後三人在事先約好的地方會合。

那天也是相同的作戰策略。黑市的正中央有一條路，仲原鎖定的店位於馬路的另外一邊，所以清一就在這側等待。盡可能混在周圍的大人裡面，注視著馬路的對面。

「小偷！站住！」

聽見大喊的聲音後，仲原雙手捧著一個髒兮兮的包袱，從人群裡衝出來。

剎那間，他與清一四目相交，咧嘴一笑。那個笑容意味著成功了，今天的食物有著落了。

碰——響徹雲霄的陳悶撞擊聲迴盪在四周，下一瞬間，有台副駕駛座載著年輕日本女性、由美軍駕駛的吉普車輾過仲原的身體。鮮血從他的身體汩汩流出，幾個原本被包在包袱巾內的番茄也被壓扁，汁液混入其中，轉眼間便染紅了馬路。

追趕仲原的店員只看了車禍現場一眼便立刻轉身離去。美軍拿著毛毯下車，包起仲原的遺體，然後把人放到吉普車的車斗上。副駕的女人則一直面向別的方向，直到車子重新發動。

仲原被帶去哪裡、後來又怎麼樣了——清一不得而知。但願他能得到妥善的埋葬，但願有人給他上一柱香或為他雙手合十……清一只能如此向上天祈禱。

笠南比以前更沉默了，但不再是以前那種老實的樣子，而是變得死氣沉沉。無論是闖空門還是偷東西，兩人都不再像以前那樣合作無間。他們開始感到饑腸轆轆。

有一天，笠南消失了。清一到處尋找如今唯一的朋友。找到平交道附近時，就聽說有小孩跳軌自殺。清一只遠遠地看了一眼，但直覺告訴他，那孩子就是笠南。

戰敗後餓死、病死、凍死的人可說是源源不絕。另一方面，自我了結的人也不少。其中當然也包含孩童在內。

清一再次變成孤身一人。

彷彿看穿他的孤獨，一個只由孩童組成的竊盜集團問他「要不要加入我們」。清一心想再這樣下去，自己遲早會餓死，於是便答應了。但是他在那裡過得一點也不開心。

為首的老大佐竹看上去才十三、四歲左右，卻已經有一股「大叔」的氣質了，總是一臉目中無人的表情。喝酒、抽菸、賭博——據說還有女人——樣樣都來，完全就是標準的不良少年形象。完美地詮釋了世人「流浪兒等於不良分子」的刻板印象。因此與其說是「由孩童們組成的竊盜集團」，不如說是「不折不扣的犯罪者集團」，他們若無其事地進行與強盜無異的活動，因此讓被害人受傷的情況也是屢見不鮮。

「我們之所以過得這麼慘，都是大人害的。所以大可堂堂正正地從大人身上偷錢。」

這是佐竹的想法。總之，這種粗暴的作為不適合清一，令他感到頭痛不已。因此他的「成績」一落千丈，當然，能買食物的錢也愈來愈少。他原想乾脆就這樣順其自然地退出，但聽說佐竹認為這是一種「背叛」行為，會採取報復，所以也無法輕易逃跑。

只能離開熟悉的上野了。

就在清一決定壯士斷腕時，政府單位開始「抓捕」了。東京都的職員們一旦抓到小孩，就會一隻、兩隻……像這樣數數，然後把人丟上卡車或三輪汽車的車斗，或是用手推車載走。將他們送去被稱為「保護所」、「養育院」或「收容所」的設施。

並不是國家終於動起來、要保護戰爭孤兒了，而是GHQ的公眾衛生福祉局一直將有太多的流浪兒在路上生活視為問題，最後福祉課長內夫忍無可忍，逼迫日本政府「給我在一週內解決」，才展開了這場突如其來的狩獵行動。

因此孩童們在設施內的生活可以說是極其惡劣。他們先把帶來的小孩脫得一絲不掛，即便是冬天也用水沖洗他們的全身。有些地方為了防止逃跑，乾脆把所有赤裸的孩子全都關進籠子裡。雖然還是有飯吃，但無論是品質或分量都糟到不行。所以不斷有人想辦法逃跑。

清一從逃離設施的小孩口中得知比起那裡，露宿街頭還更像是人類應該有的生活，所以他拚命躲避行政單位的追捕。由佐竹率領的竊盜集團的孩童們當然也不例外。

但清一還是被抓到了。

坐在卡車搖晃的車斗上，清一已經在思考要怎麼逃走了。但眼前的樣子有點古怪。街道的風景逐漸消失在視野之外，取而代之的是田園風光。看來是通過市區後就一直往郊外走。沒多久，就連水田或耕地都看不見了。當然也沒有半戶人家。穿過廣大的森林，接下來感覺就要進入山中。

……這種地方有孤兒收容所嗎？

不光是清一，其他的孩子也都對眼前異樣的狀況感到惴惴不安時，卡車在陰暗的森林裡停下。大人們命令車斗上的所有人下車，然後一句話也沒說，就這麼開車走了。

……被遺棄了。

如同過去被國家丟下，清一心裡明白，這次他們又被國家遺棄了。

孤兒收容所的數量嚴重不足，但又必須聽從GHQ的指示。為了讓街上再也沒有流浪兒，他們就這樣被丟在陌生的荒山野嶺。

「保護」戰爭孤兒只是一種理想，「遺棄」他們才是現實。這也是輸掉戰爭的日本又一次的場面話與真心話。

清一等人互相加油打氣，大家一起下山。向最早遇到的人詢問後，得知那裡好像是茨城的土浦。接下來，一行人開始走回上野。

因為有過這次的體驗——也是為了離開佐竹——清一決定找份「工作」。

他有一個門路。以前聽仲原說「寶生寺的柏青哥店老大很有人情味」。但也就只有這樣而已。一般來說應該是無法指望的「門路」吧，但清一已經走投無路了。而且寶生寺距離上野有段距離。更重要的是，告訴他這件事的人是仲原。這個事實對他而言比什麼都重要。

一想到這個過於渺茫的指望居然讓清一幸運地有了工作與棲身之所，就不禁覺得是死去的朋友在引導他……祥子以這句話為漫長的故事畫下句點。

「就連父親與外子、乃至於新市哥都不曉得這麼詳細的經歷。」

「清一小弟只告訴妳啊。」

祥子點點頭後，憂心忡忡地接著說：

「我有時會想，他這麼信任我，我卻因為要生小孩，疏忽了對他的照顧。」

「一看就知道私市先生也很疼他，所以肯定沒問題的。」

波矢多如此回應，換來了祥子的破顏微笑。

「那孩子剛開始在這裡工作時，渾身上下都散發出一股不相信大人的氛圍。工作認真、對誰都很有禮貌，但絕不敞開心房……但自從父親帶他去澡堂、幫他刷背後，他開始一點一滴地改變了。因為流落街頭生活的關係，他的身上長滿了疥瘡……父親卻不以為意地幫他清洗身體。那孩子好像真的非常感動……從此以後就逐漸卸下心防了。」

「……小姐。」

這時，耳邊傳來略帶顧慮的聲音，只見楊作民一臉睏倦地探頭進來。

「啊，抱歉，沒有餐點了嗎？」

「不不，還有很多喔。而且老大他們只顧著喝酒，根本不吃東西。」

楊笑著說。

「其實是我明天要向老大介紹一個名叫東宏彥的人。他是我的中國人朋友。因為老大先前就吩咐過我，為了因應大小姐生產後的休養，要多請一個人來幫忙。」

「楊先生是擔心父親忘記吧。」

「如果是平常，我一點也不擔心，但老大今晚喝了很多酒。」

「嗯，我明白了。我晚點會提醒他，叫他別忘了。」

「有勞小姐了。晚安。」

目送楊作民穿過住家空間離開後，祥子與波矢多便回到宴會上。

包括這位東宏彥的事在內，第二天發生了好幾件事。而且很遺憾的，全都是壞事。可想而知，此時此刻的祥子和波矢多都還不知道，在最後的最後等著他們的會是最糟糕的事件。

第十章

那天的初始

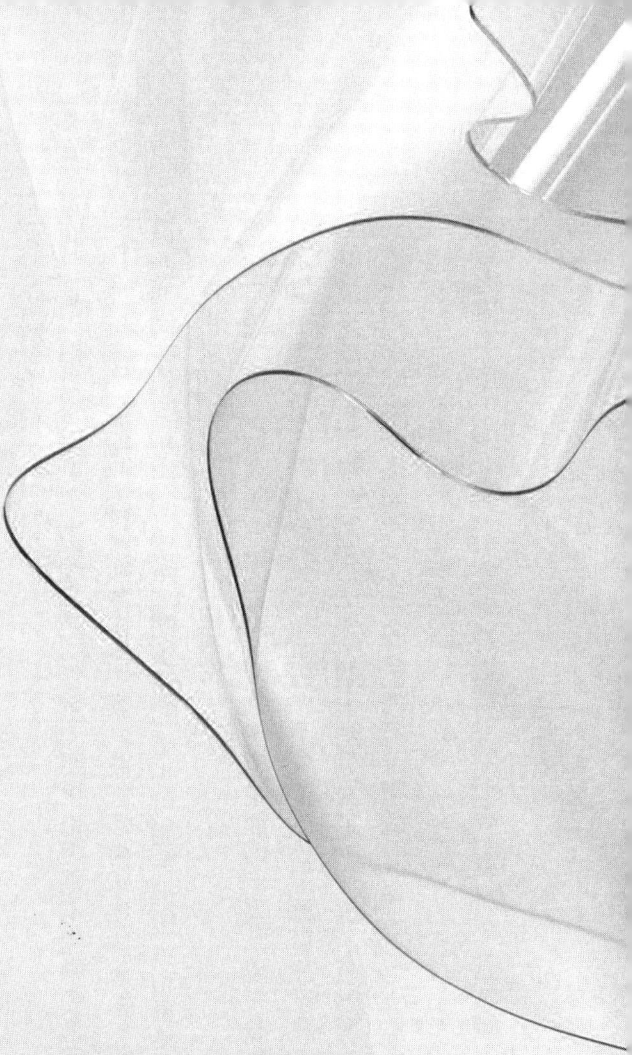

昨夜以「物理波矢多歡迎會」為名的宴會在凌晨三點左右結束。

楊作民回去後，私市祥子和心二過沒多久也回家了。柳田清一在那之前就已經在住家空間的一角睡著了。伊崎似乎還想留下來，但是考慮到第二天還要執勤，只好心不甘、情不願地告辭。私市吉之助和明世頻頻挽留，但波矢多說服他們放巡查回家。

這麼一來就只剩下心情大好、喝得醉醺醺的吉之助，還有熊井新市、明世和冷靜思考差不多該散會的波矢多。

問題是，柏青哥店上午十點才開門營業。明世也說她不到中午是不會離開被窩的。新市則是決定陪波矢多在隔壁的咖啡廳 Karie 過夜。波矢多會下榻於 Karie 的二樓。這是吉之助的好意，擔心他們在柏青哥店的住家空間留宿的話，可能會被機台和軍艦進行曲吵死。Karie 的老闆好像會從吉之助那裡收到相應的住宿費。

也就是說，這三個人明天早上就算晚點起床也無妨。因此波矢多為了讓他們散會簡直費盡了心力。這不是自己的歡迎會嗎……波矢多不禁苦笑，但總算在凌晨三點打發他們原地解散。

不過波矢多和新市離開時，住家空間還剩下決定今晚留下來過夜的吉之助和明世，所以兩人可能還會繼續喝。即便如此，波矢多已經管不了這麼多了。

「你還是老樣子，過於正經了。」

雖然說是 Karie 的二樓，但其實是相當於閣樓般的空間。直到爬上去之前，新市都一直找波矢多說話，但波矢多一句話也沒回。

「這裡以前該不會是接客的地方吧。」

波矢多疑神疑鬼地在狹小的房間裡看了一圈。

「確實是。」

新市不懷好意地笑了，逮住這個話題繼續說：

「女孩子逃走後，找不到人接替，只好停止那方面的生意——我只知道這些，但恐怕是美軍傑克害的吧。」

「是從明世小姐說的話得到的提示嗎？」

「對呀。拜其所賜，我們才有地方落腳。嗯，真是太好了。」

這句話令波矢多有點在意。

「你今晚住這裡是因為喝太晚，已經沒有電車可以回去了對吧？」

「你說什麼呀。我是為了和你一起揭穿赫衣的真面目，讓紅色迷宮恢復平靜。」

「等等，我可沒聽你這麼說過。」

波矢多第一時間提出抗議，新市稍微想了一下又說：

「……嚴格來說，我是聽完明世說的話，再聽了你的推理，後來覺得這件事很有趣，所以決定留下來幫你。」

新市說得臉不紅、氣不喘，波矢多聽得目瞪口呆，但隨即轉念一想。有新市在，我反而比較好辦事。

首先，新市對黑市瞭若指掌。還有，雖然對紅色迷宮可能沒那麼熟悉，但是有明世這樣的朋友，對波矢多的明察暗訪應該會有很大的幫助。

「就當我是名偵探的助手吧。」

新市說完這句話，便倒下睡去。

波矢多為他蓋上棉被後，自己也鑽進被窩。沒想到才剛回東京，又要從事類似偵探的工作了。而且還是就算不能找到答案好像也沒關係的「工作」。

可是……

赫衣的存在實在令人感到莫名其妙。似乎不能以單純的謠言一語帶過，好像會有什麼東西實際從這個傳聞裡爬出來……總覺得忐忑不安。

波矢多眼看就要陷入恐怖的想像。

總之明天先去紅色迷宮走走看看，了解一下環境吧。

波矢多決定構思實際的行動。只要能夠看到那個地方最真實的模樣，肯定能稀釋赫衣帶來的怪奇感。

第二天一早，波矢多跟平常一樣在同個時間醒來，不過新市還在睡覺，而且絲毫沒有要醒來的跡象。沒辦法，他只好獨自去附近的食堂吃早飯。之後他前往柏青哥店的住家空間拜訪，沒想到私市吉之助已經起床，心二也來上班了。不過兩人的臉色都不太好。吉之助可能是宿醉，但不管怎麼想，心二應該不是這個原因才對。順帶一提，清一正勤奮地在流理台洗東西。

道完早安，波矢多略帶遲疑地詢問是否發生了什麼事。

「心二的養父李先生去世了。」

吉之助以沉痛的表情替他回答。

「……還請節哀順變。」

波矢多先向心二致上弔慰之意後，又再次轉向吉之助。

「莫非從以前身體就不好……」

「多多少少吧。不過李先生似乎也對妻子隱瞞自己的病情……等到她知道的時候已經很嚴重了……」

「所以心二先生也不知道吧。」

或許是連點頭的力氣都失去了，心二一逕低著頭。吉之助替他回答：

「養父的死已經對心二造成很大的打擊了……不僅如此，李先生的遺言還交代，等守靈夜和告別式都辦完再通知他。」

「欸……」

聽到這裡，波矢多不知該作何反應才好。

不僅不知道對自己恩重如山的養父病重，也沒能見他最後一面。接獲訃報時，居然連喪事都已經辦完了。

李先生為什麼要這樣對待心二呢？

只有一個可能性，那就是他與李氏夫婦之間有什麼心結。明知這件事輪不到自己這個局外人插手，但波矢多就是放心不下。可是當著意志消沉的心二面前，他也不敢再多問。

結果，吉之助竟然說出了意想不到的話。

「聽好了，心二。你要體諒你養父的心情。」

「……」

「你養父不讓你們知道他生病的事，是不希望你和你的養母擔心。」

「……我明白。」

心二的聲音細如蚊蚋。

「可是連守靈夜和告別式都不讓我參加……」

「我認為，這也是你養父為你著想的心意。」

見心二一臉難以理解的模樣，吉之助便用曉以大義的語氣告訴他：

「李氏夫婦是把你拉拔長大的父母。我也很清楚，你視他們為親生父母般敬愛。可是看在李氏夫婦眼中，你依舊是前主人家的少爺，這種想法肯定難以磨滅吧。如今你長大成人，與祥子結婚，成為我們家的贅婿。李氏夫婦真的非常欣慰。當時兩人眉開眼笑的表情，我至今都還記憶猶新。還有，對李氏夫婦而言，你已經是私市家的人了。不只已經離開他們的羽翼，成為頂天立地的大人，從貴市心二變成李心二、再成長為私市心二。你養父肯定是這麼想的。所以大概是希望比起他們夫妻倆，你應該要更重視在私市家的日子吧。」

「就、就算是這樣……」

「只是啊，不讓你參加養父的守靈夜和告別式還是有點殘酷。不過，我猜想你的養父大概是不惜這麼做，也希望你擁有身為私市家一員的自覺。」

「……」

「你不如也去問問你養母。」

「……好的。」

心二顯然並未完全被說服，但臉色還是變得好多了。

「私市先生的見解真是令我茅塞頓開。」

波矢多老實陳述自己的感想後，吉之助露出有些難為情的神色，至於心二看起來似乎也更願意接受養父的想法了。

只不過，由於吉之助接下來準備了四份奠儀，不光是心二，就連波矢多也感到困惑。像這種情況，應該只需要準備一份代表私市家的奠儀，寫上吉之助的名字就可以了，為什麼會多出三份呢？

不顧兩人的困惑，吉之助開始磨墨。然後用也能在柏青哥店招牌上看到的秀麗文字在四份奠儀上寫下四個人的名字。

李心二、私市心二、私市吉之助、以及李恒寧……

他為心二準備了「李姓」和「私市姓」兩種奠儀，加上身為私市家代表的自己，還以李氏夫婦已不在人世的兒子名義準備了奠儀──波矢多發現這件事後，陷入了難以言喻的心境。

不經意地望向心二，只見他正靜靜地落淚。

「帶著這個，去向你的養父道別吧。」

「……謝謝您。」

「也替我好好安慰你的養母。」

心二先回家跟等著他的祥子會合，然後再準備前往位於新宿的李家。

「私市先生跟祥子小姐不去嗎？」

明知是多管閒事，波矢多仍好奇問道。

「李先生的遺言好像是只通知心二……不過祥子當然無法接受。」

「所以他們要一起去嗎？」

「挺著大肚子也無法搭電車，所以我叫了計程車。來回新宿一趟的車資可誇張了。」

吉之助強顏歡笑。

「說真的我其實也很想去，但思考了一下，也不能不尊重李先生的心情。等事情稍微平靜一點再偷偷去好了。」

這時，楊作民來上班了。

「老大，早安。」

他從住家空間東側的門而非柏青哥店那邊走進來，向吉之助問好。

「楊先生，早。」

「對了，老大——」

「嗯，我知道了。祥子也提醒過我。真是的，我怎麼可能忘記呢。一直記在腦子裡喔。」

大概是昨晚那件要介紹員工的事吧。知道吉之助還記得，他顯然鬆了一口氣。

「那就麻煩您了。」

楊作民向吉之助行了個禮，就通過通往柏青哥店的門。大概是要準備開店了。

「不好意思，在您開始工作之前——」

波矢多誠惶誠恐地拜託吉之助。

「就算很簡單也沒關係，可以請您畫一張紅色迷宮的地圖給我嗎？」

「要到處走走看看的話，的確需要地圖呢。」

吉之助叫清一隨便取來一張紙，開始用鉛筆畫地圖。

「早……」

與此同時，新市睡眼惺忪地出現了。

「喂，竟然比物理老師晚起，成何體統。」

吉之助嘀咕了新市一句，他便乖乖地低下頭去，但是看到畫到一半的地圖，立刻發難：

「叔叔，你這樣畫不對啦。」

「哪裡不對了。」

「這裡啊。不對，這裡也怪怪的。」

於是兩人開始你一言、我一語地爭吵。

「沒有人比我更了解紅色迷宮了。」

「是沒錯啦，但我記得這裡不是這樣。啊，這裡也是——」

正當兩人對著地圖僵持不下時，楊作民把臉探了進來。

「那個……老大，差不多該開店了——」

「啊，已經這個時間啦。」

吉之助看了手錶一眼，猛然喊了出來。

「新市，你很閒吧。」

「欸，什麼事？」

吉之助把心二養父去世的事告訴新市。

「祥子也要陪心二一起去。楊先生介紹的人下午才會來。所以店裡現在只剩下我和楊先生，還有清一三個人。可是我隨時都可能要去忙別的事。所以今天要請你幫忙顧店了。」

「我也很想幫忙，但我還有名偵探的助手這個重要的任務在身，所以就算是叔叔的請求——」

新市絲毫不留情面地想要拒絕。

「有你在只會礙手礙腳吧。」

「店裡的人手不足才是最要緊的事，你應該留下來幫忙。」

吉之助與波矢多異口同聲地駁回，一下子就堵住他的嘴。

「不嫌棄的話，我也來幫忙吧。」

連波矢多都這麼說了，新市無奈地投降。

「知道了啦。我留下來幫忙就是了，你去調查紅色迷宮。」

波矢多朝新市點頭，接著轉向吉之助說：

「如果我回來的時候，店裡還是忙不過來，到時候千萬別客氣，儘管跟我說。雖然幫不上什麼忙，但多一個人手總是好的。」

在頻頻表示感謝的吉之助和一臉心不甘情不願的新市目送下，波矢多展開了紅色迷宮的探索行程。

然而，沒過多久，波矢多就領悟到或許不可能實現對吉之助的承諾了。

波矢多先回到寶生寺的站前廣場，打算從新市帶他走的紅色迷宮入口沿著昨天走過的路前往私市遊技場，不料竟然連這點都做不到。回想昨天也是迷了半天路才好不容易走到柏青哥店，心想這也難怪，乾脆打消念頭。既然如此，改走最短距離看看好了，然而依舊徒勞無功。

想先找出一條寶生寺車站與私市遊技場之間最容易走的路——波矢多這個如意算盤一下子就落空了。

回過神來，時間已經來到中午。

因為到處走來走去，肚子也餓了起來。就在他左顧右盼、想吃點什麼能填飽肚子的食物時，目光停留在「烏龍麵」的招牌上。雖然字體很小，但「烏龍麵」的前面確實寫著「道地」二字。

波矢多活像是被吸進那家店裡，但是卻不見其他客人的身影。

明明是午餐時間，這家店沒問題吧。

正當他有些不安時，看起來很頑固的老闆突然對他說：

「就像招牌寫的那樣，在我們家可以吃到道地的烏龍麵喔。」

老闆都這麼說了，波矢多只得在僅有的狹小吧檯座位坐下。

「也就是說，不是海藻麵對吧。」

波矢多提心弔膽地問道，老闆冷冷地哼了一聲。

「這位客人，你那已經是黑市初期的事情了。當時沒有烏龍麵也沒有蕎麥麵，只好用海藻的粉末代替。再使用以胺基酸製作的醬油，勉強模仿出烏龍麵的樣子。因為是用海藻做的麵，所以很快就餓了。烏龍麵明明很有飽足感的。」

「所以現在是真正的烏龍麵——」

波矢多的話還沒說完就被老闆打斷了。

「不，倒也不盡然。雖然不再是海藻麵，但其他店賣的依然是用廉價的美國麵粉做的麵條，著實不配稱為烏龍麵。」

老闆大肆批評所謂的「美利堅麵粉」。由於是美國產的麵粉，起初稱為「亞美利堅粉」，後來以訛傳訛變成「美利堅粉」，但是不是真的，也沒有人知道。

「用那種粉做出來的烏龍麵是白色的麵條，但是用日本的麵粉手打的道地烏龍麵其實是黑色的，像這樣。」

老闆邊說邊動雙手，所以完全沒有等待的感覺，裝了烏龍麵的碗公就出現在眼前。

「真好吃！」

才吃下一口，讚美的話語就自然而然脫口而出。

「沒騙你吧。」

老闆得意地說道。兩人後來相談甚歡，所以波矢多抓緊機會問他：

「對了，我想請教您一件事，請問您住在這家店裡嗎？」

「哎，別說笑了，客人。再怎麼沒有家累，也無法住在這麼狹小的店裡吧。」

老闆不以為忤地苦笑。

「寶生寺車站南側有個貧民窟不是嗎？我每天從那裡過來開店。」

刻意強調「窟」這種表現法，大概是融入了自嘲的意味吧。

「……不會迷路嗎？」

被波矢多一問，雖然只有剎那之間，但老闆的表情似乎僵在臉上。

「沒有人去自己的店還會迷路的吧。」

老闆豪爽地哈哈大笑，但不知道為什麼，波矢多只覺得他在虛張聲勢。

「說的也是。是我失禮了。」

最好的證據就是波矢多道歉後，老闆倏地收起笑容。一時之間噤口不言，露出陷入沉思的表情。

「會不會在這裡迷路……我不打算問客人你為什麼要這麼問。」

路。」

老闆突然換上謹慎的口吻。

「我能告訴你的只有……大部分在這裡開店的人，恐怕都只知道從自己住的地方過來的路。」

「您的意思是說，對紅色迷宮的其他地方並不熟悉嗎？」

「如果是因為工作的關係需要去別家店鋪，基本上也知道該怎麼走。」

「但是對紅色迷宮本身幾乎沒有概念？」

老闆鄭重其事地點頭。

「如果是客人你的話，感覺告訴你也沒關係。」

老闆先拋出彷彿要為自己開脫的台詞後接著說道：

「我會刻意稍微繞一下遠路喔。」

「您是指從住處到店裡嗎？」

波矢多忍不住確認，只見老闆再次默默地點頭。

「其他的老闆也是嗎？」

「……大概吧。」

「為什麼？」

「這是我剛來這裡開店的時候，周圍的老闆告訴我的。我問他們為什麼，他們回答『為了不迷路』……我聽得一頭霧水，但心想入境隨俗，就照著做了。所以我其實不知道從家裡到店裡的最短路徑。」

直覺告訴波矢多，他好像隱約窺見紅色迷宮的祕密了。

他還想繼續打聽有沒有什麼不為人知、關於這片土地的祕密，但老闆已經恢復原本的態度，任憑怎麼試探也問不出個所以然來。

結帳時，老闆開的價格遠比一般黑市的烏龍麵還要貴。雖說使用的是日本產麵粉，貴一點也是應該的，但也難怪這裡沒有客人了。

不過味道真的讓人大大滿足，再加上又得到關於紅色迷宮的新知識，所以波矢多也沒有多說什麼。他爽快地付了錢，來到店外。

上午走的是紅色迷宮的西區，所以他計畫下午去北區和南區，再探索東區的主要部分、於黃昏時分前往位於東端的鬼城。之所以會這樣設定最後的區塊與時間，無非是為了盡可能置身於與明世的體驗相似的環境。可以的話，其實想走她走過的路，但這點實在不可能。就算請教本人也無法正確重現吧。

這天下午，私市遊技場發生了幾個狀況。波矢多事後從每個人口中聽到的來龍去脈，將彙整成後續的內容。

第十一章

那天的午後

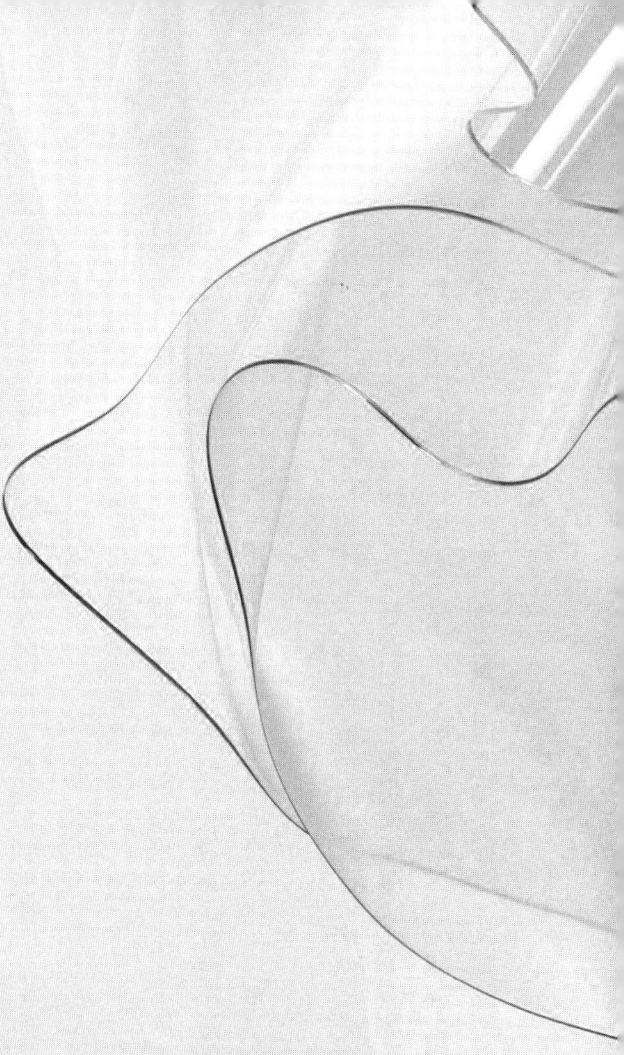

私市遊技場一如往常，生意非常好。分成早午晚來看的話，果然還是晚上比較擁擠，有很多下班順道來玩的客人上門。但不管是「一大早」還是「日正當中」的時候也一定會有人來打小鋼珠。

這些人不用工作沒問題嗎？

雖然不關自己的事，熊井新市還是不免會替他們操心，但也只有一開始而已。只要他們有付錢買珠子、不耍老千、安分地坐在機台前，就輪不到他操心了。他也從扮演「員工」角色的過程中自然而然地學會了這件事。

如果沒有在工作，錢又是打哪兒來的呢？

只不過，他還是忍不住思考一些多餘的事。可能是今天剛好不用工作，也可能是個人的理由，原因要多少有多少。但他總覺得「這些人」不太尋常。當然不是所有人皆是如此，不過就是部分的客人罷了，但這些人都集中在早上和下午不是嗎——只幫了一天忙，新市就對自己的判斷抱有莫名的自信心。

其中一個不尋常的人從剛才就一直坐在機台前。這傢伙顯然十分可疑。

明明尚未成年——大約十六、七歲吧——看起來卻很老成。而且還不是正面意義的老成。渾身上下都流露出一股中年男子早早對人生感到倦怠的世故。能讓人覺得這麼不舒服，這傢伙根本還不算漫長的人生究竟經歷了什麼啊？但無論是什麼，無疑都不是什麼正經的經歷吧。

話雖如此，從他走進店裡，向楊作民負責的兌換處買了珠子，到為了選機台在店裡走來走去時，光看行動的話都還算正常。

但新市很快就發現，那傢伙絕對不是在選機台。而是以鑑價的眼神觀察整間店。全身散發不懷好意的氣息。所以新市一直從設置於機台後面通道的「防範作弊監視用窺視孔」監看他的一舉一動。

沒多久，少年在某一部機台前停下腳步，開始打小鋼珠。起初還算老實，但不一會兒就開始抱怨「珠子堵住了」等等。

可是當新市上前關心，他又乾脆地表示「敲一敲就好了」，撤回客訴。這種形跡可疑的舉動發生了好幾次，結果在新市忙著應付別的客人時，少年又開始挑三揀四。這麼一來只能由清一出面處理。因為祥子和心二去了李氏夫婦那裡，吉之助出門參加紅色迷宮商業公會的臨時集會，至於楊作民又不能離開他的工作崗位。

那傢伙的目標該不會是清一吧。

新市不禁開始擔心。那傢伙該不會早就知道這家店有個未成年的員工，認為可以攏絡那孩子去幹什麼不法的勾當吧。但是再怎麼找麻煩都只換來新市的關切。好不容易看到他去應付別的客人，心想機不可失，所以又開始埋怨別的問題——以上是新市的推理。

那傢伙玩的機台跟新市正在處理客人問題的機台分屬兩條不同的走道，所以無法親眼看到，但應該能聽見兩人的對話。直到那傢伙大聲抱怨，清一前去處理，新市都還能正常聽見兩人的聲音。可是自從兩人碰面的瞬間就什麼都聽不見了。

新市豎起耳朵，聽見他們倆正在窸窸窣窣地交談。但那明顯不是客人與員工對話的感覺。而且他不是在抱怨機台嗎？見對方是小孩，大概是打著狠狠地威脅清一，要他多給自己一點珠子的如意算盤。新市認為這傢伙就是如此狡猾。

然而，他預料的狀況一直沒有發生。反而像是在說什麼悄悄話，有一種刻意隱蔽的感覺。新市頓時感受到一股令自己頭皮發麻的寒意。

……太可疑了。

新市趕緊應付完客人，把臉探向另一條走道。

「已經修好了。」

與此同時，那傢伙也說問題已經處理好了，還擺出一副要趕清一走的模樣。

「這位客人——」

新市正打算以不怒而威的音調質問對方時……

「這家店的珠子都跑不出來耶。」

那傢伙丟下這句話，立刻逃之夭夭。

「喂，清一——」

新市耿耿於懷，想問清一那傢伙到底說了些什麼，無奈又有新的客人上門，店裡一下子變得忙碌起來。

然後吉之助也結束公會的臨時會回來了，但是他的心情糟透了。後來新市才知道，因為不僅要付錢向朱合寺租土地，又要付錢給的屋租店面，這種一頭牛剝兩層皮的行為是否違法的聲浪與日俱增，讓大家在會議上吵成一團。

「明明是我們的屋幫他們把店一家一家開起來的。」

吉之助的主張並沒有錯，但一頭牛剝兩層皮確實也有問題。考慮到紅色迷宮的將來，勢必得整合成一筆吧。話雖如此，目前也還沒有好方法能解決這個問題。

不過，新市認為吉之助的心情之所以這麼惡劣，多半與第三國人是這場騷動的核心脫不了關係。

如此這般，吉之助臭著一張臉回來。這時剛好是楊作民的朋友面試時間的稍早之前。可是等了老半天，對方始終沒有出現。吉之助對時間的要求很嚴格，最痛恨不守時的人了。加上會議的事，他的不滿正持續升高。

「叔叔非常生氣喔。」

新市利用工作的空檔去偷看吉之助在會客室裡的樣子，然後跑去告訴人在兌換處前的楊作民。

「東那個混蛋，到底在搞什麼。」

負責介紹的楊作民也如坐針氈，每次開口都把朋友罵得狗血淋頭。

「楊先生，你好。」

到了傍晚，距離約好的時間已經過了一小時，對方終於姍姍來遲。年約四十，是個看起來很輕浮的男人。

「你知道現在幾點了嗎！」

平常個性溫和的楊作民顧不得還在店裡，破口大罵，把新市嚇了一跳。不過這也不能怪他，新市隨即換上同理心。他肯定覺得對平常那麼照顧自己的吉之助非常過意不去吧。

「不是說今天下午嗎。」

但對方不僅毫無歉意，還表現出強硬的態度。

「太陽又還沒下山，有什麼關係嘛。」

「你胡說什麼，哪有讓老大等你的道理。」

「這種小事就不要斤斤計較了。」

「你這傢伙——」

原本還想說點什麼，但楊作民隨即回過神來，把嘴閉上。

「新、新市先生，讓您見笑了。」

然後他請新市幫忙顧一下兌換處，就與這個求職者一起走進後面的會客室。

好了，接下來會怎麼發展呢？

新市感到萬分好奇。吉之助顯然正在氣頭上。但又急需人手。對方是楊作民介紹的人，應該可以信賴吧。只是從剛才與楊作民的對話聽來，那個人如果也用這種態度跟吉之助說話，一定會激怒吉之助。別說是順利錄取了，只怕會落得被攆出去的下場——這個可能性很高。

事情究竟會怎麼發展呢……

新市留意會客室的動靜。

「你也太小看我了！」

先是聽見震耳欲聾的怒吼聲，然後就看到剛才那個男人一溜煙地穿過店內、夾著尾巴逃跑的背影。新市看得都傻住了。

叔叔果然生氣了。

可是能讓吉之助氣成這樣，那個男的究竟是何方神聖？新市好奇得不得了。可是，他既不能離開兌換處，也不能把事情全部都交給清一。萬一連新市也跑去後面，店裡就只剩下清一一個了。

楊先生，快回來呀。

心浮氣躁地等了半晌，他終於垂頭喪氣地出現了。

「……我回來了。」

楊作民朝新市鞠了一個躬，有氣無力地坐回自己的工作崗位。

新市急如星火地衝進會室客，吉之助果然不悅地板著一張臉。根據新市的猜測，他肯定直到前一刻都還一臉宛如不動明王盛怒的形相。大概是跟楊作民談過後就比較冷靜了。光是可以像在現場親眼目睹那樣推測出以上的狀況，新市就再也無法按捺泉湧而出的好奇心。

「叔叔，剛才那個男人有什麼問題嗎？」

吉之助橫眉豎眼，一聲不吭地遞出一張履歷表。

「哦，他還帶了履歷表來呀，跟第一印象天差地別呢。」

新市坦率地表示佩服。

「你仔細看他的名字。」

吉之助還是餘怒未消。但新市看到履歷表上寫的「東宏彥」也不明白有什麼問題，因為跟事前聽到的名字一樣。

「那傢伙給我這張履歷表的時候，不小心掉出這封信。」

接著吉之助又拿出一個收件人寫著「陳彥宏」的信封。

「咦，這是……」

新市輪流看向履歷表和信封上的名字，突然恍然大悟，「啊」了一聲。

「也就是說，那個男人自稱是日本人東宏彥，但是他——拼音是讀作『Chin』吧——其實是個姓陳的中國人嗎？」

「就是這麼回事。」

吉之助點頭的同時也嘆了口大氣。

「楊先生好像拚命阻止他假裝成日本人。還告訴他就算是中國人，我也不會歧視他，一定會雇用他。」

「可是陳彥宏聽不進去嗎？」

「可能是過去受到太多歧視，就算是同胞楊先生打包票，他也不敢相信吧。這點確實值得同情……」

「但也不能說謊呀，這樣誰還敢雇用他啊。」

「就是這個道理。說得一口流利的日語，結果反倒適得其反。」

「他有信心能完全騙過大家吧。」

「因為光看外表確實難以分辨。」

吉之助又大聲長嘆。

「東洋人會因為外貌的不同被西洋人歧視嗎？」

「會吧。白人歧視黑人主要也是因為膚色的問題。」

「東洋人彼此明明都長得差不多，為什麼還會產生歧視呢……」
「可是叔叔，也不能因為這樣就原諒陳彥宏吧。」
「要是他能把努力裝成日本人的心思花在工作上就好了。」
「那楊先生……」
吉之助露出思索的表情。
「他工作一向認真，這次也是被對方逼得沒有辦法……這些我都看在眼裡，所以這次就算了。而且坦白說，祥子就快要生小孩了，要是連楊先生也離開，這家店就經營不下去了。」
「招募新員工——」
新市正要詢問，耳邊就傳來敲門的聲音，探頭進來的是清一。
「不好意思，客人愈來愈多了。」
「啊，已經這個時間啦……」
吉之助和新市立刻到店裡支援。似乎已經來到結束工作的男人們集中上門的尖峰時段，店內人聲鼎沸。其中也不乏美軍的身影，但客人們似乎都習慣了，沒有人放在心上。
在那之後直到晚上七點過後，店裡都高朋滿座，眾人忙得不可開交。必須等到玩完柏青哥的男人結伴去喝酒，才能稍微喘一口氣。常客中有幾個絕對不會破壞「打完小鋼珠再去喝酒」順序的人。當然也有人是「喝完酒再來打小鋼珠」，甚至還有少數「打完小鋼珠先去喝酒，再回來打小鋼珠」的強者。因此八點過後到打烊的九點之間經常也是忙到分身乏術。

「祥子他們差不多該回來了。之後清一就可以稍微休息一下。」

吉之助判斷客人要開始減少了，於是關心起少年的狀況。

「好的……」

但清一回答的樣子怪怪的。

「怎麼啦？好像沒什麼精神，肚子痛嗎？」

面對吉之助的關懷，清一似乎想說點什麼。新市注意到這點，心想原因應該就出在剛才那個感覺不太好的客人身上。

「你如果有話想跟叔叔說，最好趁現在。不然等一下喝完酒再回來的客人又湧上門來了。」

於是新市便催促清一說出來。心想如果不推他一把，他肯定很難開口吧。

「有話跟我說？什麼事啊？」

「……嗯。」

雖然回應的聲音十分微弱，但新市可以感受到清一已經下定決心了。

「這樣啊，那這裡先拜託你一下。」

吉之助交代完新市，就陪同清一走進會客室。

但願不是什麼麻煩事……

新市在內心祈求，但回想起那個讓人不太舒服的客人以及清一後來的態度，很遺憾，這個希望大概不會實現。

過了一段不上不下、似長又短的時間，清一垂頭喪氣地從裡面走出來。然後告訴新市，吉之助叫他過去一下。

新市很在意少年的反應，但也不能讓吉之助久等，所以匆匆地走向會客室。

「發生什麼事了嗎？」

新市反手關上拉門問道。

「今天下午是不是有個客人是小孩子？」

吉之助反過來問他，新市便一五一十地向他報告那個老成少年的事。

「那麼可疑的傢伙，你怎麼沒趕他出去？」

吉之助突然開始訓斥。

「可是叔叔，當時我在應付別的客人，也沒聽見清一與那個客人起爭執的聲音，所以一時半刻也不能怎麼樣。而且處理完客人的問題後，我就馬上過去找清一了。但那傢伙起身就走，我正要問問清一，客人又一口氣湧進來——」

「這樣啊，我明白了。」

吉之助之所以無精打采、垂頭喪氣，除了要為自己立刻動怒向新市道歉外，或許也因為清一的事受到了什麼打擊吧。

「那傢伙是誰？是清一認識的人嗎？」

「……那個少年姓佐竹，以前好像是個只由小孩子組成的竊盜集團的首領。」

「欸……」

自己不祥的預感成真了，新市感到怒火中燒。

「這麼說來，我以前從小祥那裡聽說過一些清一的過往。」

「我也是。」

「可是還不知道這些細節……」

「嗯，我也不知道。只聽說他和兩個好朋友幹過闖空門的勾當。但那也無所謂。無論那孩子有什麼過去，至少他現在很認真在工作。而且他偷東西也是為了活下去的無奈選擇吧。不過，佐竹的手段幾乎就跟成年人的犯罪一樣了。」

「清一肯定很想離開吧。」

「當時剛好碰上抓捕流浪兒的行動，他才能趁隙從佐竹身邊逃走。」

「可是現在他找到清一的下落了。」

「而且佐竹打算對我們這裡下手，並強迫清一幫忙。還威脅他要是不聽話，就把他以前做過的壞事全部抖出來。」

「可惡!好卑鄙的傢伙。」

新市對佐竹燃起了熊熊怒火,但吉之助不僅憤恨不平,臉上還有一絲陰霾。

「叔叔,怎麼了嗎?」

「清一當然沒有錯。與佐竹一起作惡也只有那段時間。但那孩子為何沒有第一時間告訴我,那傢伙來找他、還邀他參與那麼危險的計畫……」

雖然能感同身受地理解吉之助的憂慮,但這種要求放在清一身上是不是有點強人所難呢……新市心想。

「我了解叔叔的心情,但就像我剛才說的,佐竹一離開,客人馬上就變多了。」

「就算是那樣好了,我回來的時候又怎麼說?真想告訴我的話,多的是機會吧。」

「可是,叔叔當時正為了公會還有等不到東宏彥的事感到一肚子火。清一也看在眼裡,想必很難啟齒吧。」

「這麼說倒也是。」

吉之助似乎也逐漸被說服,但這並不表示他的心情就好轉了。

「抱歉,我們回來晚了。」

從新宿回來的祥子和心二走進會客室。

「辛苦了。你養母想必很傷心吧。她還好嗎?」

「……還好。她交代我一定要向您問好。」

心二有氣無力地回答，臉色很難看。他是去給養父奔喪，表情一定不會好看。但似乎還有其他原因，因為不只心二，祥子也很罕見地沉默不語，感覺很不對勁。

「到底怎麼了？發生什麼事了？」

就連吉之助也察覺到了，有些擔憂地問道。

「爸，請您一定要體諒公公的遺言和婆婆想完成公公遺願的心情。」

祥子回以意味深長的一句話，這讓新市萌生不祥的預感。

「什麼意思？」

吉之助反問，祥子回答：

「您準備的四份奠儀，婆婆只收下寫著『私市吉之助』的那份，然後表示『我們充分感受到這份心意了』，婉謝了其他三份。」

「妳、妳說什麼！」

吉之助當然完全能理解對方的心情，但他也有身為的屋老大的面子要顧，不可能輕易說出「好，我知道了」這種話。另一方面，他也深知李氏夫婦為心二著想的天下父母心，絕對無法視若無睹。

新市望向放在桌上的三份奠儀，也感受到吉之助的內心糾葛，害他坐也不是、站也不是。

「……這樣啊。」

吉之助的視線也同樣落在那三份奠儀上，喃喃自語後，無力地低下頭。然後告訴大家，他想跟心二單獨聊聊。

新市和祥子都有些放心不下，但吉之助應該不是要數落心二。新市認為他應該只是想與心二單獨討論這件事。祥子或許也做出相同的結論，輪流看了他倆一眼後，就走出了會客室。

意外的是兩人很快就談完了。

新市和祥子坐在設置於柏青哥機台後側的員工椅子上。結果屁股都還沒坐熱，心二就出來了。

「叔叔呢？」

新市想都沒想就問道。

「只說了一句……去喝酒。」

心二回答，情緒極為低落。

「爸生氣啦？」

被祥子一問，心二的頭都要垂到胸前了。

「……他好像很傷心。」

心二細聲細氣地說。

「因為所有的事都撞在一起了。」

新市仰天長嘆後，掐頭去尾地告訴他們吉之助與公會僵持不下的事、楊作民介紹來的東宏彥出的紕漏、還有佐竹來找清一所引發的問題。

「正所謂福無雙至、禍不單行，再加上那三份奠儀，所以叔叔他——」

新市說到一半就意識到自己失言了。

「啊，我不是說奠儀是禍事。真是抱歉。」

祥子搖搖頭。

「站在父親的立場，他已經充分體諒公公婆婆他們的心情了，卻還是被退了回來……這種感覺可能無論如何都難以釋懷吧。」

「但願他不要藉酒澆愁。」

新市的擔憂之後不幸地完全命中。而且還演變成誰也料想不到的大慘事……

至於波矢多，也是到後來才知道這一切。

在那之前，波矢多在紅色迷宮的南北兩邊徬徨、徹底迷失了方向，結果發現由吉之助來畫、新市再加以修正的地圖有很多地方都畫錯了，讓他對紅色迷宮依舊處於一知半解的狀態。

因此，當他踏進東端的鬼城時，太陽早就下山了，四周也變得一片漆黑。

可想而知，他在鬼城裡面又迷路了。幸好帶了手電筒，不必擔心照明，但問題其實不在這裡。因為鬼城內流動著與紅色迷宮的其他區域明顯迥異的氣氛。

明明面積並不大……

波矢多像個孤魂野鬼似地在已經半數化為廢墟的巷子裡走來走去。儘管已設法在腦海中描繪出整體的樣貌，但還是有很多矛盾之處，無法順利把巷子與巷子之間連接起來。彷彿他每走一步，巷子的構造就會改變一次，又像是紅色迷宮的鬼城想要隱藏自己的真實面貌。

因此當波矢多回到私市遊技場時，柏青哥店已經打烊了。而且他居然是走進一條面向會客室的巷子裡，才發現自己的所在地。

咦，這扇窗戶……

不就是Karie送咖啡進來的小窗嗎。窗戶的左邊有一扇緊閉的門。波矢多試著伸手轉了一下門把，但文風不動。

就在波矢多正想從那裡繞回柏青哥店的正面時，就發現潛藏在門對面暗巷中的人影。那裡有兩個人。根據只瞥了一眼的印象，其中一個好像是清一。可是他的臉朝向另一邊，於是波矢多就直接往店鋪的正面走去。

然後就在玄關看見楊作民的身影。

「晚安。已經打烊了嗎？」

波矢多不以為意地問候，可是對方就和剛才的清一一樣，樣子都不太對勁。

「……啊，晚安。今天已經打烊了。結束了。」

楊作民恭敬地回答，但模樣有些侷促不安。他的身邊還有一個男人，似乎是盡可能不把正臉朝向波矢多。

於是波矢多也識相地趕緊通過，走進店鋪東側的巷子裡。既然正門已經關閉，再來就只剩下住家空間的門了。

結果他先遇到了心二和明世，害波矢多有些驚訝。因為這兩個人的組合有點出乎他的意料之外。

「哎呀，波矢多先生。」

明世喊「波矢多」的聲音有點洋腔洋調，大概是陪美軍過夜的女人經常要講一些用片假名標示的英語吧。

「你上哪兒去了？」

「我試著在紅色迷宮裡走一遍，幾乎花掉我半天的時間。」

「欸，你好奇怪——不是啦，我是說辛苦了。」

明世連忙收回自己的失言。

「所以呢，有什麼收穫嗎？」

「沒有，只是一直在迷路。」

明世哈哈大笑，波矢多則是回以苦笑。

「明世小姐怎麼來了？我還以為妳死都不肯再進入太陽下山後的紅色迷宮了。」

「我原本是這個打算——」

她指著一旁 Karie 的店鋪。

「但我很喜歡這家店的咖啡，如果沒有每天來個一杯就心裡不舒服。今天實在走不開，拖到這個時間才有空。我心想只要別超過老大柏青哥店的範圍、跑到東側去就沒關係，所以就來了。然後我正要回去就看到心二杵在這裡，活像是被家裡趕出來的小孩，我剛要問他怎麼了，波矢多先生就來了。」

「發生什麼事了？」

心二看起來確實很消沉的樣子，就在波矢多也想表示關心時……

哇啊啊啊啊啊啊啊啊啊！

淒厲的叫聲在非常近的距離響起。

「欸，怎麼了？」

「剛剛的聲音是……」

波矢多覺得聲音是從柏青哥店裡傳出來的。

「二位請在這裡等一下。」

波矢多下意識地丟下這句話，就從眼前的門進入住家空間，接著拉開左手邊的拉門，踏進店裡。

映入眼簾的是頭朝向這邊，躺在員工休息區桌上的祥子。祥子的下半身全都是血，一看就知道已經回天乏術了。而且桌子的另一側，是雙手和上半身都被祥子的鮮血染成紅色、臉上掛著茫然神情坐在地板上的吉之助。

他的雙手，輕輕捧著似乎是剛從祥子腹中取出來的胎兒。

第十二章

慘劇

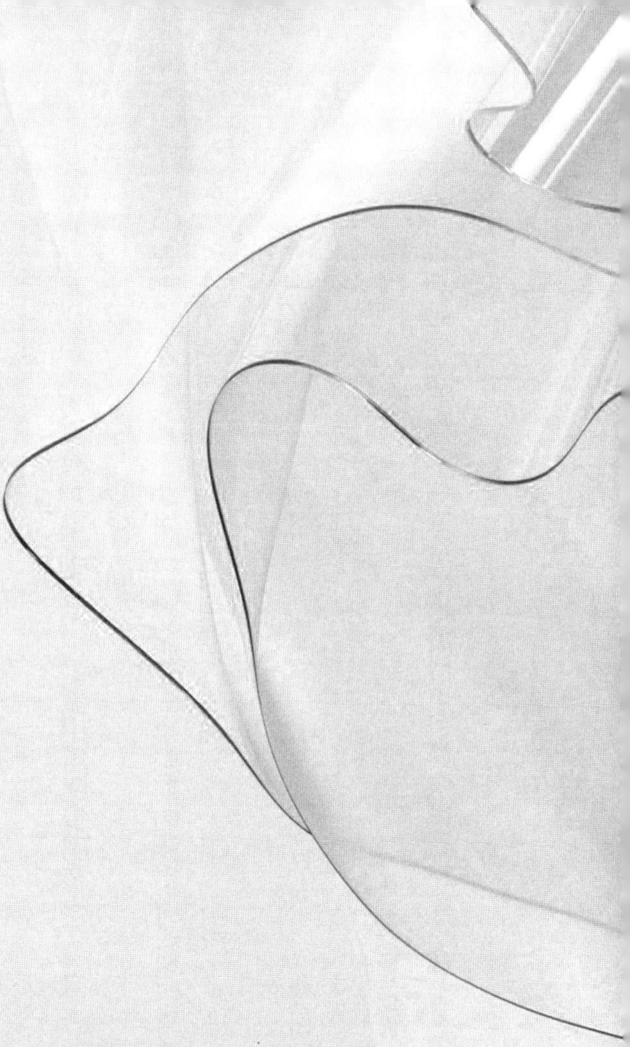

「……私市先生。」

物理波矢多輕聲喊他。

「哇啊啊啊啊！」

幾乎是同一時間，背後傳來慘絕人寰的尖叫聲。

連忙回頭看去，站在門口的明世眼睛瞪大到極限，全身不停顫抖。顯然是沒聽從波矢多的叮嚀，跟了進來。

「明世小姐，可以麻煩妳去車站前的派出所報警嗎？」

「……祥、祥子……小姐？」

「是的，死者是祥子小姐。所以請妳去車站前的派出所通知伊崎警官。」

「……這、這是傑克幹的好事。開膛手傑克出、出、出現了！」

「這還不能確定，總之請妳去車站前的——」

「……好、好的。」

明世終於離開原地，衝向屋外的巷弄。

「怎麼了？」

彷彿與她交換一樣，住家空間那邊傳來了楊作民的聲音。看樣子私市心二和柳田清一也在他旁邊。

「你們先待在那裡不要動。」

波矢多用自己的身體堵住門口。他一邊不讓心二與清一看到休息區的慘狀、一邊拚命思索該怎麼把情況告訴他們才好。

「你們擠在那裡做什麼啊？」

這時新市出現了，來得正好。波矢多連忙向他招手、要他過來看看現場。

「……唔！」

饒是新市也啞口無言，一時半刻說不出話來。

「叔叔。」

新市也跟波矢多一樣，先壓低音量喊吉之助。後者依舊一臉呆滯，動也不動。

「喂，難不成叔叔也……」

死了吧——新市不禁這麼懷疑。因為吉之助完全沒有反應。

「那倒沒有……」

波矢多的語聲未落，吉之助的身體就慢慢倒向一邊。由於那副樣子就跟死了沒兩樣，兩個人都嚇壞了。

「是不是至少先把叔叔給抬出去？」

「還是不要亂動現場比較好吧。」

「喂喂喂，什麼現場……」

此時新市似乎才意識到事情的嚴重性。

「喂……你該不會認為是叔叔把小祥……」

「不，還無法做出這樣的判斷。」

「這、這不是理所當然嗎。」

「可是啊，從現場的狀況來看，我認為絕對不能太樂觀。」

「她可是叔叔的親生女兒喔。更何況這種……」

新市暴跳如雷，但波矢多以冷靜的語氣安撫他。

「你仔細想想。要是和私市先生關係匪淺的你擅自移動他、破壞現場，警方會怎麼想？這對私市先生而言也不會是好結果吧。」

「……」

新市以駭人的表情瞪了波矢多一眼，過了一會兒，臉部總算鬆動了。

「……你說的對。抱歉，我太衝動了。」

他一臉垂頭喪氣的樣子。

「這有什麼好道歉的。你的反應再自然不過了。我之所以還能保持客觀，是因為我才剛認識私市先生和祥子小姐。」

「因為你是偵探……也有這個因素吧。」

「別開玩笑了。」

因為新市還能開玩笑，這讓波矢多稍微安心了點。

「……我去告訴他們。」

新市看了住家空間一眼說道。於是波矢多便讓他去向楊作民、心二和清一說明。

一段時間後，隔著拉門聽見了應該是心二痛哭的聲音。哭聲哀痛逾恆，令波矢多既心痛又心酸。

萬一他想看妻子一眼，過來這裡的話……

那該怎麼應對才好呢？波矢多也不知道。幸好這一切只是杞人憂天。不知是被新市阻止了，還是聽完新市對遺體的描述後打消了親眼確認的念頭。

派出所的伊崎帶著刑警們現身的時間比預期還來得快，波矢多難掩驚訝。還以為他會自己一個人先過來，但仔細想想，如果沒有巡查帶路，刑警們可能會在紅色迷宮裡迷路。這也是伊崎的急智。

波矢多在刑警的要求下說明自己發現遺體的來龍去脈，然後告訴刑警桌上的祥子與倒在地上的吉之助是什麼身分。接下來再簡單說明自己以及現在待在住家空間的那四個人是何來歷。

這時MP出現了。死者明明是日本人啊——波矢多感到詫異，但接著又想到這可能是明世衝進派出所時大聲嚷嚷「開膛手傑克出現了」所導致的吧。倘若是美軍傑克幹的犯行，這起命案或許會不了了之。因為死者是日本人、凶手是美國人的這層關係是GHQ最警戒、而且也最為忌憚的事件。

一個姓佐奈田的警部先設法讓吉之助醒過來。但是他毫無反應，因此立刻被送往位於寶生寺車站北側的木舞醫院。

之後警方開始進行現場蒐證，並逐一向波矢多等人問案。偵訊在會客室進行，可想而知，MP也在場。等到全部結束、警方撤離時已經是第二天的凌晨了。

除了留下來負責監視的警官，最後離開私市遊技場的人是波矢多與新市。

「我早上先去醫院一趟，探望叔叔的狀況。」

「希望他已經醒來了……」

不知是否從波矢多的語氣裡聽出什麼弦外之音，新市以尖銳的視線打量他。

「聽起來似乎話中有話，有什麼頭緒嗎？」

「牆耳。」

波矢多面向Karie說道，所以新市也順從地安靜下來。

大概是意會到波矢多所謂的「牆耳」是意味著「隔牆有耳」。紅色迷宮的老闆及員工也不乏跟波矢多他們一樣住在狹窄店鋪二樓的人。隨便在巷弄裡討論這件事，可能會被別人聽見。

回到Karie的二樓後，新市便質問波矢多：

「你該不會在懷疑叔叔吧。」

但新市的表情其實也含有疑懼的情緒。

「不，這倒沒有。」

因此波矢多為了安撫朋友的情緒，先斬釘截鐵地否定。

「被害人祥子是私市先生的親生女兒，還懷了他的第一個孫子。再怎麼想，感覺凶手都不會是他吧。」

「那當然。只不過……」

新市露出惶惶不安的表情。

「在那種情況下被你撞見，對他非常不利吧。」

「……我把看到的景象一五一十地告訴警方了。」

「這樣啊……這也沒辦法。」

「可是……也有可能是私市先生看到那種慘絕人寰的命案現場，一時精神錯亂，直接從被害人的肚子裡把胎兒取出來……」

「叔叔嗎……」

「當然也有可能是真凶幹的。只是這麼一來，就得思考這個獵奇行為背後的動機了……」

「如果是叔叔這麼做的……有可能是情急之下想救助胎兒的舉動嗎？」

「就算是真凶取出胎兒，身為祖父，私市先生用雙手去接也沒什麼好奇怪的——這個理由完全說得通。」

「就、就是說啊。」

雖然新市的臉色稍微恢復正常，但也只是須臾之間，隨即又回到先前的表情。

「既然如此，你為什麼那麼在意？」

「雖然我還沒有好好確認一下，但其他人在會客室接受警方偵訊時，我都盡可能豎起耳朵去聽。」

新市默默點頭。

「結果發現一件事……說不定案發當時，店裡面只有祥子小姐和私市先生兩個人。」

「欸……」

「因為根據他們各自的證詞，當時心二先生與明世小姐正在住家空間的門口、楊先生與另一個人在柏青哥店的玄關前、清一小弟和另一個人在會客室那扇打不開的門附近站著聊天，這段時間內沒有任何人進出。」

「……」

「柏青哥店的東西兩邊牆壁各有三扇窗戶——」

「因為是打烊後，應該都鎖上了。就算忘了上鎖，要是凶手從其中一扇窗戶出入，心二、明世或清一應該也會發現。」

「可是並沒有這項證詞。」

「住家空間的北側牆壁有兩扇窗戶。只是，那邊的窗戶應該也在打烊的時候鎖起來了。而且跟北側臨接的店離得非常近，我認為很難鑽進那條小巷裡。」

「會客室的小窗呢？」

「你也看到外賣咖啡是怎麼送進來的吧。人沒有辦法從那裡通過。」

「也就是說，案發當時的私市遊技場處於密室狀態。」

「小祥是在密室裡被殺害的……」

「而且她身邊只有雙手染血的私市先生……」

新市開始激烈地猛搔頭髮。

「即使沒有動機，警方也認為叔叔就是凶手……對吧。」

「再加上私市先生好像喝得很醉。」

「……真不妙啊。」

「警方遲早也會知道私市先生要是喝得太多會變了個人吧。」

新市稍微沉思了半晌。

「我早上去木舞醫院看過叔叔後，再去拜訪包括警方在內的相關單位，打探消息。」

「你有那方面的門路嗎？」

被波矢多這麼一問，新市有些訝異。

「之前就告訴過你了吧。我們的同學有很多人在政府或大企業擔任相當層級的職務。雖然因為還很年輕，升到要職的人似乎不多，但大家至少都已經是那種人物的左右手了。就剩你我還在悠悠哉哉地四處遊蕩。」

「我陪你一起去吧。」

「嗯，我原先也是這麼想的。大家肯定都很想見你吧。要是知道我們被捲入命案，一定會想方設法透露各種消息、廣開各種後門。」

說到這裡，新市終於笑了。

「不如說由你出面的話，效果會更好。」

「但我完全不知道要去哪裡才能見到什麼人喔。」

「這我會告訴你。不過，與其交給人生地不熟的你，還是我自己去比較快。希望你利用這段時間扮演好偵探的角色。」

「要我向楊先生他們問話，釐清案發前的狀況嗎。」

「你的反應就是快啊。」

「可是啊，這樣可能會反過來證明現場真的是密不透風的密室喔。」

新市這時露出正經的表情。

「如果是那樣的話，只要由名偵探物理波矢多解開密室之謎不就好了。」

「你說得簡單。」

老實說，這個任務太困難了——波矢多心想。但既然答應要調查赫衣的事，處理委託人私市吉之助被捲入的命案也可說是理所當然。而且對方還是新市喊他「叔叔」、非常仰慕的人。為了朋友也自當竭盡所能。

吃完早飯，新市就馬上出門了。

警方一早又在私市遊技場的員工休息區展開現場蒐證。同時也在會客室再度偵訊所有相關人士。依序是波矢多、心二、楊作民、清一、明世。不過大家說的內容都跟昨晚一樣。只要稍有出入，就會遭到佐奈田警部的追問。所有人都受到緊迫盯人的洗禮。順帶一提，新市的外出惹火了警部，波矢多只好替他道歉。

現場沒看到當時跟楊作民和清一在一起的人。可能因為時間還很早，明世顯得無精打采。不光是她，其他四個人也好不到哪裡去。

這也怪不得他們。畢竟祥子死得太慘了，而凶手可能是吉之助……大家都飽受猜疑的念頭折磨。沒有人說出口，但肯定所有的人都有類似的想法。

波矢多昨夜和新市研擬好對策，包下了 **Karie** 店內中午前的時段。熊井潮五郎會支付這段期間的場地費給老闆。

依照警方二度偵訊結束的順序，波矢多向所有人詢問了昨天發生的事。簡單整理如下。

上午	私市心二與祥子造訪新宿的李家。物理波矢多在紅色迷宮探索。
上午十點	私市遊技場開始營業。
下午兩點左右	私市吉之助出席公會的臨時集會。
下午兩點半左右	佐竹以客人的身分來到私市遊技場。
下午三點半左右	佐竹離開私市遊技場。離開前與柳田清一講悄悄話。
下午四點左右	吉之助參加公會的臨時集會後歸來。
下午五點左右	東宏彥（陳彥宏）在楊作民的介紹下來接受吉之助面試。
晚上七點過後	清一向吉之助報告佐竹的事。
晚上八點過後	心二與祥子回到私市遊技場。
晚上八點半前	吉之助出門喝酒。
晚上八點半左右	明世來到 **Karie**。
晚上九點前	佐竹和陳又出現在私市遊技場，清一和楊分別被叫出去。

晚上九點　私市遊技場打烊。新市去找波矢多。

晚上九點過後　楊和陳在私市遊技場的玄關旁、清一和佐竹在會客室對面的巷子裡各自密談。楊與清一離開前，都和待在員工休息區、正要開始記帳的祥子打過照面。

晚上九點十五分左右　吉之助喝得酩酊大醉，回到私市遊技場。心二從住家空間走到巷子裡。明世離開 **Karie**。

晚上九點半左右　波矢多回到私市遊技場，在員工休息區發現遇害的祥子與處於失神狀態的吉之助。

晚上九點半過後　新市回到私市遊技場。

整理完以上的時間順序後，波矢多發現自己完全可以理解吉之助有多麼忿忿不平。

先是在公會開會時起了爭執，接著差點被楊作民介紹來的陳彥宏欺騙，然後又得知清一以前交的壞朋友正計畫要闖入私市遊技場，為李氏夫婦準備的四份奠儀被退了三份回來……狀況接二連三地發生，每次都令吉之助萌生怒意。不，到了最後的奠儀事件，吉之助只怕已經連生氣的體力都沒有了。

儘管如此，吉之助還是跑出去喝酒。據說回來時幾乎醉到不行了。以上是心二的證詞。

從出門到回來大約只有四十五分鐘。目前還不知道他是去哪邊喝的，但假設來回的時間為五分鐘到十分鐘，在那裡喝酒的時間頂多只有三十五分鐘到四十分鐘。人有辦法在這麼短的時間喝得醉醺醺的嗎？

如果是私釀的粕取燒酎和炸彈酒就有可能。

波矢多這麼思考。但是就憑吉之助的身分，從高級的威士忌到啤酒，想喝什麼樣的酒都能喝個痛快吧。大部分的人是因為沒錢，迫不得已才選擇私釀的粕取燒酎和炸彈酒，因為這兩種酒既便宜又容易喝醉。但如果這是吉之助個人的嗜好，或許也會喝這兩種酒。

私釀的粕取燒酎氣味非常刺鼻，說是惡臭也不為過，所以第一杯通常很難下嚥。但只要忍耐著含入口中，喝下的那一瞬間，從口腔到喉嚨、再從喉嚨到胃袋都會感受到一股強烈的刺激。尤其是胃，會產生有如烈火燃燒的騷動。普通人喝到第二杯就開始茫了，喝到第三杯就會完全不省人事。

炸彈酒也一樣。顧名思義，會感覺有如炸彈在胃裡炸開。那股爆破的威力和火焰會衝上喉頭，彷彿要從嘴裡噴出火來，後勁十分驚人。是一種絕對沒有比用炸彈當名字還更貼切的酒。

吉之助恐怕是痛飲了這兩種酒吧。因此即便他是酒國英雄，也在極短的時間內就不勝酒力了。

推理到這裡，波矢多想到一件事。

私市先生遲早會醒來吧，萬一無法恢復昨晚的記憶，事情可能會變得非常棘手。

警方中午過後就從私市遊技場撤退了。但是臨走前也不忘囑咐他們，千萬不要去動到慘劇發生的現場，務必要保持現場的完整。波矢多等人得到警方的首肯，在員工休息區為祥子上香，那是他們目前唯一能為祥子做的事。

私市遊技場暫時禁止進入，無法營業，因此心二帶清一回私市家，楊作民也回到自己位於貧民窟的家。

聽說心二好像很猶豫該不該去木舞醫院探視吉之助。岳父出現在妻子慘遭殺害的命案現場，站在他的角度，會感到無所適從也是理所當然的。最後他似乎以照顧清一為由，選擇把自己關在家裡，不去面對。

不過，不用多說也知道，心二、清一和楊作民都很在意警方會不會逮捕私市吉之助。

三人都來問波矢多，波矢多只能慎重地回答。警方大概會先安排他住院，直到人恢復得差不多了。等到他可以回答警方的問題時，先聽聽他的說法，再決定今後要怎麼做。

「話雖如此，私市先生涉嫌重大這點幾乎無庸置疑吧。」

最後加上這句話是為了暗示他們必須做好最壞的打算。

波矢多利用新市去蒐集消息回來前的時間，在私市遊技場的周圍巡視。尤其是把重點放在檢查正面玄關的橫拉門、住家空間的門、會客室打不開的門這三個地方，然後也檢查了設置於店鋪的換氣窗以及住家空間跟會室客的窗戶。

比較麻煩的是住家空間那兩扇窗戶。如新市所說，它跟北邊鄰接的店之間的空間相當狹窄。或許是平常幾乎沒有在使用，積了厚厚的一層灰。如果凶手利用這條小路進出，一定會留下痕跡吧。

從小路經過住家空間的部分會來到販賣鞋襪的店鋪「等等力屋」的側面。因為這家店占據了私市遊技場會客室的北側。不過巷子一樣又窄又髒。可見等等力屋也沒人走這條路。

檢查完一遍後，波矢多回到Karie二樓，再梳理一次每個人在案發前的細微行動。結束這項作業時，新市總算回來了。他的表情十分疲憊。

「辛苦了，很累吧。」

波矢多送上慰勞的話語，新市隨意應了一聲「還好啦」，就開始說起今天東奔西走和建國大學的同學們見面的事。

「這樣啊。他們都過得很好啊。」

波矢多真心為大家高興。同學中也有戰死沙場的人、生死未卜的人。但新市現在提到名字的朋友都確實踏上新的人生旅途了。每個人都很優秀，所以肯定都能出人頭地。

兩人熱烈地大聊特聊同學們的話題。

「好，現在開始討論命案吧。」

新市像是要告一段落，邊說邊叫波矢多下樓。

「這家店只有上午能用不是嗎？」

「本來是這樣說的，但老闆表示上午借給我們，只有下午開店會搞得很複雜，乾脆趁這個機會休上一整天，回趟千葉老家。我爸也說會付下午的費用，所以我們能任意使用，也可以喝咖啡或酒喔。」

「一整天在外面跑來跑去，你或許想來杯酒——」

波矢多的話還沒說完……

「我的確想來一杯，但現在必須讓頭腦保持清醒。喝咖啡吧。」

新市鑽進吧檯內側，開始燒水。

「趁你泡咖啡的時候，我先告訴你相關人員在案發前後的行動，如果有什麼需要補充的地方，你一定要告訴我。」

新市點頭，但是在波矢多娓娓道來的過程中，他始終一言不發，仔細傾聽。

「來，咖啡泡好了。」

就在波矢多的話告一段落的同時，咖啡也泡好了。

「如何，絲毫不比老闆泡的咖啡遜色吧。」

新市沒有走出吧檯，直接坐在裡面喝咖啡，於是波矢多也喝上一口。

「嗯，真好喝啊。」

「對吧。我要不要也開間咖啡店呢。」

新市邊喝咖啡邊說，語氣似真似假。

「我覺得你整理得很好，沒有什麼需要我補充的地方。」

「有一點令我很在意，那就是來找楊先生的陳彥宏和來找清一小弟的佐竹再次出現在柏青哥店的時候，你竟然都沒發現。」

「真是丟人啊。」

新市沮喪地低下頭去。

「據楊先生所說，陳彥宏只從玄關探進臉來，用眼神示意他出來一下。清一則是比我先發現又在店裡現身的佐竹，為了打發他離開，只好答應晚點跟他見面。陳彥宏就算了，沒發現佐竹確實是我的疏忽。」

「話是這麼說，但你也是在忙工作吧。」

「當時我人在柏青哥機台後面。但畢竟也不能一直從窺視孔監視店內。不管怎麼說，都是我不好。如果是叔叔，肯定會對佐竹更有警覺吧。」

「覺得他還會再來嗎？」

「因為那種人往往很不容易死心。更何況清一還在這種看起來有很多油水的柏青哥店工作。像佐竹那種人，不可能輕易放棄這麼好的機會吧。」

「拜他所賜——這麼說或許很不恰當，卻也因此證明案發當時整家店都處於密室狀態……」

「……嗯。」

「私市先生還好嗎？」

這本來是新市回來時最應該第一時間提出的問題。但讓波矢多猶豫的，是他感受到了新市猶豫的氣息。或許兩人才會因此熱烈地討論同學的話題，把關鍵的問題拖到最後也說不定。

「他在醫院醒來了。只不過……」

「失去記憶嗎？」

「……幾乎都不開口。」

新市的語氣讓波矢多感到事有蹊蹺。

「一句話也沒說嗎？」

「……有時候會突然喃喃自語，但完全聽不懂他在說什麼。」

「他說了什麼？」

「不是『……Kabu』就是『……Hola』，再不然就是『……Kiri』之類的。」

「Kabu 是指『股票[24]』嗎？」

「可沒有人會在的屋這個圈子搞出什麼股份有限公司啊。」

「說的也是。『Hola』是吹法螺或洞穴的意思嗎？聽到『Kiri』我只會想到天氣或木工的道具[25]——」

「感覺跟案情一點關係都沒有呢。」

「警察怎麼說？」

「起初以為可能會成為破案的線索，但無論怎麼調查也研究不出個所以然來，所以目前好像暫且判斷是毫無意義的囈語。」

「你和私市先生——」

「沒見到，警方不讓我見他。因為我不是他的親人。」

這句話聽起來很像是在暗地指責沒去醫院探望的心二。

「有問問醫生嗎？」

「哦，醫生確認了兩件事。一是叔叔確實喝得相當醉、二是他的精神肯定受到非常大的衝擊。而後者的原因想必是親眼目睹女兒遭到殘殺的遺體——以上是醫生的診斷。」

「不過，警察的判斷不同？」

「警方認為叔叔是發了酒瘋，殺死女兒後一時酒醒，發現自己鑄下難以挽回的大錯，精神才出了問題。」

「可是再怎麼發酒瘋，也沒有任何動機……」

波矢多指出盲點，新市則是一臉凝重地說：

「就像你說的，案發時那家店處於密室狀態的事實在背後支撐著警方的見解。」

「因為其他人不可能犯案嗎？」

「所以叔叔就是凶手。」

「聽起來合乎邏輯，可是再怎麼樣也不能完全忽略死者與嫌犯的關係吧。」

「所以說——」

新市一瞬也不瞬地緊盯著波矢多，然後開口。

「希望你能解開這個密室之謎。」

24股票的日文漢字為「株」，讀音為「かぶ」（Kabu）。

25「ほら」（Hola）在日文中可代換為漢字的「法螺」或「洞」。「きり」（Kiri）在日文中可代換為漢字的「霧」或「錐」。

第十三章

簡陋的密室

「嗯，我知道了。」

波矢多回答後，立刻反問新市：

「警方有查到在那麼短的時間內，私市先生是在哪家店、喝什麼酒、又喝了多少嗎？」

「不，好像還沒有。可是啊，我猜叔叔喝的應該是私釀的粕取燒酎或炸彈酒。」

新市顯然也跟波矢多萌生了一樣的想法。

「一旦迷上那種酒，喝正常的酒反而就不過癮了。幫你辦歡迎會的時候，叔叔之所以沒喝到爛醉就是這個緣故。」

「但他看起來已經喝得很醉了……」

「會有這種感覺就證明他醉得恰到好處。」

「有道理，真正發起酒瘋的話大概會完全控制不住吧。」

新市皺著眉頭說：

「所以叔叔喝的不是粕取燒酎就是炸彈酒。不過，這麼一來要找到他喝酒的店就很困難了。」

「就算警方問起，通常也不會老實回答『對，就是我們的店』吧。」

「因為是私釀的酒嘛。」

新市面露難色。

「就算透過我爸的管道去查，恐怕也查不出個所以然來。」

「行不通嗎？」

「喝得酩酊大醉的男人虐殺懷孕的女兒……這個謠言恐怕已經在紅色迷宮裡傳開了。你認為有人會在這種情況下承認『那個男人就是在我們店裡喝酒』嗎。」

「這倒也是。」

波矢多完全可以理解。

「私市先生飲酒過量幾乎已經是板上釘釘的事實了。警方也想蒐集證據，但那並不是必要條件——是這樣嗎。」

「大概吧。」

新市附和波矢多的見解後，繼續討論起命案的細節。

「凶器是菜刀，那是昨天小祥去新宿回來的路上，和新的鍋子一起購買的東西之一。」

「這真是太糟糕了。」

波矢多忍不住脫口而出後，又繼續確認。

「買回來的東西是放在成為案發現場的員工休息區嗎？」

「好像是。」

的屋在黑市扮演各式各樣的角色，提出新的生意提案、請過去經營軍需工廠的人用手邊的材料做成鍋碗瓢盆拿來賣的也是他們。因此大部分的鋼盔都成了水壺。另外，他們也建議軍刀的生產者改製作菜刀、小刀或柴刀。原本用來製造飛機的材料杜拉鋁也同樣變成平底鍋或便當盒、湯匙等，還生產了鋁碗和托盤。

這些東西在早期的黑市賣得不錯，不過那只是在庫存品銷售一空的過渡時期作為代用品。後來市面上就出現了正規的商品，祥子買的好像也是正規品。

「既然如此，應該不是計畫殺人，而是一時衝動嗎？」

「這麼一來對叔叔更不利了……」

因為新市欲言又止，波矢多便催著他說下去。

「其實案發現場留下了難以理解的東西。」

「是什麼？」

「針筒。」

「該不會是 Philopon 吧。」

大日本製藥販賣的商品「Philopon」，其實是一種名叫甲基苯丙胺的興奮劑。因為具有消除疲勞和提神醒腦的效果，第二次世界大戰由德軍導入使用，日軍也有樣學樣跟進。戰爭時在軍需工廠也會使用。

戰敗後，剩下的庫存一口氣流入市場，充斥於坊間。因為這場仗實在太愚蠢了，對於肉體和精神面皆已筋疲力盡的人們而言，這種藥品正是如同字面上意義的振奮藥物。只要打一針，彷彿就能產生無窮無盡的活力，簡直就像是魔法藥物。

然而，一時的快樂卻會讓使用者付出極大的代價。一旦興奮劑中毒成癮，不只身體，就連心靈也會生病，最後導致人格崩壞，變得與廢人無異。

直到昭和二十六年施行「覺醒劑[26]取締法」之前，一般人都可以買到各大藥品公司在市面上販售的類似藥物。只要去藥局，還能連針筒一起購買。其中又以大日本製藥的 **Philopon** 賣得最好，因此這個名稱也在不知不覺間成了該藥物的代名詞。

坊間謠傳「**Philopon**」的命名來自於取其「一口氣拔除疲勞」之意[27]，但語源其實是希臘語的「**philoponos**」。這個單字由「**philo**（愛）」與「**ponos**（工作）」組成，說穿了就是「熱愛工作的藥」的意思。軍隊的「工作」就是戰爭，為了讓士兵熱愛自己的工作，於是借助了興奮劑的力量。考慮到「**ponos**」其實也意味著「痛苦」，也令人感受到難以言喻的恐怖之處。

順帶一提，日軍又稱這種藥為「貓眼錠」或「突擊錠」。前者是因為服用這種藥物的士兵就連夜間也能精神抖擻地繼續「工作」；後者則是因為特攻隊員也使用的關係。

「可是叔叔應該沒有藥物中毒。小祥和心二當然也……」

26即中文的興奮劑。
27Philopon商品使用的日文名稱是以片假名表示的「ヒロポン」。本處的命名傳聞是來自於「疲勞（ヒロ）をポンと取る」，也就是一口氣拔除疲勞之意。

「楊先生和清一小弟也沒有嗎？」

波矢多慎重地確認，新市點點頭後說：

「所以很有可能是真凶的東西。」

「因為注射了Philopon，才犯下如此獵奇的命案……」

「你的意思是說，那個慘烈的案發現場是藥物的影響所造成嗎？」

「聽說藥物中毒太嚴重的話，會產生非常強烈的幻覺。」

「……」

「或者是為了執行獵奇的殺人計畫，真凶刻意施打了Philopon……」

「……再怎麼說，你的推理都太天馬行空了吧。」

波矢多露出稍作思索的表情。

「我們整理一下昨晚相關人士的行動吧。」

「也好。小祥自九點打烊後便獨自待在員工休息區裡。這點應該沒錯吧。」

「楊先生和清一小弟離開店裡之前都確認這一點了。說得更精準一點，最後見到她的人應該是心二先生——」

波矢多回答後又做了補充。

「先來回顧打烊後的時間順序吧。首先是楊先生從內側鎖上玄關的橫拉門，還扣上兩個鎖片。由於是兩片門板往旁邊開啟的樣式，關上後，把鑰匙插進鑰匙孔一轉，勾子就會從右門的側面跑出來，扣住左門的洞。」

「只有這樣的話，還是會擔心被人從外面撬開，所以叔叔又在門板上下安裝了鎖片。」

「把板狀的金屬鎖片安裝在其中一扇門板上，另一扇門板再裝上用來固定住那塊鎖片的裝置。然後像是連接兩扇門板那樣、把鎖片扣在裝置上。雖然是極為簡單的鎖，但重點在於是裝設在橫拉門的上下兩邊呢。」

「換句話說，玄關上了三道鎖。」

「玄關門的鑰匙收在住家空間的壁櫥裡面，直到第二天早上開門做生意才會拿出來。」

「不過事先打副備份鑰匙並不難吧。」

「這倒是。楊先生在正面玄關鎖門時，心二先生與清一小弟則負責關上店裡為了通風而打開的窗戶。店內東西兩邊的牆上各有三扇窗戶，使用旋轉式的螺絲鎖。三人正在鎖門時，祥子小姐也開始算起當天的帳。私市先生如果在的話就會幫忙，但他大部分的時間都跑去喝酒了。」

「嗯，差不多是這樣吧。」

「關好門窗後，楊先生與清一小弟向祥子小姐道別，從住家空間的門走到店外。楊先生要回家，清一小弟則在紅色迷宮裡四處走走。」

「那好像是清一每天的例行公事。不過他的目的是為了用賺來的錢買東西吃，比跑去喝酒的叔叔可愛多了。」

用自己賺來的錢買食物。這個行為對於曾經是流浪兒的他來說，肯定是旁人無法想像的感動體驗。波矢多不禁做如是想。

「最後只剩住家空間北側的窗戶，那邊一向是由心二先生負責上鎖。」

「與隔壁的店之間只有窄到不行的空隙，所以就算打開那扇窗戶也沒有意義就是了。」

「從紅色迷宮的店鋪密集程度來看，店與店之間還能保有一點點空間，就能說是非常奢侈了吧。」

「是沒錯啦。」

新市興趣缺缺地附和。

「你說小祥最後見到的人是心二，也就是說，他也在員工休息區嗎？」

「心二先生有時候會陪她一起留在員工休息區，有時候則是在住家空間等她忙完再一起回家。」

「所以昨晚是前者的情況嗎？」

新市有些激動地確認，但波矢多卻以冷靜的語氣回答：

「好像也不能這麼說。心二先生留在員工休息區的時間好像只有跟祥子小姐說話的那兩、三秒鐘。所以楊先生他們離開住家空間前也跟心二先生打了照面。」

「他後來都沒有再進入員工休息區嗎？」

「心二先生說，他直到私市先生喝醉回來的約十五分鐘前都待在住家空間。」

「也就是說，那段時間待在店裡的人只有心二和小祥……」

「嗯。但心二先生也跟私市先生一樣，完全沒有殺害祥子小姐的動機。」

「楊先生和清一走到店外以後呢？」

「兩人在住家空間的門前道別，分別往左右兩邊走。楊先生走到正面玄關，和等在那裡的陳彥宏說話。清一小弟則是穿過店鋪北側那個細細長長的空間，走進面向會客室的小巷，與躲在對面巷子裡的佐竹碰面。」

「那裡過得去啊。」

「他說想快點見到佐竹，然後把人給打發走。」

「警方似乎正在追查佐竹和陳彥宏的下落。可是他們一旦得知私市遊技場的命案消息，肯定會逃之夭夭吧。」

「因為這兩個人都不能被警方找到呢。」

新市點頭。

「那麼，楊先生和清一到底跟他們聊了些什麼？」

「那兩個人好像都打著相同的如意算盤。」

「該不會都想潛入店裡吧。」

「楊先生和清一小弟當然都斷然拒絕了。」

「佐竹姑且不論，就連那個陳彥宏也不懷好意嗎……」

「好像是不甘心被私市先生痛罵一頓，所以想要洩憤吧。」

這個答案令新市聽得呆若木雞。

「這完全是挾怨報復嘛。但如果是這樣的話，我不認為他們會乖乖打消念頭。」

「兩人確實都很執拗的樣子，但楊先生和清一小弟也半步不讓。」

說到這裡，波矢多換上露出困惑的表情。

「我原本以為一五一十地向警方轉述自己與對方的談話內容，是因為他們很正直——」

「但太過誠實也可能是因為還有其他意圖隱瞞的事……也可以這麼判斷呢。」

「說不定是有人屈服於對方的恩威利誘，然後一起闖進店裡。沒想到被祥子小姐撞見了，情急之下才殺了她……」

「畢竟是打算入室行竊的傢伙嘛。」

「或許是不想被人在隔壁住家空間的心二先生察覺，祥子小姐才沒有大聲嚷嚷。」

「因為登堂入室的其中一人是楊先生或清一，所以小祥試圖說服他們，想勸他們收手。陳彥宏或佐竹就利用這個空檔殺了她……」

「這比凶手是心二先生或私市先生的假設要來得合理多了，但這裡有個很大的問題。」

「……密室嗎？」

新市的表情頓時變得凝重。

「店鋪玄關門由鑰匙鎖和兩個鎖片形成三重上鎖的狀態。如你所說，確實可以預先打一副備份鑰匙，但是要從外側撬開鎖片進入店內，行兇後先走出去，再從外面扣上鎖片，怎麼想都不可能辦到吧。而且會客室的對外門處於完全密閉的狀態，根本打不開。關於這點，警方也確認過好幾遍了。」

「根據警方的調查，店裡六扇窗戶全都確實從內側鎖上螺絲鎖。住家空間的窗外那條狹窄的小路則明顯有人進入的痕跡——」

「那應該是清一小弟匆忙經過的痕跡吧。」

「嗯。而且兩扇窗戶也都從內側鎖上了螺絲鎖。」

新市對著拘謹點頭的波矢多問道：

「住家那邊的門呢？」

「心二先生作證從楊先生和清一小弟離開後，直到私市先生回來前都沒有人進去過。而且是私市先生先進去，心二先生才從裡面出來。」

「當時小祥……」

「不確定是不是已經遇害了。心二先生來到外頭以後，明世小姐馬上就從 Karie 走出來，兩人開始站在路邊聊天。」

「叔叔一進去，心二就出來，是因為覺得跟叔叔單獨相處很尷尬嗎。」

「倒也沒發生被喝醉的私市先生纏著不放這種事。只不過，因為會客室是用來招待客人的空間，所以把原本放在會客室桌上的奠儀先收到住家那邊去。不過私市先生好像已經看到了，所以心二先生就打算在岳父不高興之前先到外面去。」

「從現場的狀況來看，可以說是很正確的判斷呢。」

「所以現在的問題是私市先生是在什麼時候進入員工休息區……」

「叔叔是在晚上九點十五分左右回來的，直到你踏進現場的九點半左右，這之間大約有十五分鐘。」

「如果回家就馬上進入休息區，應該有充分的時間可以犯案吧。」

「但叔叔喝得很醉。就算那十五分鐘都在住家空間呆呆坐著也不奇怪。」

「然後他進入休息區，看到女兒慘不忍睹的模樣，於是下意識想著至少要搶救胎兒……」

「接著一時恢復理智，忍不住驚聲尖叫，就被你們聽到了。」

「聽起來很合理，但如果要說這是否能減輕私市先生的嫌疑，我想還是沒辦法吧。」

「……說的也是。」

新市露出陰鬱的表情，所以波矢多又回到密室的話題。

「沒想到通往店內的三個出入口前——雖然會室客的門是打不開的——都形成了宛如各自都有兩個人站在那裡監視的狀態。」

「不過除了心二與明世以外，其他兩組人都不可信。」

新市以嚴肅的語氣斷言。

「所以呢，在你回來之前，都沒有人經過心二他們面前，進入店鋪的住家空間嗎？」

「心二先生和明世小姐確實都提出這個證詞了。」

「明明案發時間只有這扇門開著，真是太諷刺了。」

波矢多回應新市的喃喃自語。

「要說開著的話，還有一個地方吧。」

「咦，哪裡？」

「會客室的小窗啊。」

「哦，那裡啊。」

「那扇窗戶的螺絲鎖壞了，處於完全派不上用場的狀態。」

「可是那是小窗，從防盜的角度來說——」

新市說到一半，突然大喊：

「對了！小孩的話就進得來啊。」

但他隨即又換上難以言喻的表情，就這麼閉口不言。

「怎麼了？」

即使波矢多追問，他還是沒有開口。

「你剛才是不是想到或許是佐竹從那扇小窗闖進來的？」

「是這樣沒錯……」

「有什麼不對嗎？」

新市此時一臉苦澀。

「我在店裡看到的佐竹雖然還是個少年，但感覺莫名成熟。不止成熟，已經活脫脫像個中年大叔了。這點連體型也不例外。」

「意思就是，他沒辦法鑽過小窗嗎？」

「嗯……能鑽進來的大概只有清一吧。」

短暫的沉默降臨在兩人之間。這是因為他們發現，偏偏只有柳田清一可以通過通往密室唯一的出入口。

「可是啊——」

沒多久，波矢多開口。

「假設清一小弟在佐竹的脅迫下從小窗入侵，佐竹應該會要求他從內側打開旁邊的門吧，但那扇門因為施工不佳，結果完全打不開，成了完全封閉的門。」

「對呀。」

「更何況清一小弟當時也知道祥子小姐人在員工休息區、心二先生人在住家空間。就算無法事先判斷心二先生人在哪邊，只要從會客室偷看應該就能確認。」

「佐竹得知此事後，應該會判斷如果要登堂入室的話就要等到兩人離開以後。不，根本不用這麼費神。因為住在住家空間的就是清一本人。」

「假設清一小弟從小窗入侵好了，就算被祥子小姐發現，他也不至於對祥子小姐動手。而且就算祥子小姐看到清一小弟，也絕不會想到他是要做什麼壞勾當。」

「有道理。頂多只覺得有點莫名其妙，認為他在鬧著玩吧。一旦沒有佐竹那傢伙從中作梗，清一本人就沒有任何動機。」

「不過……」

波矢多難以啟齒地開口。

「私市先生也沒有動機，只因為身在處於密室狀態的現場，就成了嫌疑最大的人。假如以相同的標準看待清一小弟，就算缺乏動機好了，從他是唯一能進出密室的人物這個事實來看，也會受到懷疑吧。」

「他只是個孩子喔。」

「在日本戰敗後的險惡環境中，就算是小孩子也可能不得不變成犯罪者。」

「這是兩碼子事……」

「真的是兩碼子事嗎？」

面對波矢多的質問，新市無言以對。

「即使對方是小孩子，也比父親殘殺親生女兒的假設還要來得合理一點吧。」

「問題是……」

新市的眼神盈滿苦惱。

「清一沒有動機。不，叔叔他也是一樣……」

「所以兩個人目前的嫌疑不相上下。至少我們應該從這個角度來思考。」

「……我明白了。」

新市看似有所覺悟，點了個頭。

「真的不可能從店鋪的玄關入侵跟逃脫嗎？」

「先不提楊先生了，畢竟還有個陳彥宏在那裡。所以我能理解你會有所期待的心情。但三個地方之中，這裡大概是最固若金湯的。」

「因為就算可以用備份鑰匙開啟門鎖，也還是存在鎖片的問題嗎。」

「你回來以前，我在店鋪周圍巡視了一圈，發現這間店真的很簡陋。換句話說，如果想找出漏洞的話，或許能發現不少個喔。」

新市的臉色頓時重現光明。

「既然如此，只要你能想到可以利用那種漏洞、執行類似偵探小說中的詭計，事情不就解決了嗎？」

「怎麼可能。」

新市的樂觀令波矢多不由得苦笑。

「如果是偵探小說，確實有利用大家都很熟悉的針線來驅使的詭計。就連再更複雜一些的嵌入式門鎖也一樣。」

「既然如此——」

見新市投出充滿期待的眼神，波矢多像支波浪鼓似地搖搖頭。

「正因為簡陋，才需要在上鎖後又幫正面玄關的橫拉門扣上鎖片。這時要是兩扇門中間出現了些微空隙，也一定要用雙手關緊後才有辦法扣上鎖片。」

「這樣啊。」

「因此，如果沒有人從內側用力，是很難把兩塊鎖片扣住的。」

「這麼說來，北九州的礦工住宅其實也是簡陋的密室。那起礦工住宅密室殺人事件的真相也可以用來解釋這起命案不是嗎？」

「別胡說八道了。」

波矢多想也不想就駁回，不過他姑且也思考了一下這個可能性。

「現場的狀況不一樣，所以還是不能硬套。」

「……我想也是。」

沒想到新市也接受了。

「密室的討論卡關的話，接下來該思考些什麼呢？」

「動機吧。」

波矢多回答後，又接著往下說。

「最有機會下手的人，首先是私市先生，再來是心二先生，但這兩個人都沒有動機。」

「楊先生與清一也沒有動機，不過當時跟他們在一起的陳彥宏和佐竹就很可疑。就算沒有針對小祥個人的動機，考量到闖入店鋪時被她發現的可能性……」

「不可能從那兩個人所在的正面玄關和會客室前面進入店內。」

「結果還是繞回密室的問題啊。」

新市大發牢騷。

「果然還是得靠你解開密室的謎團——」

「嗯。但是在討論密室之謎的同時，也必須尋找有沒有其他隱藏的動機。」

波矢多這麼回應，新市就以非常陰沉的語氣反問：

「誰的動機？」

「昨晚案發時，所有待在私市遊技場附近的人——」

「欸，你的意思是說……」

感覺就要動怒了，但或許是為了讓自己冷靜下來，新市好像打算先抽根菸。

「咦，已經抽完啦。喂，給我一根。」

新市把空空如也的菸盒捏成一團、向波矢多提出要求後才想到一件事。

「可惡！你不抽菸……」

他一臉無奈地站起來。

「沒辦法，我去買個菸。」

「就快要半夜十二點了，店都關了吧。」

「總會有辦法的。」

新市丟下這句話就走出 Karie。香菸的話，私市遊技場要多少有多少，但以新市的為人並不會不告而取。

波矢多決定乖乖地等朋友回來，一面在腦海中描繪私市遊技場的平面圖，讓腦袋全速運轉。

解決這起事件的突破口到底在哪裡？

目前已經知道凶器是被害人買回來的菜刀。但遺留在現場的針筒至今仍是個謎。假設針筒是真凶帶來的，應該能成為線索吧。

還有，如果取出胎兒的是真凶而非吉之助，關鍵就在於動機了。這個動機是不是比殺人動機還更重要呢？

……動機是什麼？

波矢多完全想不出來。但直覺告訴他，只要能釐清命案的動機，就算解不開密室之謎也不妨礙破案。

現場恐怕是偶然形成的密室吧。

這是因為三個出入口前面都各有兩個人站著說話，再怎麼想應該都純屬巧合，絕不是真凶能有意為之的狀況。陳彥宏來找楊作民、佐竹來找清一都是基於本人的意志。心二從住家空間走出來、明世離開 Karie 也是同樣的道理。

私市遊技場的密室就是在這樣的情況下應運而生。

然而，即使知道密室是無意中的產物，真兇是如何進出的，這個最關鍵的問題卻依舊無解。倘若密室化不過就是偶然，那真凶實在是太幸運了。真的有可能發生對凶手這麼有利的情況嗎？

……不，等等。

推理到這裡，波矢多突然意識到一件事。

也有相反的可能性。

真凶在偶然的情況下發現建築物形成了密室狀態，說不定就會下意識地做出只要能巧妙利用這個天賜良機動手，自己就絕對不會被懷疑的判斷。這麼一來，凶手當然知道該怎麼進出這個密室。

呵呵。

波矢多有氣無力地笑了。

看來還是得解開密室之謎才行。新市知道的話，肯定會目瞪口呆地說：「你到底在作繭自縛什麼啊。」

就在這個時候，店外傳來了騷動聲。

波矢多開門的同時，新市也衝進店裡。

「……出、出現了。」

「什麼啊？」

波矢多被他嚇了一跳，新市一臉焦急地說：

「當、當然是赫衣啊。」

「欸！」

「而且那傢伙在我眼前消、消失了。」

第十四章

赫衣，現身

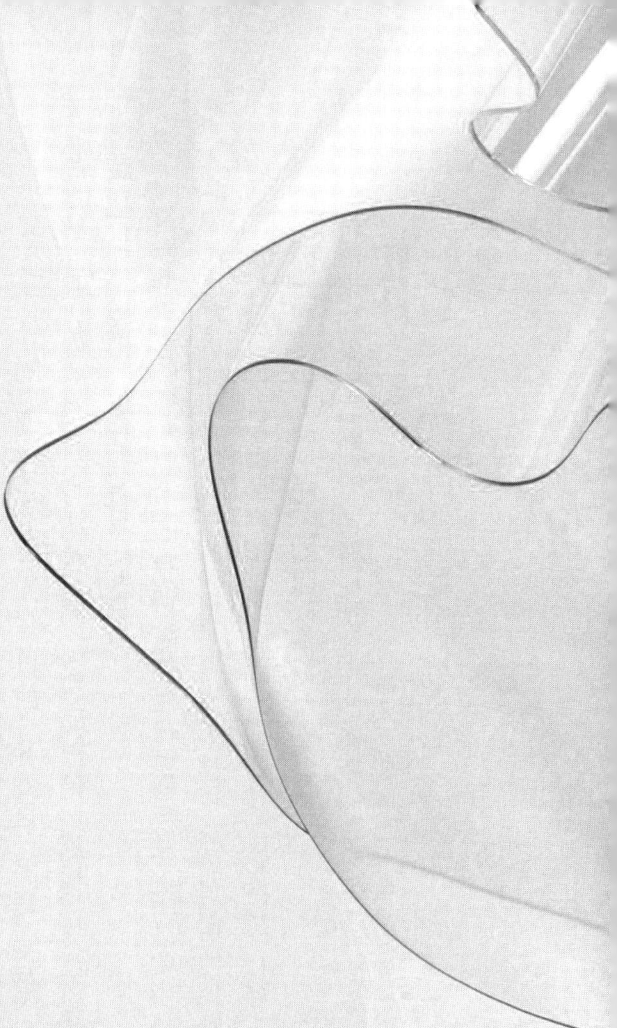

熊井新市的描述簡單整理如下。

他當然知道私市遊技場隨時都備有香菸。也知道只要把錢留下就可以拿走，不會有什麼問題。但是他實在不想在私市吉之助不在的時候自作主張。

因此新市決定前往吉之助以前帶他去過的酒館「Star」。他跟那家店的老闆也很熟，應該可以跟他要幾根菸來抽。萬一老闆不在的話，他也有的是辦法可以進去。

Star在現在的老闆接手並變更店名以前，其實是一間賣春酒館，因此還保留了從類似閣樓的二樓溜到店內的機關。方法是拆開一部分的屋頂，那種地方沒辦法上鎖。所以只要知道機關藏在哪裡，要潛入店裡簡直易如反掌。

再怎麼小心門戶，黑市的店鋪可能都存在這個盲點，所以要小心再小心。

新市以雙重標準看待自己的行為，溜進了Star，輕而易舉地找到香菸，然後放下錢就離開店鋪。雖說還有行人，可是到了這個時間，大部分的店都已經打烊了，走在路上的男人也少了很多。因此在屋頂上爬上爬下的時候都沒有人看見。

新市來到Star的前面，正要從那裡走回Karie時……

「呀啊啊！」

另一邊傳來女人短促的尖叫聲。

「喂！」

新市先聲奪人，衝向聲音傳來的方向。

一下子就跑到岔路的轉角，只見有個年輕女性倒在左手邊的巷子裡。新市第一時間望向右手邊的巷子，沒有半個人。

「沒、沒事吧？」

新市扶起嚇得魂飛魄散的女人後，就發現掉在角落的菜刀。他連忙上下打量女人的身體，乍看之下衣服完好如初，也完全沒有受傷的樣子。

然而，女人微微隆起的腹部映入眼簾。

……孕婦啊。

這個事實令新市機伶伶地打了一個冷顫。

「發、發、發生什麼事了？」

這時心二突然出現了，讓新市嚇了一跳。

「你在這裡做什麼？」

但心二卻只是盯著女人看，彷彿要在她身上看出一個洞來，一句話也不說。

「怎麼了?出了什麼事？」

接著，伊崎巡查也從更前面的巷子跑來。後面還跟著一個黑人大兵，而且居然連明世都出現了，真令人意外。

「啊，你們……」

伊崎看到新市和心二的臉，想起了波矢多的歡迎會。

「果然出現了吧。」

不料明世看也不看自己認識的三個男人一眼，直勾勾地盯著全身顫抖不止的年輕女性，黑人大兵則是站在她旁邊。

「出了什麼事，可以告訴我們嗎？」

新市溫柔地問她，年輕女性以驚魂未定的語氣說道：

「我、我從這條巷子走、走到那裡時……突、突然被人一把抱住……我、我看到菜刀……忍不住叫了出來，然後就聽見不曉得從哪裡傳來『喂！』的喊叫聲……結、結果那、那個人就逃走了……」

「往哪個方向？」

新市問道，女人伸出手指正要回答，接著卻很勉強似地搖搖頭。

「……我、我不知道。」

「然後呢？」

「然、然後你就來了……」

女人說到這裡，似乎這才終於正眼看向新市的臉。

「妳在附近的店工作嗎?」

「就在那邊──」

女人指著右手邊的巷子,與從 Star 過來的新市轉過來的左邊是反方向。

「我媽在那裡開了一家叫『彌生亭』的酒館……每晚打烊後我都會去幫忙記帳。」

一問之下才知道她的名字就叫「彌生」。看來母親是以女兒的名字為店命名。

「有看到犯人的樣子嗎?」

原本對新市還有些顧慮的伊崎終於問了女人第一個問題。

「……沒、沒有。」

伊崎緊迫盯人地追問邊發抖邊搖著腦袋的彌生:

「是男人嗎?」

「是的……啊,只是感覺像男人……但我不敢確定……」

「是日本人嗎?」

「……我不知道。」

「年輕人嗎?」

「…………我不知道。」

「至少是成年人吧?」

「我想是的……」

一點線索也沒有，伊崎大失所望。

「她就拜託妳了。」

新市暫時把彌生交給明世照顧，領著伊崎他們往巷子裡前進，邊走邊注視左右兩邊已經打烊的店鋪。

「犯人應該是往這邊逃走的。」

「你為什麼能說得這麼篤定？」

新市回答伊崎的問題。

「我聽到彌生小姐的尖叫聲就馬上趕來了。當時沒有撞見犯人，所以能確定犯人並不是往我來的方向逃跑。而且我當時也立刻確認彌生小姐從店那邊走過來的巷子，也沒有其他人。倘若犯人往那個方向逃的話，至少會看到背影才對。」

「原來如此。」

新市的說明告一段落，就在下一個岔路停下腳步。

「我是從這邊來的。」

心二指著往右轉的巷子。

「本官和明世小姐他們是從這個方向過來。」

伊崎指向往左手邊延伸的巷弄，黑人大兵也默默點頭。

「你是明世小姐的專屬，喬治先生吧。」

「Yes.」

黑人大兵露出不合時宜的笑容來回答新市的問題後，四個人就往左側前進。然後伊崎在又出現岔路的地方指著右手邊的巷子說：

「本官是從這裡過來的。」

「我和明世，這邊。」喬治指著左手邊的巷子。

「你們都聽見了彌生小姐的尖叫聲嗎？」

新市問道，三人同時點頭。

「聽到尖叫聲的瞬間，你們就立刻跑過來了嗎？」

三人也幾乎不約而同地點頭。看樣子，喬治只是不太會說日語，但大致上都聽得懂。

「伊崎巡查是在哪裡碰到明世小姐和喬治先生的？」

「本官經過這個轉角的時候，感覺背後有人，回頭一看，就看到他們同時衝了過來。然後又在前方看到心二先生的背影，再來就是正在照看彌生小姐的新市先生了。」

新市開始往明世她們等待的地方走。

「彌生小姐遇襲的地方，到心二來的巷子、伊崎巡查來的巷子、明世小姐和喬治先生來的

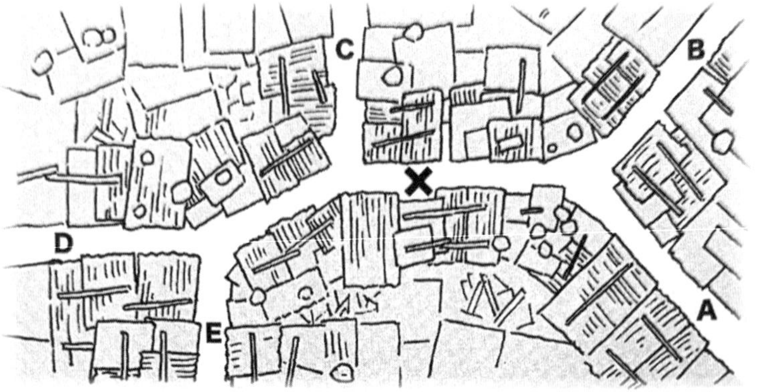

巷子之間都沒有任何還在營業的店家。也就是說，犯人是不可能逃進店裡的。」

「可是這裡也沒有其他巷子了。」

伊崎說完，新市謹慎起見又問了一句：

「大家都沒有跟犯人擦身而過，對吧？」

三人又幾乎同時點頭。

「怎麼會有這種事……」

伊崎自言自語後，望向心二與喬治的眼神裡流露出懷疑。或許是因為前者是私市遊技場命案的被害人丈夫，後者與傑克一樣都是美軍。

「假設我所在的巷子為A、彌生小姐過來的巷子為B。心二為C、伊崎先生為D、明世小姐和喬治先生為E。再把彌生小姐遇襲的地點打個叉做記號。如前所述，我們已經知道犯人沒有往A和B的方向逃逸。這麼一來，犯人就只能往C、D或E的其中一條巷子走。」

「但是包含本官在內，三條巷子裡都有人，而且都是一聽到彌生小姐的尖叫聲就立刻趕過來了。」

也就是說，犯人就在這四個人裡頭——這大概是伊崎的想法。伊崎自己當然要排除，所以還剩下三個人。這裡面有兩個人是情侶。這麼一來，犯人只可能是心二了。

新市覺得伊崎盯著心二的眼神裡充滿這樣的猜疑。但伊崎的視線隨即轉到喬治的身上。

情侶的一方是美軍、另一方是娼婦，而且還是這個士兵的專屬情人。這兩個人說的話真的能信任嗎？喬治的真面目該不會就是那個美軍傑克……應該不會吧。如果是這樣的話，明世肯定會包庇他吧。

——新市清清楚楚地聽見伊崎的這般心聲。

不不不，美軍傑克應該是白人，不是黑人大兵。這兩個人應該是無辜的吧，果然還是心二比較可疑。

——新市也完全可以理解伊崎會這樣疑神疑鬼。

「各位，可以跟我來一趟派出所嗎？」

回到明世與彌生等待他們的地點，伊崎提出要求。

「派出所的空間有點小呢。」

新市立刻巧妙地將一行人誘導到 Karie。或許因為對方是伊崎才能這麼做。要是他先聯絡佐奈田警部，可能就沒這麼順利了。幸好這位巡查一心只想著要問案。

多虧新市的隨機應變，波矢多才能在伊崎問案時豎起耳朵去聽，在第一時間了解案情的來龍去脈。

伊崎最執著的地方，莫過於他們為什麼這麼晚了還待在紅色迷宮裡。被害人彌生是幫母親完成酒館的工作後走在回家的路上，最早趕到現場的新市則是為了香菸。伊崎很乾脆地接受這兩個人的說詞，但是對於其餘的三個人就沒有這麼寬鬆了。

「我今天一直待在家裡，和清一在一起……後來實在受不了……為了透透氣，就想出去走一走……冷不防回過神來的時候，人已經在紅色迷宮裡了。」

「不是特地過來的嗎？」

伊崎逼問說話支支吾吾的心二，語氣充滿了不信任感。

「……不是。走到車站附近的時候我還有印象。可是我也知道再往前走就是紅色迷宮，所以反而會想要回頭才對。」

「你的意思是說，儘管如此，卻還是在不知不覺間走進紅色迷宮的嗎？」

「……是的。」

「為什麼那個時間還在那裡？」

「發現自己人在紅色迷宮後，我想快點離開，但是愈急就愈找不到方向。」

「這應該是你很熟悉的場所吧。」

「我只知道從車站前走到柏青哥店的路……」

伊崎拚命想打破砂鍋問到底，但心二的供述始終如一。不過他說得模糊不清，所以伊崎顯然也拿他沒輒。

另一方面，明世和喬治的理由就十分明確。

「因為我們想幫忙私市老大。」

「怎麼做？」

「還能怎麼做，當然是找出真正的犯人啊。」

明世以這有什麼好問的口吻回答，但不光是伊崎，就連波矢多和新市也大吃一驚，完全被她打敗了。

「妳不是已經受夠了晚上的紅色迷宮嗎？」

新市忍不住插嘴，明世就像是要表現自己跟喬治有多恩愛似地說：

「有喬治陪我啊。而且要是能抓到真凶，他也算立了大功吧。」

「話雖如此，也不能像隻無頭蒼蠅似地在紅色迷宮裡四處亂轉——」

「我確實不想再碰到赫衣，但是為了老大，我還是想做點什麼……」

「……謝謝妳的好意。」

心二細聲細氣地向她低頭致意。

「心二先生的心情肯定也跟我一樣吧？祥子小姐死得那麼慘，你肯定受到很大的打擊。或許真的是在無意識的情況下到處亂走，但是在你的內心深處，肯定也有想幫老大洗刷冤屈的念頭，才會走進紅色迷宮。」

「話說回來──」

伊崎直截了當地打斷明世熱切的發言，向彌生問道：

「妳也認為犯人是赫衣嗎？」

結果彌生一臉困惑的樣子。

「這麼說來，那個或許就是赫衣……也說不定。但我不記得自己有看到什麼紅紅的東西。」

最後，偵訊就在沒有任何收穫的情況下結束了。

伊崎巡查送彌生回家，明世與喬治一起踏上歸途，心二則是獨自回到清一在等著他的家。

第二天一早，新市再度出門打聽消息，波矢多則打算去看一下昨晚的現場。幸好出發前就請新市畫了一張簡單的地圖，他才能沒有迷路太久就抵達 Star。

接下來，他就在巷子裡邊走邊左顧右盼。很多店都還沒開門。就算是喝酒的地方，如果是有販售午餐的店家，上午也會開門做一下生意。只不過，就算再怎麼早也是上午十一點左右的事。當然，如果是提供早中晚三餐的食堂，這時早就已經開門營業了，但類似的店在這一帶只有少數幾間。

走到第三個轉角，波矢多總算掌握現場的距離感了，所以就從那裡走回Star的店門口。新市就是在這裡聽見了彌生小姐的尖叫，然後衝向第一個岔路。

波矢多也同樣跑過去看看。一看見左手邊的巷弄，立刻望向右手邊的巷子。

犯人攻擊彌生小姐，沒有被新市看見便逃之夭夭……

重現這一連串的經過後，可以確定假如犯人逃進地圖上標示的B巷弄，新市必定會清楚看見犯人逃逸的背影才對。因為那條巷子很長，長到足以做出以上的判斷。

波矢多在B巷弄前進，仔細檢查左右兩邊的店鋪，但一路檢查到前面的轉角都找不到任何可供犯人在逃逸途中臨時躲藏的地方。

回到原本的岔路，檢查打叉的彌生遇襲地點。他勉強在附近的兩家店之間找到大人費勁一點就能擠進去的空間。這大概是偶然形成的空隙，並不是真的存在什麼用途。就算在大白天看到這個空隙，大概也不會留意到，然而，要是在夜深人靜的黑暗之中，不正是最適合埋伏的場所嗎？

犯人恐怕就是躲在這裡等彌生經過。只要是會在紅色迷宮出入的人，肯定多多少少都聽過各式各樣店家那些形形色色的傳聞。因此就算知道酒館「彌生亭」的女兒懷有身孕、會去幫忙母親記帳後再回家，也沒什麼好稀奇的。

這是波矢多的想法。

從彌生遇襲的現場再往前走，在下一個岔路停下腳步。右手邊是心二來的C巷。心二作證說犯人沒有往這邊跑，因此波矢多也沒有特地走進去確認，繼續前進。同樣是一邊走、一邊仔細觀察兩邊的店鋪。

他來到了第三個岔路。右手邊是伊崎來的D巷、左手邊是明世和喬治來的E巷。三個人都和心二一樣，斷定犯人沒有往自己的方向逃逸。但是在抵達這裡的巷弄之中，完全不存在任何可供逃跑的小路或縫隙。

……等等。

這時，波矢多想起了新市進出 Star 的方法。

犯人該不會是爬到店鋪的屋頂上吧。

波矢多暫時把這個推理放在腦海裡，再次回到 Star，然後把包括 B 巷弄在內的路再走一遍，直到抵達第三個岔路。然而，都找不到能輕易爬上屋頂的地方。就算有，要在不讓趕到現場的五個人發現的情況下爬上屋頂也絕非易事。

這次換成巷子的密室嗎。

波矢多重複在相同的巷子裡走了好幾趟，陸續開店做生意的人也對他投來明顯帶著懷疑的眼神。

是時候該撤了嗎。

他正打算撤退時，伊崎就出現了。這位巡查的身後還有佐奈田警部的身影，所以伊崎此行大概是為警部帶路。

「啊，偵探先生。」

「早安。」

波矢多內心暗叫一聲不妙，試圖以打招呼的方式蒙混過去，轉身就想離開。

「你在這裡做什麼？」

佐奈田倏地往前跨出一步，不讓他走，這讓波矢多感到不知所措。如果說自己是來晨間散步，一聽就知道是騙人的，他們絕對不會相信。

「我來調查昨晚的事。」

無奈之下，波矢多做好心理準備便據實以告。

「跟我來。」

佐奈田帶他走到還沒營業的店鋪前。巷子太狹窄了，就連要站著講幾句話都不是一件容易的事。

「所以呢，你知道什麼了？」

「警部先生肯聽我這種業餘偵探說的話嗎？」

好奇心驅使波矢多問道，但佐奈田卻一臉詫異。

「我聽說你接受私市吉之助的委託，前來調查相傳在這個紅色迷宮裡出沒的赫衣——」

「是的。」

「你的委託人如今成為殺死女兒的重要嫌疑人。站在你的立場當然不可能坐視不理吧。」

「您能理解真是太好了。」

波矢多喜出望外，但佐奈田隨即換上嚴肅的表情。

「話雖如此，我們並沒有同意你在這裡進行什麼偵探活動喔。那怕只要覺得稍稍影響到我們辦案，我就會立刻叫你離開。」

「我明白。」

波矢多朝他行了一禮，準備要離開。

「那你有什麼發現嗎？」

佐奈田依舊沒有要放他走的意思。

「沒有，我並不想被認為是在妨礙調查，所以打算老老實實地先告退了。」

「齁，這句話真酸啊。」

「我絕對沒有這個意思。這是我基於自知之明的判斷。」

「是這樣的嗎。」

伊崎在唇槍舌劍的兩人旁邊顯得不知所措。可憐兮兮的模樣令波矢多好生同情，可是自己是真的想趕快走人了。

「那麼，如果你對昨晚的命案有什麼想法的話，可以麻煩你告訴我們嗎？」

意外的是，佐奈田居然低下頭向他討教。

「請別這樣，像我這種——」

「不不不，既然要請教別人，這點禮數還是要有的。」

「我認輸了，還是警部先生比較高招。」

波矢多苦笑著攤開地圖，回顧大家昨晚的行動後，說明犯人根本無處可逃。

「嗯……跟伊崎的報告書幾乎沒有出入呢。」

佐奈田認同這個事實後又開口。

「只不過，根據你的調查，可以推測出犯人還是有可以躲藏的地方，以及犯人應該無法爬到店鋪屋頂上再逃走，這兩點很重要。」

「感謝您的肯定——」

波矢多感受到莫名的喜悅，道謝的話險些就這麼脫口而出，所以不免有些慌張。幸好佐奈田並未留意到他的反應，以極為自然的口吻問他：

「你怎麼看待這種難以理解的狀況？」

「實不相瞞，我還不清楚。」

總之，波矢多先給了一個中規中矩的答案。

「明明私市遊技場命案的被害人丈夫就在現場？」

佐奈田一針見血地指出這點。

「您覺得他很可疑嗎？」

「你不這麼認為嗎？」

「也就是說，警方認為殺死祥子小姐的凶手並非私市吉之助先生，而是他的贅婿心二先生嗎？」

波矢多試著從別的角度進攻。不過他也猜到佐奈田一定會顧左右而言他。

「沒有任何證據能證明命案的凶手是傳說中的赫衣。同樣的道理，昨晚的事件也不見得是赫衣所為。可能是以強暴為目的的性犯罪者幹的好事。話說回來，赫衣到底存不存在，這點也還很難說不是嗎？」

居然沒有顧左右而言他，這算好事吧。而且佐奈田還繼續說下去。

「換句話說，私市吉之助的嫌疑依舊最大。」

即使表現出懷疑心二的態度，卻還是做出吉之助依舊是重要嫌疑人的發言。

這位警部很不好對付。

波矢多在心裡自言自語，又問對方：

「我很清楚私市吉之助先生涉嫌重大的事實。但是因為昨夜發生了奇也怪哉的狀況，我實在無法忽略這兩起事件中奇妙的共通點，關於這點，警方有什麼想法呢？」

在這種互相試探的情況下，以問題來回答問題，有時候能得到意想不到的收穫。波矢多雖然是業餘偵探，卻也從過去的偵探活動中學到了這一點。

「你所謂的共通點是指？」

「兩個現場都是密室。」

那一瞬間，警部似乎不知該怎麼回答。

「所以你認為兩起案件是同一個犯人所為嗎？」

「因為被害人的父親在密室裡，所以就認為他是犯人；因為被害人的丈夫在密室裡，所以也認為他是犯人。這麼想確實很合理，但兩者都沒有最關鍵的動機。」

「這個部分還在調查。」

「還有，說到動機，現場變成密室的理由也包含在內呢。」

「你是說犯人刻意把現場打造成密室嗎？」

「不，或許只是偶然之下的產物，但我總覺得只要能解開為什麼會形成密室這個謎團，也許就能看清事情的真相。」

「你還真是個有趣的人啊。」

「而且還存在另一個共通點。」

「願聞其詳。」

「兩位被害人都是孕婦。」

結果在與佐奈田的交手過程中，波矢多只得到一個確切的情報。不，或許也只是察覺的階段罷了，但波矢多認為應該八九不離十。

警方幾乎已經斷定私市吉之助就是私市遊技場命案的凶手了。不過，這個想法的根據幾乎都只是間接證據。警方似乎也還沒掌握到最重要的動機。如果是戰前，或許還有捏造證據誣陷人入罪的疑慮，幸好戰敗後的民主警察應該不至於這麼做。

波矢多告別二人後，就前往私市家詢問心二昨晚發生的事。然後再去明世最近租的公寓——位於寶生寺車站北側，明世在歡迎會時把地址告訴他了——問了同樣的問題。其實他也想聽聽喬治怎麼說，但明世表示「我覺得就算問他也沒用」，於是打消了念頭。最後，他來到車站前的派出所找伊崎。

這位正在值勤的巡查好聲好氣地配合波矢多的調查。只不過，如果是昨晚的事件，問他什麼他都會回答，但是關於私市遊技場命案的問題，他幾乎都三緘其口。身為警察，這是天經地義的職業操守。況且他只是區區一介巡查，能對佐奈田他們的搜查內容掌握到什麼地步也可想而知。

確認過新市、心二、明世等人與伊崎說的內容沒有出入後，波矢多提出了最重要的問題。

「請問警方對彌生小姐的案件有什麼想法？」

「佐奈田警部認為是新的隨機傷人事件。」

「意思是說，與赫衣無關嗎。」

「赫衣只是她們口中的傳聞吧。」

他口中的她們指的當然是「在夜晚討生活的女性們」。不過波矢多感覺得出來，在坐擁紅色迷宮的寶生寺車站的派出所執勤，這位巡查不可能只把赫衣視為「單純的傳聞」。但是身為警官，就只能這麼表示吧。

話說回來，逼他說實話也只是徒增伊崎的困擾，於事無補。波矢多很清楚這點，就沒有再繼續追問下去。

「那麼，關於昨天的事與私市祥子小姐遇害的關聯性，警方又怎麼看？」

「請恕我無法回答這個問題。」

伊崎斬釘截鐵地拒絕。

「本官只希望別再發生昨晚那種隨機傷人事件了。」

伊崎又補了一句。乍聽之下是在暗示個人的想法，但潛台詞是「如果再發生隨機傷人事件，就得承認赫衣真的存在，那麼就能證明私市吉之助是清白的」。波矢多能感受到伊崎試圖在內心勾勒出這樣一套劇本。

「你今晚也要在紅色迷宮內巡邏嗎？」

「那裡從以前就包含在我的巡邏範圍內，如今發生這麼多事，必須更進一步地確認安全才行，所以我打算加強重點巡邏。萬一又發生隨機傷人事件，或許還得組織自警團[28]。我很希望能避免走到這一步。」

「辛苦了。」

波矢多差點就要擺出軍隊式的敬禮，幸好沒真的舉起手來。之後他向伊崎行了一禮，就踏出派出所。

那天傍晚，波矢多邊走邊回想來到紅色迷宮後發生的種種，等到他回到 Karie 時，新市已經先回來了。

「你回來的真早啊。」

「嗯。可是收穫頗豐喔。」

即使這麼回應，新市卻一臉愁眉不展。

「看來不是什麼好消息呢。」

波矢多的憂心不幸命中了。從新市口中聽到的淨是些不好的消息。

28基於自我防衛或維持地方治安等需求，由民間自發組成的團體。

第十五章
動機的問題

「根據遺體解剖的結果，得知被害人被施打了安眠藥。」

熊井新市最初的報告就令波矢多大吃一驚。

「是真凶下的手嗎？」

「那當然。」

「傑克會讓對方服下安眠藥。」

波矢多提起明世告訴他的美軍相關傳聞之一。新市似乎也想起了這件事。

「如果不是他，為什麼要給祥子小姐打安眠藥？」

「凶手是開膛手傑克嗎？」

新市先說出自己的初步想法。

「像是……安眠藥強盜？」

「或者是……為了取出她腹中的胎兒。」

新市當然也有想到這個可能性，只是不願意說出口吧。

「警方的見解呢？」

「目前正往這兩方面調查，但是看得出來，他們其實也很困惑。」

「我想也是。」

波矢多的腦海中浮現出佐奈田警部的臉。

「如果是安眠藥強盜，根本沒必要殺死她。但如果動機是取出胎兒，只能說凶手真的非常瘋狂。私市先生就算再怎麼發酒瘋，應該也很難將他視為這起命案的凶手吧。」

「只有這點對他還算有利……」

說是這麼說，但或許是祥子的遭遇實在太悽慘了，新市似乎難掩動搖。

「但如果是佐奈田警部，可能會說只有父親才有機會在被害人沒有戒心的情況下為她施打安眠藥。」

波矢多說出自己的疑慮，新市卻搖了搖頭。

「她經常在員工休息區打瞌睡。而且當天一早就前往新宿的李家，想必很累了吧。不知不覺開始打盹的可能性非常高。」

「只要不小心睡著，任何人都能為她施打安眠藥嗎？」

波矢多說到這裡，似乎突然想起某件事。

「也有可能是介於兩個推理之間。」

「什麼意思？」

「真凶的目的是殺害祥子小姐。所以就算她睡著了，下手的瞬間，祥子小姐可能還是會發出聲音。因此事先為她注射安眠藥，讓她沒辦法抵抗，再動手殺人。」

說到這裡，波矢多提出最關鍵的問題。

「她的死因是？」

「腹部大量出血。好像是肚子先中一刀，然後再被切開。目前當然還無法判斷這兩種行為是同一個人所為，還是分別由不同的人下手。根據負責解剖的教授所做出的見解，至少可判斷凶手不是外科醫生。」

「要是關係人裡面有外科醫生的話，就能先排除他的嫌疑了呢。」

「但這對目前的我們來說是一點幫助也沒有的線索。」

「死亡推定時間呢？」

「當天晚上八點半到十點半，但是知道這點也沒有任何幫助。因為幾乎可以斷定凶手是在晚上九點過後到九點半左右之間下的毒手。」

新市喃喃自語，瞥了波矢多一眼。

「你向警察說了你的推理嗎？」

「沒有，如果是佐奈田警部，應該也能推論到這種程度吧。或許他在追查安眠藥強盜的同時也在思考這起殺人事件的兩個可能性。」

「哪兩個？」

「一是真凶殺害祥子小姐後，私市先生才取出胎兒。另一個可能性是私市先生就是凶手，一切都是他幹的。」

新市露出沉思半晌的表情後說道：

「喝得很醉還因此發起酒瘋的叔叔有辦法完成注射安眠藥這種冷靜的行為嗎？」

「至少腹部完全沒有多餘的穿刺傷……」

「嗯，這是可以確定的。」

「即便如此，警方仍認為私市先生是凶手。也就是說，這正是警方認為連酒後失控的私市先生也有充分作案可能性的證據吧。」

新市換上了更進一步深入思考的表情。

「難道就沒有真凶先殺死小祥，再取出胎兒的可能性嗎？」

「是存在這個論點，但我認為可能性極低。」

「怎麼說呢？」

「因為這會出現被死者的血濺到的問題。」

新市似乎陷入了自我厭惡的狀態。

「我也太大意了，居然沒留意到這點。」

「因為私市先生相當於你的親人嘛，本來就無法以客觀的角度來看待吧。」

「就算是這樣也太丟臉了……」

波矢多為消沉的朋友打氣。

「考慮到濺血的問題，第一個可能性——真凶殺害祥子小姐後，私市先生才取出胎兒的假設就變得很有力了。」

「確實。只是一把菜刀刺進腹部的話，或許幾乎不會讓血噴到自己身上也說不定。」

「不過，有一個嫌犯完全不符合這些假設。」

「開膛手傑克嗎？」

「如果是開膛手傑克，想必會先做好不被被害人的血噴濺到的措施再動手。」

波矢多指出最關鍵的一點後又問新市：

「MP那邊的情況如何？」

「起初似乎還有些動靜，後來就沒消息了。」

「因為MP認為並不是開膛手傑克，也就是美軍傑克所為嗎……」

「或者是足以斷定是那傢伙幹的好事，所以已經著手處理了……」

「但他不是早在這次的事件發生前就已經被強制遣送回國了嗎？」

波矢多的疑問令新市皺起眉頭。

「在娼婦之間確實流傳著這種傳聞，至於是不是真的就不得而知了。我這兩天也去問了很多人，但畢竟是美軍內部的事，很難具體掌握。」

「再加上還是美軍傑克的事，難度就更不用多說了吧。」

「我會繼續打聽那傢伙的事情。可是小祥又不是在夜晚討生活的女人，結果卻被盯上了。犯人真的會是開膛手傑克嗎？」

「就算是開膛手傑克，也無法一直跟先前一樣都鎖定娼婦吧。於是開始物色新的犧牲者——」

「為什麼會盯上小祥？」

「或許凶手是私市遊技場的客人，知道她在這裡工作。」

「……有道理。畢竟那家店的客人也有美軍呢。」

「話說回來，凶手是開膛手傑克的假設還有個很大的問題。」

「密室嗎？」

「這點當然也沒錯。不過更重要的是案發當時，私市遊技場周圍並沒有看到美軍的目擊情報。」

「雖說美軍的身影隨處可見，但如果是在案發時靠近私市遊技場的話，一定會被某些人看到吧。」

「然而卻沒有出現這方面的證詞。」

「假如凶手是開膛手傑克，這一切就說得通了。」

但新市心裡明白，如果是這種情況，開膛手傑克是絕對不可能被日本警察逮捕，然後被送進日本法院接受日本法律的審判。他也理解這麼一來就無法為祥子報仇了。即便如此，無論如何都要阻止警方為了「讓事情圓滿收場」，就把殺害女兒的罪名硬推到私市吉之助的頭上——波矢多深切地了解這是朋友迫切的心願。

「原本應該先問你的，私市先生的狀態如何？」

「……好像沒什麼變化。」

「還在木舞醫院嗎？」

「不，現在已經移送到警方的拘留所，繼續接受偵訊。不過好像沒有絲毫進展……」

「因為他什麼也不說嗎？」

「嗯。醫生診斷他是因為精神受到太大的打擊，所以沒辦法說話……但警方似乎有其他的看法。」

「……認為他是刻意緘默之類的嗎？」

新市點頭，同時嘆了口氣。

「因為是凶手才保持緘默。警方是這麼認為的嗎？」

「可是關於叔叔的動機，警方依舊無法說明。他們唯一的立論根據只有叔叔喝得醉醺醺的，還有發酒瘋失控這兩點。」

至此，新市的臉色總算變得明亮一點了。

「我已經請好律師了，倘若警方再提不出明確的動機，或許遲早還是要把叔叔放出來的。大概得花點時間，不過有希望。」

「那位律師靠得住嗎？」

「法界也有我們優秀的同儕，所以別擔心。」

「原來是這樣啊。」

雖然波矢多感到佩服，但還是提出讓他一直耿耿於懷的問題。

「關於動機啊，有個讓我有些在意的地方。」

「哪個地方？」

「假如你要拿刀殺人，你會刺對方哪裡？」

波矢唐突地冒出這個問題，但新市不假思索地回答：

「如果要一擊斃命的話，應該還是心臟吧。」

「即使對方並未抵抗？」

「對方不抵抗的話反而更會瞄準心臟吧。頸動脈也可以，但是割斷頸動脈的話，讓血液噴得到處都是的風險太高了。」

新市回答後又接著說：

「你在意的點是凶手明明已經為小祥注射了安眠藥，為什麼還要刺她的腹部吧。」

「假如是以殺害她為目的，就跟你說的一樣，瞄準心臟的可能性較高。可是，這個真凶卻把刀刺進被害人的腹部。」

「原因是什麼呢？」

「如果，他的目的並不是要殺了祥子，而是殺掉她腹中的胎兒……」

「你、你說什麼！」

新市以驚慌失措的語氣說：

「你的意思是說，只要能刺死胎兒，就算她被救活了，凶手也無所謂……」

「其中或許有什麼特別的動機。」

「你是說……真凶想藉由殺死胎兒達成什麼目的嗎？」

「從私市先生身邊奪走他的家人。」

「欸……」

「光是殺死女兒就能達成這樣的目的。可是凶手的想法或許是想藉由奪走未出生的孫兒性命，帶給私市先生更深的絕望。」

「到底是誰？為什麼會產生這種動機？」

「可能是日中戰爭時，家人在中國被日本兵殺害的人……」

新市一時半刻動彈不得，後來才瞪大雙眼開口。

「……你的意思是，真凶是楊先生嗎？」

「如果楊先生有嫌疑的話，至少私市先生在中國的時期、地點都必須要跟楊先生在那裡的生活一致。」

「就算是這樣……」

新市臉上又浮現出難以置信的表情。

「不，這點應該更仔細求證才對。我來調查叔叔從軍的經歷。」

「那我去跟楊先生請教他在那邊的生活情況。」

兩人的任務一下子就分配好了。

「先不管為什麼會出現這種動機，假如真凶的目的真的是要殺死胎兒的話，就還存在一個凶手人選。」

聽波矢多接著說到這裡，新市像是有所覺悟了。

「雖然我覺得應該不太可能，你該不會是指清一吧。」

「從他在戰敗後受到的殘酷對待，以及他從祥子小姐身上感受到母愛的事實來判斷，就算對尚未出生的孩子萌生了強烈的嫉妒也沒什麼好不可思議的。」

「假如那孩子是真凶，密室之謎就不攻自破了。」

「因為清一小弟是本案的相關人士中唯一能進出那個密室的人。」

「所以呢，你打算怎麼做？」

「就算要調查他的身世，也只能問他本人吧。」

「可以拜託你嗎？」

波矢多點頭，表示了解。

「可是啊——」

新市拚命地猛搔頭。

「一定得懷疑楊先生和清一才行嗎……」

「前者是要對私市先生報過往的仇，後者的動機則是現階段的一種自我保護機制。」

「如果要說誰有嫌疑，就只有他們兩個嗎？」

新市問道，波矢多一下子答不上來。

「怎麼了？你想說就說，不用顧慮我。」

「不，從『或許是為了報過往的仇』這個角度來說，楊先生的嫌疑確實比較大，但我認為其實還有一個嫌疑人，雖然感覺不太可能……」

「誰？」

「……心二先生。」

聽到這句話，饒是新市也招架不住了。

「嗯，就我個人來說，原本就認為他配不上小祥。這種感受直到現在還是一樣……」

新市直言不諱地吐露自己的心聲。

「可是啊，再怎麼說，那傢伙也不可能殺害妻子。」

「這點我也同意……」

「而且『或許是為了報過往的仇』又該怎麼說？心二與小祥無冤無仇——」

「心二先生復仇的對象跟楊先生一樣，都是私市先生。」

新市沉吟了半晌才說：

「解釋給我聽聽。」

「以下不過就是我基於間接證據，繞了比楊先生的例子還更大一圈後得出的推理。」

「你說就是了。」

「我聽祥子小姐提過心二先生的背景。他被李氏夫婦收養前、身分還是貴市心二的時候，父親因為沉迷賭博，落得一家分散的下場。但這句話有個地方令我很在意，也就是在那之前好像發生過什麼因為父親好賭所引發的事件，才導致一家分散——這個部分。」

「我也聽小祥講過同樣的事。」

「可是私市先生父女倆並沒有特別針對那件事加以調查。」

「因為心二本人也不想多談吧。」

「嗯，但令我耿耿於懷的是私市先生過去曾經因為酒後失去理智，結果在賭博方面經歷過一次慘痛的挫敗……」

「喂喂喂，難不成……」

「目前還沒有其他關聯性，也沒有任何證據，但這兩件事其實都跟賭博有關的話，又會怎麼樣呢？」

「難不成叔叔就是造成心二一家分散的罪魁禍首……而心二直到最近才得知這件事嗎？」

「這只是一種推理。」

波矢多丟出這個開場白後接著說：

「況且，就算是要向私市先生報仇好了，有必要殺死自己深愛的妻子，而且還是身懷六甲的妻子嗎……」

「不不不，不可能吧。」

新市沒有任何遲疑就給出否定的答案。

「不同於楊先生的情況，心二不可能以殺死胎兒為目的吧。絕對不可能。」

「我想也是。」

見波矢多陷入沉思，新市對他說：

「話是這麼說，但你居然能留意到這個奇妙的共通點。那麼接下來，我們也來調查一下貴市家的過去吧。」

於是兩人重新分配明天的任務。

新市必須繼續去警局或醫院等相關單位打聽消息，因此除了調查私市吉之助的從軍經歷以外，其他皆由波矢多接手。也就是調查楊作民被日本軍殺害的家人、柳田清一對祥子的想法、以及貴市家過去發生了什麼事。

眼看時間就快十一點了，波矢多提議：

「我們也去紅色迷宮巡邏吧。」

「也好。現在正好是下班的年輕女性們要去澡堂的時間。」

新市立刻附議。

「我建議特別留意她們裡面有身孕的人。」

波矢多說道，新市隨即露出困窘的表情。

「不過有沒有懷孕，倒也不是一眼就能辨別。」

「就你所知的範圍內，有懷孕的女性嗎？」

新市擺出了思索的樣子。

「這麼說來，小祥有個比她年長的朋友好像懷孕了……」

「……該不會是食堂的女兒吧。」

「啊，我記得是濱松屋——」

「里子小姐。我想起來了，祥子小姐在歡迎會提過這件事。」

「你在短時間內就從大家的口中蒐集到各式各樣的訊息呢。」

新市佩服得五體投地。

「食堂跟酒館不同，現在應該早就打烊回家去了吧。」

波矢多提出心中的懸念，但朋友一臉這不成問題的表情。

「不不，黑市食堂的客人其實有很多都是在同一個地方做生意的人。尤其是酒館，不只員工，就連客人也會點外賣來吃。當然，也是有只以一般人為客群的食堂，但是類似前述那種店在紅色迷宮裡其實也不少。」

「總之我們快走吧。」

在波矢多的催促下離開 Karie 時，新市臉上突然浮現困惑的表情。

「我不太記得地點……」

「知道大致上的位置嗎？」

「……應該是那邊，東方吧。」

新市指著東邊說。

「呃，或許是鬼城附近。」

「所以說，里子小姐回家不需要穿過鬼城囉。」

波矢多回答的同時，自己在鬼城迷路的樣子倏忽竄過腦海，感覺不太愉快。

儘管如此，兩人還是毫不猶豫地走向紅色迷宮的東邊區域。

「如果今天明世小姐也跟昨晚一樣跑來了，會很危險吧。」

「真拿她沒辦法。」

新市一臉無奈。

「明世小姐被問案時曾說過，為了證明私市先生的清白，她打算抓住真凶，也就是赫衣。」

「畢竟叔叔對她照顧有加啊。」

「我阻止過她，說這樣太危險了，但是她很堅持，覺得有喬治先生陪伴的話就不會有問題，完全聽不進我的規勸。」

「因為她很頑固嘛……」

新市的語氣半是生氣、半是錯愕，但似乎也拿明世有勇無謀的行為沒輒。

「不過有喬治陪在旁邊，應該不會有事吧。」

兩人好不容易找到濱松屋時，燈籠的火已然熄滅，店也打烊了。不過，感覺店內似乎還有人在的樣子，於是他們敲了門，老闆就出現了。看來應該是里子的父親。

「濱松先生，不好意思突然打擾。其實是這樣的——」

新市簡單向他說明了來龍去脈，對方才聽到一半，臉色就變了。

「我、我的女兒會落得跟新市老大家的祥子小姐一、一樣的下場嗎……」

「不是啦，不是說一定會發生。只是為了小心起見——」

「我、我馬上去追她。」

新市趕緊安撫方寸大亂到連門也不打算鎖、就要跑出去追里子的濱松。波矢多也來幫忙，濱松這才趕緊把門鎖好。

「里子小姐要回家吧，請問府上在什麼地方？」

「紅色迷宮的東側。」

這個答案讓波矢多與新市面面相覷，或許是察覺到兩人的擔憂，濱松接著說：

「我一直都叮嚀她不要通過鬼城……」

但臉上明顯寫滿了憂慮。

「可是令嬡還是會經過那裡嗎？」

「……那孩子之前說過，走那裡比較快。可是自從知道自己懷孕以後，她應該已經不敢走那條路了……」

話雖如此，要是今天太累，只想盡快回到家的話，可能會因此一時鬆懈也說不定。這是波矢多的想法，新市恐怕也是這麼想的。

走到進入鬼城的巷子前，新市問濱松是怎麼從這裡走回家的。但濱松每次都是繞一大圈到濱松屋開店，所以幾乎無法給出完整的答案。

「請依照您平常的路線走回家。倘若途中遇到令嬡的話，也不必特地繞回來告訴我們。只要提醒里子小姐別繼續走在鬼城裡面就行了。」

「二位呢？」

「我們試著進去鬼城再往府上走過去看看。要是在鬼城裡追上令嬡的話，就直接送她回家。」

「有勞你們了。」

濱松向他們深深鞠躬道謝後，就急急忙忙地離開了。

波矢多在新市的催促下踏進鬼城，走在狹窄的巷子裡。沒多久，隨著周圍的黑暗愈來愈濃厚，感覺濕度也隨之增加了。儘管如此，依舊感到一陣類似寒意的感受。彷彿有一股冷空氣躲藏在濕濕黏黏、令人不快的空氣裡，讓人覺得非常不舒服。

「從這裡分頭找吧。」

走到第一個岔路前，新市提議。

「一面往回家的方向走，分頭尋找里子小姐嗎？」

「沒錯。不過可能會迷失方向，在這裡迷路也說不定。」

事。

獨自在深夜的鬼城裡徘徊，真是令人毛骨悚然。但眼下的當務之急是要確保里子平安無

新市走向右手邊的巷子、波矢多則是往左手邊的巷子前進。

攻擊彌生的人不見得是赫衣。也可能如警方所想，是隨機殺人魔幹的好事。就算是赫衣好了，也不見得今晚還會出現。即使出現了，也不見得一定是在鬼城裡出現。而且判斷濱松屋的里子會被鎖定的根據也很薄弱。一切都是未知數。

不知為何，即使如此冷靜地思考，波矢多的內心仍舊感到騷亂不安。這大概也是鬼城帶來的負面感受所導致的吧。

彷彿要印證他的憂慮，才走了一會兒，就聽見附近傳來了女性的尖叫聲。

第十六章

赫衣，再臨

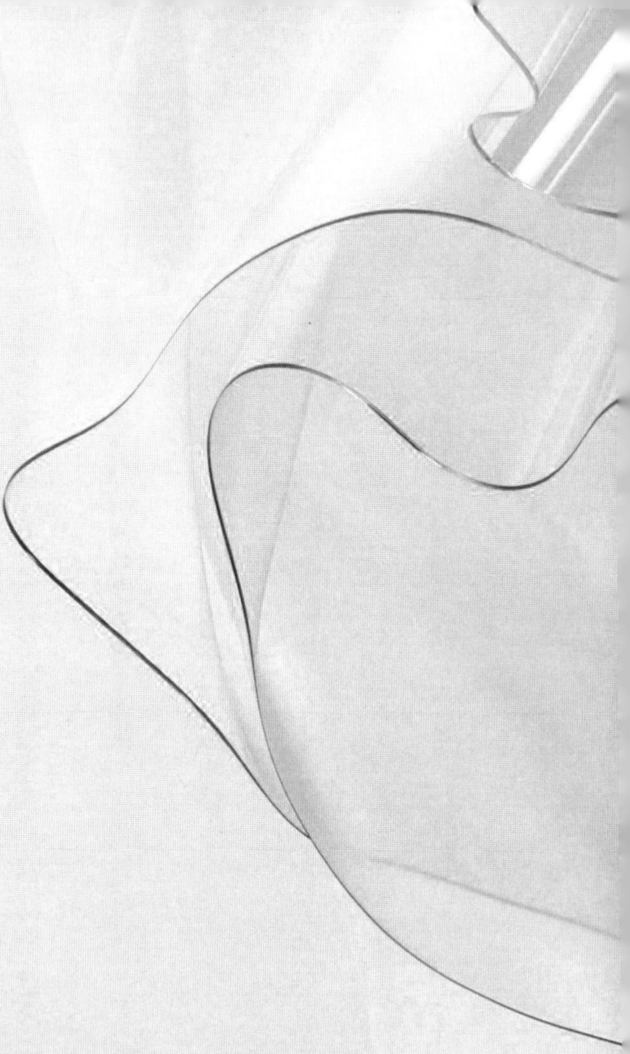

波矢多衝向發出聲音的方向。

「喂！」

「發生什麼事了！」

持續聽到了呼喊聲，岔路隨即映入眼簾。波矢多以最快的速度望向左右兩邊，看似才剛衝進左邊巷子裡的新市，以及一個倒在他前進方向的女性身影進入了視野。

波矢多追在新市背後，一踏進巷子裡就聽見女性的另一頭傳來了高聲恫嚇：

「喂！不許動！」

結果就看到臉色大變的伊崎巡查跑了過來。

「……啊，是你們啊。」

不過在認出他們後，臉上明顯流露出困惑的神色。

「沒事吧？妳是濱松屋的里子小姐吧。」

波矢多一面安撫女性、一面確認對方是不是孕婦，只見她拚命點著頭。

「妳被誰攻擊了？」

「……啊、啊。」

但里子只是呻吟般地張嘴喘氣，似乎沒辦法好好說話。

「請冷靜一點。已經不用擔心了。」

「……唔、唔。」

「深呼吸。來，慢慢地——」

她順從地依照波矢多的指示，反覆進行了好幾次的深呼吸後，才終於能順利開口說話。

「……是、是赫衣。」

「喂……」

聽到這裡，新市不動聲色地暗示波矢多。

波矢多抬起頭來，回頭望去，就發現新市和伊崎都盯著同一個地方看。從波矢多剛才經過的岔路往這邊前進了一大段路、也就是從他現在的位置看過去，有條往左手邊彎折的小路。他們兩個所凝視的地方就是這條小路內部。

波矢多站起來，稍微往回走，跟兩人一樣看向裡面，結果大吃一驚。

……是死路。

小路的盡頭沒有路了，因此被人亂七八糟地堆了好幾塊髒兮兮的木板及波浪板、還有好多根木材及竹竿、幾個木箱及籐編箱、破破爛爛的帳幕和布等雜亂的東西。形成一個類似堆放廢棄物的空間。

「聽見她的尖叫聲後，我、你還有伊崎巡查可以說是立刻就趕到了吧。」

「看樣子是。」

「可是我們三個都沒有看到從這裡逃走的犯人……」

波矢多與伊崎默默地點頭。

「就算逃往那個方向，也跑不了多遠，插翅難飛。」

新市指著他們的所在地的另一側，也就是伊崎過來的方向。但就算筆直地往那邊前進，也只有一座小祠堂而已，而且那邊就是這條事發巷子的盡頭了。順帶一提，小祠堂的左右兩邊可以看到已經歇業的店鋪正門。那座小祠堂的所在地近似一個內凹處，在稍微往前一點點的左邊有條巷子，伊崎就是從那裡跑過來的。

「只有我們來的三個方向能通到這裡吧。」

新市確認，波矢多與伊崎再次默默地點了頭。

「儘管如此，要是誰也沒遇到犯人的話，那麼犯人只有逃進這裡的可能了。」

波矢多制止一直小聲說話的新市，指了他們所在的巷子兩邊，問里子：

「妳知道犯人逃往哪個方向嗎？」

但她立刻搖頭。大概跟昨晚的彌生一樣，沒有餘力注意到犯人往哪邊逃逸。

「那就沒錯了。」

新市說完，準備要走進小路。

「這裡就由本官來……」

伊崎站到前方，雖然語氣十分委婉，態度卻很堅定。因為新市跟在他後面，為了以防萬一，波矢多決定留在里子身邊陪她。但視線始終緊盯著小路盡頭。

「喂，給我出來。」

伊崎以低沉但充滿魄力的聲音朝盡頭大喝一聲。

「本官早就看到你躲在那裡了。」

與此同時，盡頭的廢棄物後面似乎有什麼東西回應了巡查的呼喊。

……嘰。

耳邊傳來不寒而慄的聲音，還以為是棲息在紅色迷宮的魔物發出的呢喃聲。

……是廢棄物擠壓摩擦的聲響嗎。

伊崎與新市肯定也跟波矢多萌生了一樣的想法，但兩人卻倏地停下腳步。看樣子果然有什麼東西藏在那裡。

不一會兒，新市拍了伊崎的肩膀，兩人繼續前進。

「喂，快給我老老實實地出來。」

伊崎又大喊一聲，但已經沒有先前那種魄力了。儘管如此，新市又拍拍巡查的肩膀，用動作示意不如由自己走在前面。但伊崎抵死不從，想必是出自於身為警察的堅持吧。

突然——

「啊啊啊啊啊！」

不明所以卻又令人頭皮發麻的叫聲響起，與此同時，有個黑黑小小的影子從深處的廢棄物後方竄出、直接就往這邊衝了過來。伊崎嚇了一跳，腳步一個踉蹌，結果害得新市也跟他一起一屁股跌坐在地上。

波矢多立刻上前想扶他們，但看到出現在小路裡的人影時，不由得回頭問里子：

「……該不會是他吧？」

「不是，攻擊我的是成年男子。」

不同於方才畏畏縮縮的口吻，里子這次清清楚楚地回答。

「……這樣啊。」

波矢多口中的「他」，就是現在佇立在小路裡的清一。

「你、你……你在這裡做什麼？」

新市難為情地與伊崎一起站起來，以難掩怒氣的口吻質問清一。但清一只是膽怯地杵在那裡，什麼也不說。

「老實回答我。現在可不是小孩還在外面走動的時間，這裡也不是小孩該來的地方。」

「稍安勿躁。」

波矢多阻止朋友後便向清一問道：

「你該不會是想抓到赫衣，證明私市吉之助先生是無辜的吧？」

「……是這樣嗎？」

新市大吃一驚，然後又想質問清一，結果再次被波矢多制止。

「你向心二先生詳細詢問了他昨晚的行動，所以今晚想自己過來嘗試看看。我說對了嗎？」

清一點點頭，波矢多趕在新市又要多嘴前先溫柔地要清一繼續說下去，於是少年吞吞吐吐地說了以下這些內容。

得知昨晚彌生的遭遇後，清一認為殺害祥子的凶手鐵定不是私市吉之助，而是赫衣。而且聽說心二也有相同的想法，所以昨晚進入紅色迷宮可能是為了逮住赫衣時，這不僅讓清一感到驚訝，也非常感動。

硬要說的話，心二屬於比較膽小的那種人，雖說是在無意識情況下的行動，但是他不只走進了深夜的紅色迷宮，還試圖挑戰不知真面目為何的赫衣。

自己也受到老大許多的照顧。

不僅如此，還因為佐竹的事給老大添了麻煩。更遑論吉之助目前正蒙受殺害女兒的不白之冤。就是在這種時候，才更應該想辦法報答老大的恩情不是嗎？

幸好心二今晚沒出門。看來是碰上彌生的事件而萌生的陰影仍舊揮之不去。

只能靠我自己了。

清一深有所感。據心二透露，包括伊崎巡查在內，派出所的員警、熊井新市、明世和喬治也都幫忙巡視，可是紅色迷宮不僅範圍很大，還容易迷路，光靠四、五個人手實在不夠。

可想而知，就算多了自己這個小孩也幫不了什麼大忙。但大人不也是一樣嗎？只是像一群無頭蒼蠅似地在紅色迷宮裡走來走去的話，真的有辦法抓到赫衣嗎？昨晚心二他們只不過是剛好碰上罷了。

不過，清一這時想到一個作戰計畫。

跟著懷孕的女人走就行了。

赫衣鎖定的對象似乎是孕婦。得知這個事實時，他想起以前祥子曾告訴他，濱松屋的里子也懷孕了。而且她和祥子一樣，都要幫忙店裡記帳，所以會很晚回家。再加上取道捷徑這個理由，所以偶爾還是會通過鬼城。

不如以她為誘餌，守株待兔。

懷抱對里子過意不去的心情，清一下定了決心。不曉得赫衣什麼時候會展開攻擊，但只要從今晚開始，每天都好好跟著她的話……以上是清一的計畫。

待心二早早就寢，清一便從壁櫥裡找出皺巴巴的舊包袱巾，然後把手電筒和鐵鎚包在裡面，走出家門。前者是在暗處用於照明，後者則是防身用。

小心翼翼地避開寶生寺的車站前區域，從南側的貧民窟繞到紅色迷宮的東南側，再從那裡走向濱松屋。雖然途中還是差點迷路，但最後總算抵達了濱松屋。接著沒等太久，里子就出來了。要是自己再晚到一點，可能就會失之交臂。

清一跟在里子後面，卻見她冷不防在某條巷子的岔路前停下腳步，樣子感覺有些迷惘。再往右走就是鬼城了。

清一很清楚她為什麼猶豫，說真的，當時他自己的心情也很複雜。

一旦進入鬼城，遇見赫衣的風險將會大增。

所以他希望里子會挑選左邊比較不危險的巷子走……

想逮到赫衣，但又希望里子不要出事。矛盾的心情令清一非常苦惱。

里子後來選擇踏進右邊的巷子。

原本路上行人就已經很少了，一踏進鬼城，巷子前後根本沒有半個人影。大半皆已化為廢墟的鬼城裡面，大概就只有快步往前走的里子以及暗中尾隨她的清一兩人。走到這裡之前，沿途的大部分店家都已經打烊熄燈了，走進這裡以後，能仰仗的就只有月光。雖然有手電筒，但是拿出來用可能就會被對方發現。最好等到非用不可的時候再打開。

當然，目前的情況幾乎不用擔心會跟丟對方，但清一實在高興不起來。

只有她和自己走在這種地方……

而且他們還不是並肩同行，所以對方完全不知道清一的存在。就算自己出了什麼事想向她求救，里子肯定只會花容失色地落荒而逃吧。這種情況太好預測了，所以更是令清一感到心驚膽寒。

此外，雖說很好跟蹤，但也不能掉以輕心。因為他總覺得鬼城的巷弄似乎比別的地方短。里子一轉彎，清一就得馬上跟上去才行，不能相隔太久。要是拖拖拉拉的，她可能就已經轉進下一條路了。這種失誤如果重複太多次，轉眼間就會被里子拋在後面。

到底像這樣轉了幾次彎呢？

清一跟著轉過去，眼前居然是一條長長的巷子。前方的盡頭好像有座小祠堂，再繼續往前走就沒有路了。祠堂的左右兩邊都是宛如廢墟的店家，祠堂稍微前面一點的左側，還有更前面的右側各有一個轉角。

……可是卻不見里子的身影。

欸，怎麼會……他頓時停下腳步，然後聽見背後傳來應該是她的腳步聲。

我超過走錯路的里子小姐了。

換句話說，清一已經走到里子前面了。他連忙走到右手邊的轉角、往裡面窺探，但感覺不太對勁。打開手電筒，才發現這是一條死路。盡頭堆滿廢棄物，哪裡也去不了。

就在這裡等里子經過吧。

於是清一便躲到破破爛爛的木板和波浪板後面。他不認為里子會走進這條小路，但小心點總沒錯。

感覺應為里子的腳步聲隨即逐漸靠近，從他藏身的小路前通過，於是清一這時便打算跟上去。

「呀啊啊啊啊！」

女性的尖叫聲突然響徹雲霄。

該不會……

里子肯定被赫衣攻擊了──清一如此確信，卻無法離開自己藏身的地方。只能在黑暗中抖得有如秋風中的落葉。

不一會兒，波矢多他們就趕來了──以上是清一的說詞。

「也就是說，你沒有看見赫衣？」

「……對。」

面對波矢多的提問，清一難為情地低下頭。

「這也不能怪你。」

「光是敢一個人來這裡，你已經很了不起了。」

伊崎和新市也異口同聲地勉勵他。

「可以跟我們說說發生什麼事了嗎？」

波矢多溫柔地問道，這次換里子娓娓道來。

「……該不該穿過鬼城，其實我有點猶豫，但因為實在太累了，很想快點回家，所以還是忍不住選了這條路走。」

「走進這裡以後，有感受到什麼奇怪的氣息嗎？」

「沒有，沒什麼特別的……」

聽到她的回答，新市與伊崎皆以佩服的眼神看著清一。可見他的跟蹤技巧真的很高明。

「走到這裡之前都跟平常一樣嗎？」

「啊，走進這條巷子前轉錯方向了。可是我馬上發現不對，又重新回到這條路上。」

「這裡當時沒有其他人吧。」

「……沒有。可是我走到一半的時候，突然覺得背後好像有人……」

「妳回頭了？」

「回頭了，結果看到沒有臉……朱紅色的……赫衣……」

「沒有臉是什麼意思？」

「……」

里子欲言又止。

「……臉上一片空白。」

「沒有眼鼻口嗎？」

里子不停地點著頭。

「只有滑溜溜的……什麼都沒有的皮膚嗎？」

波矢多的形容讓新市一臉不悅地皺緊眉頭，伊崎怯怯地縮起身體，與他那張一本正經的臉一點都不搭。

「不，不是那樣的。」

意外的是，里子居然搖搖頭。

「……應該說，不太有臉的形狀，感覺整體腫腫的，爬滿了皺紋……只能看出整張臉呈現朱紅色，還會發光……」

相當具體的說明，但愈聽愈覺得莫名其妙，無疑是非常詭異的形容。

「衣服呢？是什麼樣子？」

「……我記不得了。不過，好像披著寬鬆的斗篷……」

「妳看到那傢伙後，他對妳做了什麼？」

「……我太害怕了，馬上別開臉，蹲在地上。我想逃，但身體實在動不了……」

「有聽見我們的聲音嗎？」

「隱隱約約……然後就心想既然有人來了，或許可以不用急著逃跑……」

「那傢伙也跟你一樣聽見了我們的聲音，所以什麼也沒做就逃之夭夭了——」

波矢多像是自言自語似地呢喃著。

「對了，那傢伙手中有刀嗎？」

波矢多的問題讓里子心驚肉跳地全身緊繃。

「……我沒看到。」

「這麼說來，昨天晚上的現場掉了一把菜刀呢。」

新市提到這點後，就和伊崎把周圍——也包含那條小路的盡頭——都檢查了一遍，但是到處都沒有發現凶器。

待兩人回到身邊，波矢多又開始繼續提問。

「妳蹲下後，知道赫衣往哪邊逃跑嗎？」

「……不知道。」

里子充滿歉意地回答。

「那麼，妳覺得赫衣是從哪裡出現的？」

「這個嘛……」

里子從自己蹲著的地方回頭看去後，就指著那條盡頭堆了東西的小路。

「那裡吧。」

然而，說完這句話之後，里子馬上又補上一句：

「可是，好奇怪呀。清一小弟就躲在那裡——」

「妳認識他啊。」

「呃，也不算認識，只是聽祥子小姐……」

里子說到這裡，與清一不約而同地互相點頭致意，也同時露出詫異的表情。

波矢多立刻留意到這點，就問清一：

「你走進那條小路，準備躲起來的時候，那邊應該沒有其他人吧？」

「沒有，我很確定。」

清一用力點頭。

「也就是說，在你躲好之後，赫衣也進了小路，接著就埋伏在轉角，等著里子小姐從眼前經過……」

「那個——」

清一有些顧慮地開口，波矢多趕緊要他有話直說。

「我記得從我躲在小路深處，直到里子小姐從小路前面走過，並沒有經過太久。如果赫衣是從已經超過里子小姐的我後面來的，而且馬上進入小路裡，他應該會走在里子小姐前面。可是這條巷子——」

清一看了他們所在的巷子一眼。

「很長不是嗎？」

「換句話說，至少就你的感覺來看，赫衣不太可能在沒被里子小姐目擊到的情況下就走進小路嗎？」

波矢多向清一求證，清一再次用力點頭。

「那傢伙到底是從哪裡冒出來的？」

「而且攻擊里子小姐之後又消失到哪裡去了？」

新市接在波矢多後面說道。

「昨晚的事件只有後面的謎團，今晚的事件又多了前面的謎團。」

「伊崎巡查，我有個不情之請。」

波矢多先行一禮。

「他們似乎都累了，可以等到明天早上再問案嗎？」

「……好吧。」

伊崎遲疑了片刻，終究還是答應了。

「託二位的福才得以掌握大致上的情況，本官先回去寫報告。雖然有點違反程序，不過之

A 新市　B 波矢多　C 清一　D 小祠堂　E 伊崎　╳里子

後再請二位協助調查吧。」

「感激不盡。」

之後就由伊崎送里子、新市送清一回家。

波矢多先行回到Karie，描繪今晚案發現場的平面圖。假設新市來的路是A、波矢多來的路是B、清一躲藏的小路為C，里子遇襲的地點則是打個叉標示，她走的那條巷子前方的小祠堂為D，伊崎巡查趕來的路為E。

赫衣到底是何處來，又逃向何處呢。

擋在波矢多面前的高牆依舊是封閉的巷弄之謎。

第十七章

告別式

第二天上午，私市祥子的遺體被送回來了。

物理波矢多當然無法判斷從司法解剖到送回遺體所花的時間，以這種場合的案件而言是快是慢，但他還是認為背後應該有熊井新市私底下拜託同儕們幫忙的功勞。

私市遊技場從一早就被仔細地打掃，包括命案現場的員工休息區在內，將屋內徹底清潔了一遍。最大費周章的作業莫過於要暫時撤除所有的柏青哥機台。因為要把店內布置成喪禮會場，這也是必要的作業。

新市照舊出去打聽消息，清一則是去派出所接受偵訊，因此便由波矢多協助前述的作業。話雖如此，他也只是負責發號施令而已。這本來應該是心二的任務，但他似乎派不上用場。即便如此，也不能交給楊作民，更別說是剛從派出所回來的柳田清一。幸好明世趕來幫忙，真是謝天謝地。而且她還帶著自己的後輩千代子一起過來，所以也補上女性幫手不夠的空缺，令波矢多感到如釋重負。

本來今晚應該要為祥子守靈，明天再舉行告別式，但因為這是一起殺人事件，考量到遺體損傷的程度，所有人都認為應該快點火化。最終交給心二判斷，他也沒有異議。

波矢多即使在幫忙準備告別式，也沒忘記他與新市討論後分配的任務，試著尋找與楊作民和清一聊聊的機會。他也曾想過自己竟然得在這個時候做這種事……但也只能告訴自己，這一切都是為了破案。

許多與紅色迷宮有關的人都來參加告別式了。其中也包括向波矢多他們談起赫衣體驗的天一食堂的和子，以及明世的前輩芽衣子。Twilight的老闆須美子也到了，彌生亭的彌生和濱松亭的里子也前來上香。

因此參加告別式的人絡繹不絕。香煙繚繞，彷彿整個紅色迷宮的人都前來弔唁了。

不過，波矢多過沒多久就發現，這其實是一件好事。

因為就在漫長的告別式結束前，新市竟然帶著吉之助出現在已經變成祥子靈堂的私市遊技場。

吉之助幾乎是在新市的攙扶下，穿過參加者的竊竊私語之間來到燒香台前。所有人都不禁為之愕然，不只是因為眼前的吉之助既是被害人父親，同時也是嫌疑人，也因為他的樣貌實在異常憔悴。

簡直就像是將死之人……

第一時間想到這樣的形容，足以證明吉之助的樣子真的很不尋常。倘若現在是戰爭時期，想必所有人都會認為他肯定被警方拘留了很久，受到慘無人道的拷問吧。他的臉色難看到讓人如此聯想，看了實在怵目驚心。

不過，波矢多最擔心的還不是吉之助的身體，而是他的精神層面。前者只要充分休養即可恢復，後者就相當困難了。眼前的吉之助看起來就是這麼慘……

私市先生知道自己是在參加女兒的告別式嗎？

波矢多不禁冒出這個疑問，因為吉之助的雙眼了無生氣。感覺他什麼也沒在看、什麼都沒在認，視野裡什麼也沒有。

證據是他在新市的攙扶下，好不容易燒完香後，就直接被帶進會客室，再也沒出來過。別說是陪祥子的遺體一起前去火葬場了，就連目送女兒的棺木被抬出去都辦不到。

心二與楊作民跟著棺木一起去火葬場，新市與清一把吉之助送回私市家，波矢多則是留下來幫忙收拾。明世與稍後回來的新市交棒，換她去私市家。

「心二先生回家前，只有清一小弟照顧老大，我有點不放心。我知道他一定能做得很好，但畢竟還是個孩子啊。」

明世的貼心令新市感激涕零。

等到一切都告一段落，時間已經來到黃昏了。新市打了幾通電話後，就請 Karie 送兩杯咖啡來，然後找波矢多去私市遊技場的會客室。

「辛苦你了。」

波矢多慰勞他，如果是平常的新市，至少會應一聲「還好啦」，但這次他只掛著一臉萬念俱灰的表情「嗯」了一聲，發出筋疲力盡的嘆息。

「話說回來，警方居然願意釋放私市先生。」

「聽說佐奈田警部一直反對到最後一刻。」

見新市露出「這傢伙真難纏」的表情，波矢多問道：

「不是你直接去交涉嗎？」

「我哪有那個本事啊。都是拜同期所賜。」

「大家都好厲害呀。」

「現在是佩服的時候嗎。再怎樣也比不上起心動念就跑去當礦工的你好嗎。」

「你也沒資格說別人吧——我該這麼反駁嗎。」

彼此相視苦笑後，新市接著說：

「決定性的關鍵好像還是里子的事件。彌生出事時，警方還認為與赫衣無關，但因為接連發生類似的事件，警方也不得不承認兩者之間或許有什麼關聯。」

「也就是說，警方認為殺害祥子小姐的也是赫衣嗎？」

「這我就不清楚了。」

新市以煩躁的口吻說：

「只是孕婦被殺害後，又有兩個孕婦遇襲，而且三次的案發現場都在紅色迷宮裡。雖然只有小祥是在屋內遇害，但如果因此就認為三件事情無關，是不是言之過早了呢。警方內部肯定也有這樣的想法吧。這時再請優秀的律師登場，就換來叔叔被釋放了。」

「說到私市先生……」

波矢多才說到這裡，新市似乎就知道他要說什麼了。

「唉，非常衰弱。而且是精神上的衰弱。說不定送去那方面的醫院比較好。」

「光靠心二先生和清一小弟可能顧不來嗎？」

「這家店未來該何去何從遲早也會變成問題。一切都要看叔叔的恢復狀況。」

「話說回來——」

波矢多這次也沒說完，新市就立刻就把話接了下去。

「你要說楊先生的事吧。」

「因為要準備告別式，沒辦法問得太詳細，但至少知道最關鍵的部分了，那就是他們家住在哪裡。」

「我這邊也因為時間急迫的關係，只能簡單調查叔叔的從軍履歷。」

兩人核對以後的結果，確定日本兵私市吉之助因為受到徵召，與楊家扯上關係的可能性並不是沒有。

「看來有必要進行更仔細的調查呢。」

「楊先生或許真的有動機。」

「如你所說，目的並不是為了殺死祥子，而是要殺害孩子……」

「只是——」

見波矢多歪頭思考，新市問他：

「還有其他讓你在意的地方嗎？」

「你以前是不是說過，私市先生絕口不提打仗時發生的事。」

「對，頂多只有我爸稍微聽他提過一些吧。而且還是在他喝醉的時候。」

「但也不是每次喝醉都會透露吧。」

「我猜因為對象是我爸，他才會不經意脫口而出。」

「既然如此，楊先生是怎麼知道私市先生從軍時在中國那邊的情況呢？」

「……說的也是。就算叔叔真的與楊先生的家人之死有關，想要從跟他本人的對話中注意到這點也很困難呢。反倒是認為叔叔什麼都沒提過還比較自然。」

「正常情況下應該會選擇隱瞞吧。」

「那麼，認為楊先生有動機或許還言之過早呢。」

「而且對楊先生而言，犯案時的私市遊技場是密室。」

波矢多指出這點，新市念念有詞：

「聽起來楊先生的嫌疑愈來愈輕了。」

「要說唯一能讓現場變成非密室的人物，就只有清一小弟——」

「你有問出什麼嗎？」

「跟楊先生一樣，沒辦法問到太多細節。但我這幾天和他相處下來，實在不覺得他會犯案……」

「就是說啊。那傢伙根本不太可能瘋到那個地步……」

「怎麼想都不可能。」

波矢多回想與少年的對話。

「我認為很多小孩都跟他一樣，在日本戰敗後交到壞朋友，一起鋌而走險，看盡人世間最扭曲的那一面，導致他們完全不相信大人。可是也因為年紀還小，只要大人花時間誠摯地好好開導，應該也有一些人會慢慢敞開心扉吧。」

「清一不就是最好的例子嗎。叔叔和小祥對他而言就跟真正的家人一樣。」

「可是如果說他絲毫不嫉妒祥子小姐肚子裡的孩子，大概也是騙人的──」

「但也不至於殺害胎兒吧。」

波矢多「嗯」了一聲。附和歸附和，表情突然變得凝重起來。

「只不過，這兩個人身邊都存在不安的要素。」

「你是指陳彥宏和佐竹那小子嗎？」

「不清楚他們對楊先生和清一小弟有多大的影響力，但案發當時他們確實都一起待在現場附近。」

「目前什麼都說不準呢。」

新市喃喃自語後又接著往下說：

「心二與貴市家的部分如何？有弄清楚什麼嗎？」

「不好意思，完全不知道。我沒有時間去圖書館或報社，所以還沒查到。」

「別放在心上。我已經拜託在報社上班的同學幫忙調查了。」

「你還有這方面的門路啊？」

看到波矢多一臉驚訝，新市得意地笑了。

「我認為為了讓戰敗後的日本重新站起來，他們的力量將會愈發重要。」

「大家都好厲害啊。」

「你也很厲害啊。畢竟你當過礦工，真的如同字面上的意思，從地底支持著日本的復興呢。同儕之中也只有你會這麼做了。就算有人能想出這種事，頂多也只是在腦子裡想想而已，絕不會付諸行動。」

「……我只是隨波逐流，剛好漂流到那片南方之地，認識了合里先生，然後才在那裡成為礦工。」

波矢多雲淡風輕地說道，新市則是饒富興味地盯著他看。

「剛好在那裡發生了命案，我只是偶然被捲入，無可奈何只好模仿偵探辦案。」

「模仿偵探辦案啊。」

新市露出想挑語病的表情，但是在最後一刻忍住了。

「剛才我打電話去報社，詢問有沒有關於貴市家的報導。」

「結果呢？」

「目前還沒找到。因為已經知道大致的年代和地區、以及貴市這個姓氏，我還以為有這些線索，說不定很快就能見分曉——」

「沒有相對應的報導啊。也就是說，貴市家沒有發生會鬧上新聞的事件……」

「我也是這麼想的，但是從小祥的口吻聽來，又覺得應該發生過那種程度的事情才對。」

波矢多也有同感。

「會不會是年代或地區錯了？」

「不太可能吧。保險起見，我是從心二的年齡推算出年代，還上下保留一、兩年的彈性去找，地區應該也沒錯。」

「貴市這個姓氏應該也沒錯。」

「可是怎麼都找不到。心二的父親也不是那種有權有勢、能夠掩蓋事實的人。」

「……好奇怪呀。」

「我請他們繼續調查，所以遲早會有消息。」

在那之後，兩人吃了遲來的晚餐。雖然才十點半左右，但今天實在累壞了，所以就早點就寢吧——當時他們正好聊到這裡。

……咚、咚。

Karie的正門突然傳來猛烈的敲擊聲。

「不好意思，這麼晚了還來打擾。請問新市先生和波矢多先生在嗎？」

出現了聽起來頗為不安的年輕女性喊聲。

「在，請問是哪位？」

新市趕緊開門，只見明世的後輩千代子一臉鐵青、氣喘吁吁地站在門口。

「怎麼了？」

新市嚇了一跳，連忙問道，結果在對方還沒回答前就慌張地確認：

「該不會又出現了吧？」

他指的當然是赫衣。

「妳被攻擊了，所以才逃到這裡來嗎？」

「不、不是……但是，確、確、確實出現了。」

但千代子的回答卻自相矛盾。

「喂，說清楚點。」

「我、我的意思是……」

「不是妳被攻擊，而是其他人遇襲了。是這麼回事吧？」

波矢多在一旁幫忙解釋，千代子對他回以感謝的眼神。

「對，是明世姊……」

聽到這個意料之外的名字，新市和波矢多都急壞了。

「在、在哪裡被攻擊的？快帶我們去。」

「啊，大姊她目前人在木舞醫院。」

「沒事吧？」

「……沒、沒事。」

聽到這裡，新市和波矢多都鬆了一口氣。

「可是，她的肚子……」

「喂……該、該不會被切開了吧。」

聽到千代子的回答，新市一迭聲地追問。

「大姊她……只、只受了一點輕傷，沒有大礙。」

「本人這麼說的嗎？」

「是的。聽說也沒有大量出血……」

「那就好。」

新市對波矢多投以尋求同意的眼神，波矢多默默點頭。

「可是，這也太奇怪了。」

鬆了一口氣也只是須臾之間的事，新市隨即流露出難以理解的表情。

「叔叔都已經被釋放了，明世和喬治應該沒必要繼續在紅色迷宮裡追捕赫衣了吧。」

說到一半，新市似乎心頭一凜。

「喬治上哪兒去了？有他在旁邊，明世為什麼還會被人攻擊？」

「這個嘛……」

千代子也露出一臉不可思議的表情。

「大姊好像是一個人去鬼城的……」

「妳說什麼！」

新市和波矢多都被她的回答給嚇傻了。

「都這個時間了，而且還是一個人，她去鬼城做什麼？」

「……我、我也不知道。」

感覺就像是沒頭沒腦地被新市發了一頓脾氣，千代子都快哭出來了，萬分委屈地猛搖頭。

「是明世小姐請妳來通知我們的嗎？」

波矢多溫和地問她。

「是、是的……大姊突然拜託我來請新市先生和波矢多先生立刻過去……」

兩人趕緊鎖上Karie的大門，與千代子一起趕至位於寶生寺車站北側的木舞醫院。然而已經過了探視的時間，警方也問完案了，因此無法進入明世的病房。不過警方告訴他們，今晚黑人大兵——應該是喬治吧——會陪在她身邊，兩人總算放下懸著的一顆心。

這也沒辦法，波矢多和新市只好明天上午再來一趟。但萬萬沒想到的是，等著他們的卻是明世那非常難以理解的態度。

第十八章

赫衣，三度現身

明世人在木舞醫院的病房裡，正準備要出院，令波矢多他們大吃一驚。

「喂，妳可以下床了嗎？」

被新市問道，明世回過頭來，臉上瞬間篩落一絲陰影，看到這一幕的波矢多不禁困惑。

因為她臉上流露出非常膽怯的表情，但她害怕的對象並不是昨晚的事件，感覺是在畏懼波矢多和新市的樣子。

……不歡迎我們嗎？

話雖如此，但明明是明世叫他們過來的。當然，就算明世沒找他們，他們也會來醫院探望。首先，兩人都很擔心她的安危。再者，他們也需要赫衣的情報。可以的話，希望能快點見到她，問清來龍去脈——兩人肯定會採取這樣的行動。

然而……

看到明世後的感覺，最主要的目的似乎很容易達成——因為她已經準備要出院了——但第二個目的看來有很高的難度。

「聽說妳的肚子受傷了，真的不要緊嗎？」

新市很擔心，波矢多則仔細地觀察明世，內心抱持著前述的想法。

「不好意思，讓兩位特地跑一趟。」

明世慎重其事地低頭致歉。

「雖然受了傷，但也只是一點輕傷，而且還隔著衣服……醫生也說完全沒必要擔心……」

所以我沒事——明世大概是想這麼說。不過她顯然很害怕。因為就算是輕傷，孕婦的肚子挨了一刀可不是開玩笑的。然而原因不只是這樣而已，波矢多心知肚明。

新市恐怕也察覺到了，不過他這個人向來不喜歡拐彎抹角。

「發生什麼事了？」

劈頭就是單刀直入的提問。

「所以說……」

波矢多看得出來，明世死都不想說的樣子。儘管如此，新世依舊不依不饒，繼續緊迫盯人地追問：

「昨天傍晚，妳去了叔叔家吧。」

「……嗯。我去照顧老大……先去買了必要的東西回來做晚飯……給老大和清一小弟吃……然後等心二先生回來……可是等到深夜也沒等到他，所以我告訴老大明天再來看他，就回家了。」

「這不是有點奇怪嗎？」

波矢多判斷要趕在新市以尖銳的口氣質問前先打斷他，所以語氣柔和地問道：

「私市先生的家在寶生寺車站的西側，明世小姐住的公寓在北側對吧。既然如此，妳為什麼要跑去車站東側的紅色迷宮，而且還走到更東邊的鬼城呢？」

「那是因為……」

明世對波矢多投以充滿感謝之情的眼神，隨即匆匆撇開視線，再垂下雙眼。

「我也不知道……」

「這是什麼意——」

眼看新市就要發難，波矢多連忙制止他。

「妳的意思是，自己也不曉得為什麼會去鬼城嗎？」

明世點頭，無助的模樣有如孩童。

「怎麼可能有這種事。」

果不其然，新市完全無法接受。

「像明世姊這麼精明的人，怎麼可能在自己也沒意識到的情況下不由自主地走到鬼城呢。更何況妳過去還曾遇過赫衣，還說妳絕對不會去到叔叔的柏青哥店以東的地方。再怎麼說都令人難以置信。」

「……或許是有人在呼喚她吧。」

波矢多自言自語，不只新市，就連明世的身體也繃緊了。

「喂喂喂，饒了我吧。」

不過新市立刻重整心緒，向波矢多抱怨：

「偵探這種人不都是很重視邏輯性、徹頭徹尾的合理主義者嗎？」

「世界這麼大，也有被人稱之為靈能偵探的存在喔。」

「那種人只存在於你最愛的小說裡吧。」

「我向私市先生提到我在北九州的礦坑遇到的命案時，就老實告訴過他，我對野狐山地方流傳的黑面之狐怪異現象完全沒輒。換句話說，這個世界上也有一些光憑人類的理性無法判斷的事。」

與新市的口舌之爭告一段落，波矢多把臉轉向明世。

「等妳回過神來，人已經在紅色迷宮的鬼城裡了。」

「……是的。」

「然後呢，之後發生什麼事了？」

不知是不是還無法相信波矢多竟然如此輕易地接受了自己的說詞，明世以非常困惑的語氣說道：

「我嚇了一大跳，也很害怕……總之只想快點離開……結果就聽到踢躂踢躂的腳步聲……聽起來離我非常近……」

「所以妳下意識地逃往另一邊？」

「沒想到，就在那裡。」

如今就連新市也專心地聽她怎麼說。

「妳、妳有看到那傢伙的樣子嗎？」

明世緩緩地點頭。

「……沒有臉。」

因為是與濱松屋的里子相同的證言，波矢多打了個冷顫。新市或許也出現了相同的反應。

「平滑的樣子嗎？」

「不是那種很光滑、什麼都沒有的狀態，而是凹凸不平，還有皺紋……可是我只看到一眼……」

「臉的部分很暗嗎？」

「不，紅紅的……也不對，是朱紅色……」

這個形容也跟里子說的一樣。

「所以呢？後來怎麼了？」

新市似乎是想先催促她繼續說下去。

「咻……地一聲，響起了劃破空氣的聲音……等我反應過來，腹部部分的衣服已經被割開了，我看到血滲了出來……然後就不顧一切地全力逃跑了。就是這樣……」

「知道對方的性別、年齡或身高嗎？其他還有察覺到什麼嗎？」
明世短暫地思考了一下波矢多的問題。
「除了大概是男人以外，我什麼也不知道……」
「謝謝妳。請務必保重身體。」
波矢多道謝，同時也出言提醒。
「不過從今以後，尤其是太陽下山後，就算是紅色迷宮以外的地方，最好也盡量與喬治先生同行。」
說完後，波矢多就拖著臉上寫滿不情願的新市離開明世的病房。
但波矢多對新市的抗議充耳不聞，逕自走向同一層樓的護理站，問了幾個人同樣的問題。
「你在想什麼啊？」
請問昨晚有什麼人進入過明世的病房。
他們明明不是警察，卻能得到護士們親切的回答，大概是看在他們儀表堂堂的份上吧。
遺憾的是沒有任何收穫。因為即使已經過了探病時間，在夜晚討生活的女子們仍川流不息地來來去去。就算有人混在她們裡面闖入病房，護士肯定也分辨不出來。從她們的回答只能得出上述的結論。
順帶一提，儘管只是輕傷卻還是住院，似乎是明世本人的要求。因為她非常害怕，醫生只好同意她留下。至於破例讓喬治陪在她身邊，大概是因為對方是美軍的人吧。

「喂，你就別再賣關子了。」

前腳剛踏出醫院，失去耐心的新市就質問波矢多。

「明世小姐昨晚確實想告訴我們什麼。」

「所以才會叫千代子來找我們。」

「可是今天早上卻表現出完全相反的態度。」

「為什麼？」

「假如昨晚她被什麼人給威脅的話……」

「……赫衣嗎？」

新市露出難以置信的表情。

「目前還不清楚她為何要去紅色迷宮。在這種情況下，『被呼喚』的解釋或許也挺合情合理。不管怎麼說，明世小姐在那裡遇到赫衣，差點受到攻擊。這時她直接看到了對方的長相，而且對她而言，是完全出乎自己意料之外的人物。另一方面，赫衣也沒想到自己攻擊的對象竟然會是明世。正因為彼此都嚇了一大跳，她才能在只有腹部受到一點輕傷的情況下全身而退。赫衣逃走了，明世小姐則是前往醫院。」

「可是赫衣擔心明世會抖出自己的真實身分。所以潛入醫院威脅她——是這樣沒錯吧。」

「沒必要多費唇舌。只要稍微給她看到自己——沒有裝扮成赫衣的普通樣貌——就夠了。」

「可是啊，再怎麼威脅她，只要告訴警方赫衣是誰，讓警方逮捕他不就沒事了嗎。假如你的推理是正確的，明世為什麼不把話給說清楚？」

「最大的可能性，就是基於想保護犯人這個動機吧……」

「如果要說她有什麼想保護的對象，頂多就只有喬治吧。難不成那傢伙真的就是開膛手傑克、就是赫衣嗎？」

「可是，聽說傑克是白人。」

「既然如此，那就是開膛手傑克與赫衣不是同一個人。而真正的赫衣是黑人大兵喬治。只有這個可能性了。」

「假如喬治先生就是昨晚的探視者兼威脅她的犯人，那一切都能迎刃而解了。」

「因為他就在病房裡嘛。」

「要是犯人另有其人，就算那些在夜晚討生活的女性再怎麼川流不息地進出，應該也會注意到才對。這麼一來，至少會有護士記得一群女性之中出現了某個形跡可疑的男人吧。」

「原來如此。」

新市點頭如搗蒜。

「彌生亭的彌生遇襲時，喬治先生在逃走的方向剛好遇到來找自己的明世。明世情急之下就謊稱他們是一起來的，是為了尋找赫衣才會在紅色迷宮巡視，欺騙了我們——」

波矢多推理後，卻又搖搖頭，推翻自己的想法。

「不對，因為濱松屋的里子遇襲時，喬治先生不可能犯案。那條封閉的小路裡面並沒有可以讓他逃跑的地方。」

兩人說著說著，已經走到了寶生寺車站。

「你今天也要去打聽消息嗎？」

「是有這個打算，但我想先去探望叔叔。」

「我可以跟你一起去嗎？」

「當然可以。叔叔肯定會很高興的。」

不過，當他們抵達私市家時，吉之助依舊沒有起色。毋寧說看起來更糟糕了。新市與心二討論之後，決定了兩件事。一是盡快安排他去精神科醫院求診，二是請熊井潮五郎尋找適合的醫院。

離開私市家，回到寶生寺車站時，時間已經是中午了。他們在車站前的食堂吃午飯，順便討論今天的任務。

「就算要繼續討論案情，你到哪裡都可以推理吧。」

「嗯，是沒錯啦。」

「那就跟我一起來吧。同學們看到你肯定會很高興。」

新市的邀請聽起來很誘人，但波矢多的答案卻是：

「雖然求之不得，但有個我很想去探探的地方。」

「哪裡？」

「紅色迷宮的鬼城……」

新市露出「事到如今你在想什麼啊」的表情，但隨即心念一轉。

「你對那個地方有什麼想法嗎？」

他整個人靠向波矢多，語氣聽起來充滿期待。

「那倒沒有。」

「既然如此，為什麼想去？」

「……沒有為什麼。只是覺得不能忽略那裡，說不定一切的事情都是從那個空間開始的。我有這種感覺。」

「也就是說，你沒有任何依據，只是憑藉直覺嗎？」

新市似乎完全被他打敗了。

「嗯，不過憑你的本事，在那裡像個孤魂野鬼似地飄來盪去時，說不定真的能發掘什麼真相呢。」

但還是立刻自顧自地說出這麼一句話。

「那你去吧。等到解決這件事以後再跟大家見面也不遲。」

兩人走出食堂後就原地解散。新市走向眼前的車站，而波矢多則是前往紅色迷宮的鬼城——

不過，波矢多並未貿然闖入就在附近的紅色迷宮，而是從位於車站南側的貧民窟繞到東南側，選擇清一在兩天前的晚上前往濱松屋的那條路線。途中他也去找了楊作民的住處，但是他不在家。鄰居有個上了年紀的女人說他去私市家探病了。楊作民與鄰居的房子——不對，是這一帶的房子幾乎都是臨時搭建的粗糙小屋。

走進紅色迷宮後，為了不迷路，波矢多先來到濱松屋前面，再從那裡沿著里子與清一通過的巷子，進入鬼城。

明明日正當中，天氣也不錯，周圍卻突然一下子變得很陰森，感覺連空氣都變得異樣。明明背後就是人聲鼎沸的店鋪和川流不息的人潮，卻特殊得讓人感覺有如置身於遙遠的異國。

……異界。

出現在嘈雜的黑市一隅，充斥著寂靜的昏暗世界。

狹小的空間充滿了比起現世，更像是彼岸的氣氛。

是人類絕對不能涉足的空間，只容許魑魅魍魎在這裡旁若無人地恣意妄為。

這裡原本是這樣的地方嗎……波矢多突然心想。這種感受縈繞心頭的同時，他突然意識到自己要來這裡做什麼了。

那座祠堂……

那座出現在盡頭、宛如位於巷子凹陷處的小祠堂，令波矢多耿耿於懷。可是他卻不知原因何在。只是，既然都來到這裡了，就想仔細確認一遍——波矢多心中萌生了這個想法。

要去那裡的話……

波矢多努力回想那天晚上與新市分別後，自己踽踽獨行走過的路，繼續前進。他跟當時一樣，從應該是聽見濱松屋的里子尖叫聲的地點跑過去。他想要盡可能重現當時的行動，讓記憶更加清晰。

也因此在不曉得第幾個岔路的轉角向左轉的瞬間，看到了坐鎮在巷子盡頭的祠堂，波矢多這才放下心中大石。

……沒有迷路就找到了。

只不過，高興只是一眨眼之間的事。

有個黑黑的東西從祠堂後面冒出來。看起來像是人影，但人類有什麼理由要躲在這種地方的小祠堂後面呢？不管怎麼想，那玩意兒應該不是人類。

就在波矢多嚇了一跳、呆站在原地時，從祠堂後面走出來的那個突然……

「哇啊！」

做夢也沒想到會聽見尖叫聲，波矢多差點嚇破膽。他壓下內心的驚慌，屏氣凝神地慢慢靠近。只見對方也面向這裡，一臉驚魂未定的樣子。

「什麼呀。」

「嚇死我了。」

互相看到對方的臉、發現彼此都是人類時，他們都誇張地吐了一口大氣。這是因為兩人原本都很害怕對方是非人般的存在……所以嘆氣無疑是為了掩飾尷尬的反應。

「啊，我不是什麼可疑人物。」

「我也不是，所以請不要在意喔。」

對方客氣地向他道歉，波矢多邊回答邊仔細觀察對方的樣子。

「你是學生嗎？」

「是的，沒錯。」

眼前的青年長了一張娃娃臉，五官端正，是明世看了會為之驚呼的樣貌，更重要的是能從他身上感受到一種氣質。完全不是會從紅色迷宮的鬼城、尤其是那座看起來有什麼隱情的祠堂後面走出來的人。

「那座祠堂後面有什麼東西嗎？」

「有一截很大的樹椿，我猜可能是朴樹。」

「祠堂是用來祭祀樹椿的嗎？」

「看起來是這樣沒錯，但祠堂裡面也有御神體，所以我也搞不清楚。」

波矢多正打算繼續打聽祠堂的歷史，卻也對青年的身分感到好奇。

「你在紅色迷宮有認識的人嗎？」

「沒有，我第一次來這裡。」

青年明確地否定後，也非常直率地說：

「您好像也不是這裡的人。」

「看樣子我們都是異鄉人呢。」

「而我卻待在那座祠堂的後面，你是正要從祠堂前面經過。這是什麼樣的巧合呢？」

「請容我濫用一下年長者的特權，可以先告訴我你是誰嗎？」

「可以啊。」

青年以心無城府的開朗語氣說道：

「我非常非常喜歡怪談，所以聽到紅色迷宮有赫衣出沒的傳聞時，就想親自來見識一下。過程中又得知鬼城的存在與這塊土地的過去，心想緣由真是太奇妙了——」

「請等一下。」

波矢多急不可待地問他：

「你所謂的這塊土地的過去，是指鬼城的過去嗎？」

「是的。」

「方便的話，可以告訴我嗎？」

「您知道這裡以前曾經是牢房和刑場嗎？」

「嗯，這我聽說過。」

波矢多回答，青年又略顯得意地說：

「那麼，您知道這裡曾經挖出大量的胞衣壺嗎？」

「……胞衣壺？」

「女性分娩後，把包裹胎兒的膜、胎盤和臍帶放進壺裡，埋在地下，用來祈求孩子能平安健康地成長。在這種風俗習慣中使用的壺就叫做胞衣壺。」

「哦，意思就是裝入胞衣的壺啊。」

「通常是埋在那戶人家的土間[29]之類的地方。但也不知道為什麼，這片土地挖出了大量的胞衣壺……據說在這裡興建牢房及刑場時曾發生過這樣的事。」

聽到這裡，波矢多後知後覺地感受到，孕婦祥子遇害，以及同為孕婦的彌生、里子和明世的遇襲事件能夠和胞衣壺連結起來，這令他悚然一驚。

不過青年的話還有後續。

「您不認為這跟在這片土地設置牢房和刑場，彼此有種冥冥之中自有緣由的感覺嗎？」

「因為象徵生命誕生的胞衣壺和處死罪人的死亡是完全相反的兩件事嗎？」

「正是。您不覺得很諷刺嗎？」

「但其實很合邏輯……應該可以這麼說吧。」

「您的意思是？」

青年反問，但顯然早已料到波矢多會怎麼回答了。

「胞衣壺原本應該埋在家有喜事的土間，卻在這片土地被大量挖掘出來。足以推測或許是有人基於某種意圖蒐集了大量的胞衣壺，再故意埋在這裡的——應該可以這麼推論。」

「您、您說的沒錯。」

青年喜出望外，一臉遇見同道中人的表情。

「而且回溯到中國的秦朝，當時會讓罪人穿上名為『赭衣』的囚服。顧名思義，那是一種紅色的衣服。」

29傳統日式屋宅中與地面同高、沒有鋪設地板的泥土地面，介於戶外與屋內起居空間之間的區域。於現代住宅中多轉變為鋪設地磚或混凝土的玄關形式。

聽到這個漢字的說明，波矢多再次感到不寒而慄。

「成語故事裡有一句話是『赭衣滿道』。用來形容穿著紅衣的人塞滿整條路的狀態，換言之，意味著有很多的罪人。」

青年看起來相當亢奮。

「您知道這個啊。因此我不禁這麼聯想，在紅色迷宮發生的孕婦遇害事件，被視為凶手的赫衣，這個名字會不會就是來自剛剛說的胞衣壺和赭衣。」

「可是——」

即使青年的推論令波矢多受到很大的衝擊，但他還是提出反論。

「讓罪人穿上赭衣是秦朝的事了。與日本的這片土地不管在時代還是距離方面都相差太遠了吧。」

「您說得對，但是人在為某種東西命名時，有時候其實還挺隨興的，光靠一點點相關性就可以取名，這樣的例子多不勝數。以前這裡曾經是牢房和刑場，更早之前則埋了大量的胞衣壺——留有這類對土地的過往記憶、再加上擁有赭衣知識的某些人物，聽到這一帶有隨機殺人魔出沒的傳聞後，便直覺地為其取了『赫衣』這個名字，這絕對不是什麼很稀奇的事吧。」

「……是有道理。」

「如果那個人也知道祠堂是祭祀朴樹之類的大樹樹椿，還看過《今昔物語集》第二十七卷

《本朝付靈鬼》裡記述的〈冷泉院東洞院僧都殿之靈的故事　第四〉，那就更不用說了。」

「那是什麼樣的故事？」

「京都的冷泉院小路的南邊與東洞院大路的東邊交界處有一棟人稱『僧都殿』、感覺十分陰森詭異的宅子，那裡是所謂的『魔窟』，因此都沒有人住。冷泉院小路的北邊則是左大弁[30]宰相源扶義的府邸，從那裡可以遠眺位於僧都殿西北角的大朴樹。每天一到黃昏時分，就會有大紅色的衣服從僧都殿的寢殿[31]飄起來，飛向朴樹的方向。」

「朴樹和紅衣……」

據青年所說，祠堂後面有像是巨大朴樹的樹椿。

「據說那是單衣[32]。而且不只從寢殿飛到朴樹那邊，好像還會沿著樹往上爬。」

「真的是很詭異的情景啊。」

「因此沒有人敢靠近那一帶。沒想到在源扶義的大宅負責值班警備的武士自告奮勇地表示『看我用弓箭把它射下來』。同僚們雖然反對，卻又搧風點火似地說『不可能啦』，於是武士又宣言『我絕對會射中』。實際出手之後，確實也神準地射穿了紅衣。不料衣服依舊繼續爬著朴樹。還在地面上灑落了大量的血跡……」

30日本律令制度下朝廷的最高機關太政官的弁官職務之一
31平安時代後的公家宅邸中設置於中央部分、規畫為主人居所的區域。
32平安裝束中沒有襯裡的和服

「……紅色單衣的鮮血嗎？」

「武士回到屋裡，向同僚們說了來龍去脈。大家都覺得這下慘了……不過已經為時已晚。後來，聽說那名武士當晚就在睡夢中死去了。」

老實說截至目前為止，青年的意見其實有很多值得推敲的地方。但是從青年嘴裡說出來後，卻彷彿產生了一種神奇的可信度，害波矢多覺得很古怪。

真是個有趣的學生啊。

因此他也分享了從明世那邊打聽到的消息。

「聽說誰也不知道為什麼會用赫衣來稱呼，也不清楚過去是否發生過成為契機的事情或事件。如果是從以前就住在這裡的人，或許會知道些什麼，但目前所有的人都三緘其口。」

「我好想問個清楚啊。」

青年的雙眼閃爍著極為妖異的光芒。

「請問您認識什麼知道這些前塵往事的人嗎？」

「真不好意思，我也是異鄉人呢。」

青年露出大失所望的表情，但隨即打起精神來。

「您為什麼會來這裡看祠堂呢？」

「在那之前，請你先跟我說說這座祠堂的事吧。」

根據青年的說法，祠堂裡供奉著一塊小石頭，恐怕是用來為犯了死罪的人祈福吧。但石頭周圍還有好幾個小壺，所以可能與胞衣壺也脫不了關係。

「真的很謝謝你的幫忙。」

波矢多向他道謝，並囑咐他別說出去後，就簡單地說明了私市遊技場命案與自己的關係。明明才剛認識，根本就不曉得對方的底細，他卻覺得不管把什麼事情說給這位青年聽也沒有關係。

「欸，您是業餘偵探啊。」

青年這麼說的時候，聲音有點不太自然。既似崇拜，又似同情；像是欽羨，又感覺避之唯恐不及——無論怎麼想都覺得是很複雜的情緒。

真是個不可思議的青年啊。

波矢多再次目不轉睛地盯著他看，看得對方都不好意思了。

「我會默默為您祈禱，希望您能順利破案。」

青年說完這句話就行了一禮，轉身離去。

他穿著戰敗後的時期還很難得看到日本人穿的牛仔褲，而且穿得有模有樣。波矢多目送他離開後，這才發現他說的話好像有什麼值得玩味的地方。

……胞衣壺、赭衣與紅色單衣。

每一樣都有「衣」這個字。

而且赭衣的「赭」還蘊含了「赤」這個字，單衣和服也是紅色。

這三者加起來就孕育出了「赫衣」這個怪異存在。

沒有任何不對勁之處。就如同那位青年說的，這就是命名的慣例吧。更何況命名的對象還是不知道是神是鬼的東西。會感覺名字莫名其妙反而是極為合理的反應吧。

問題是……

總覺得還是有哪裡怪怪的。

但就是找不出異常的真面目，感覺束手無策。

……衣和赤。

波矢多直挺挺地佇立在鬼城的巷子裡，一心不亂地思索究竟是哪裡讓自己感到在意。

第十九章

黑暗之中

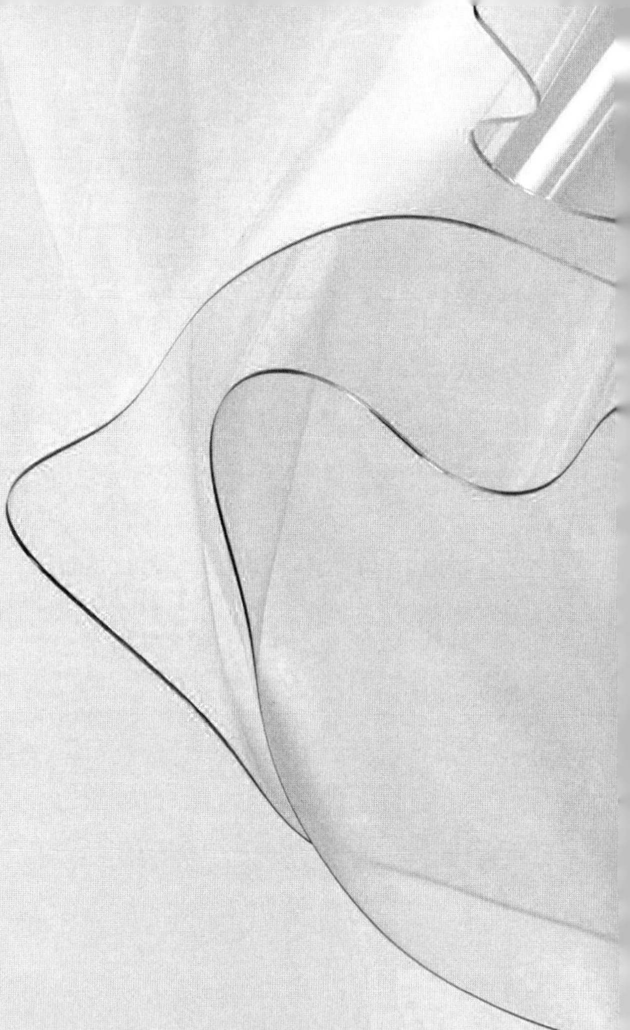

物理波矢多回去Karie之前，先到私市遊技場去看了一下。

然後就發現私市心二與楊作民、柳田清一在住家空間坐著，表情蒙上濃厚的陰影，波矢多還因此嚇了一跳。太陽已經下山了，可是沒有人要去開燈，三個人只是不發一語地坐著不動。

「出、出了什麼事？」

波矢多忍不住出聲問道。

「……啊，物理先生。」

心二終於有所反應，然後說出令人始料未及的話。

「老、老大……又被抓走了。」

「怎麼會？被警察帶走的嗎？」

心二有氣無力地點頭，波矢多一個勁地追問：

「被當成襲擊明世小姐的嫌犯嗎？可是彌生亭的彌生小姐和濱松屋的里子小姐被人襲擊時，私市先生不是還在警方的監視下嗎？既然如此，只因為明世小姐的事就被逮捕，怎麼想都太奇怪了。」

「我、我們也是這麼想的，所以提出嚴正的抗議……」

可是佐奈田警部顯然完全聽不進去。

「你在這裡啊。」

這時，熊井新市回來了。

「喂，你聽說了嗎？」

波矢多告訴他，吉之助又被警方帶走了。

「原來是這麼回事啊……」

新市的語氣有種意味深長的感覺。

「我也去找過警察，但他們的態度十分古怪。想想應該是在那個時候就已經決定要再次逮捕叔叔了。」

「你打算怎麼做？」

被波矢多問道，新市一臉為難。

「既然敢再次逮捕，表示警方也有一定的自信吧。恐怕沒有我們在暗地裡出手的餘地。」

「你的意思是？」

「意思就是——只能靠你來解決這個事件了。」

心二、楊作民和清一都用充滿期待的眼神看著波矢多。害他感受到一股沉重的負荷。

「我先回去了。」

波矢多對新市知會一聲，逕自走向 Karie。新市向另外三人交代了幾句話後，立刻追上老友。

「我還以為你會馬上召集所有與叔叔店內發生的命案有關的人，然後發表演說呢——」

「那是小說裡的名偵探才會做的事喔。」

「你不就是名偵探嗎？」

「當然不是。」

波矢多稍稍瞪了他一眼。

「再說了——」

但說話的語氣卻有些軟弱。

「雖然蒐集到各式各樣的線索，但我腦海中的推理還沒有整理出一個脈絡。可是既然私市先生又被逮捕了，我們也不能再拖拖拉拉下去。所以我決定要由你來當觀眾，然後不彩排就直接上場了。」

「好，等我一下。」

新市興緻勃勃地泡起咖啡來。不一會兒，狹小的店內開始瀰漫著咖啡香。

「所以呢，誰是真凶？」

波矢多險些把嘴裡的咖啡噴出來。

「你都沒好好聽我說話嗎？」

「開玩笑的啦。」

「好了，現在來整理命案的來龍去脈吧。」

波矢多看著私市遊技場的整體平面圖。

「案發當日，所有相關人員全都到齊的時間是心二先生與祥子小姐兩人回到這裡的晚上八點過後。這時吉之助先生和楊先生、清一小弟正在柏青哥店工作。」

「一整天下來發生了太多令叔叔憤憤不平的事，自己準備的四份奠儀被退回三份也成了一個契機，讓他自暴自棄地跑出去喝悶酒。這時還不到晚上八點半。」

「接著到了八點半左右，明世小姐來 Karie 喝咖啡。」

「然後是九點前，陳彥宏和佐竹又出現了，打算把楊先生和清一叫出去。我沒有注意到，九點打烊後就去找你了。」

「九點過後，楊先生和陳彥宏站在私市遊技場的玄關旁邊、清一小弟和佐竹站在會客室對面的小巷，各自開始密談。兩人離開遊技場前，都和在員工休息區記帳的祥子小姐打過照面。這時，心二先生晚了一會兒，從員工休息區移動到住家空間。」

「直到叔叔在九點十五分左右喝得醉醺醺地回來，在此之前待在私市遊技場內的就只有小祥和心二兩個人。」

「但是心二先生是凶手的假設會出現動機方面的問題。」

「因為現階段尚未找到足以佐證叔叔或許與貴市家過去發生的悲劇有關的新聞報導。」

「就算這真的是事實好了，認為心二先生只為了報復私市先生就手刃懷了自己骨肉的妻子，果然還是太武斷了吧。」

「……確實呢。」

新市無可奈何地同意波矢多的看法。

「叔叔前腳剛回來，心二後腳就從住家空間走到巷子裡。同一時間，明世也離開Karie，他們兩人就站在住家空間的門前開始聊天。」

「然後我在九點半左右回到私市遊技場。當時看到清一小弟和佐竹、楊先生與陳彥宏各自站在不同的地方說話。」

「也就是說，九點十五分到九點半之間，店裡只有小祥和叔叔兩個人……」

「而且私市先生處於完全喝醉的狀態，之前也有過酒後失控的紀錄。沒有動機這一點跟心二先生是一樣的——不，私市先生比心二先生還更沒有動機，只是對警方的心證而言，他喝酒之後會態度丕變是個很嚴重的問題，這點應該沒錯吧。」

「嗯，沒錯。」

新市無精打采地附和後說道：

「然後你在員工休息區的桌上發現遇害的小祥，還有杵在小祥前面的叔叔，他的雙手捧著沾滿鮮血的胎兒……」

「然後你就出現了。」

波矢多指著平面圖的三個地方。

「遊技場的正面玄關上了鎖，還從內側扣上鎖片。會室客只有打不開的門和小窗。心二先生和明世小姐一直站在住家空間的門前聊天，也給出了沒有人經過的證詞。」

「店內和住家空間所有的窗戶都從內側鎖上了螺絲鎖。唯一的出入口就是會客室的小窗，而且還只有清一有辦法鑽過那扇窗戶……」

「但是他的動機也很薄弱。」

「擔心對自己而言宛如母親的小祥會被小寶寶搶走──這點大概也確有其事，但也不至於因此就……」

「除非有什麼精神上的疾病，否則應該不至於做出那種慘絕人寰的行徑。」

「這麼一來，現場就是密室了。」

「所以警方才會更加堅信凶手就是私市先生。因為就算毫無動機，也能用喝得醉醺醺和發酒瘋來說明。」

「那麼，我們應該要從哪裡導入這起密室殺人事件的新推理？」

新市的話語中夾雜著期待與不安的情緒。

「不，我想先放棄討論這些推理。」

波矢多如此直接地回答，氣得新市臉都歪了。

「喂喂喂，你等一下，放棄是什麼意思？」

「祥子小姐的命案的確是最重要的問題沒錯，但如果這個問題討論了再多次都無法接近真相的話，是不是應該先去處理其他的事件呢——我是這麼認為的。」

「其他的事件，你是指那個攻擊彌生和里子、明世的傢伙嗎？」

「為了方便討論，姑且先取名為暗巷事件好了，以下是我整理出來的脈絡。」

波矢多取出兩張紅色迷宮的平面圖。

「首先是彌生亭的彌生小姐遇擊事件，你聽見女性的尖叫聲，從起點的A巷跑過去。然後在第一個岔路的左手邊巷子裡的打叉地點看到她倒在地上。順帶一提，彌生小姐是從岔路右手邊的B巷前來。然後心二先生從C巷現身，伊崎巡查則與明世小姐和喬治先生出現在比打叉記號處更前面一點的地點。伊崎巡查從D巷、明世小姐和喬治先生則是從E巷跑來。」

「因此犯人應該沒有能逃走的地方……」

「再來是濱松屋的里子小姐遇襲事件。假設新市你來的小巷為A、我跑過的小巷為B、清一小弟躲藏的小路為C。然後在里子小姐遇襲的地點打叉，她所在的那條巷子前方有座小祠堂。再把那條巷子的盡頭設為D、伊崎巡查跑來的巷子為E。」

新市輪流打量兩張平面圖後說：

「……一模一樣。犯人真的無處可逃呢。」

「你該不會在懷疑心二先生吧？」

波矢多問道，新市不服氣地辯白：

「懷疑他的是伊崎巡查。而且里子遇襲的時候，心二根本不在現場，所以巡查應該不會再懷疑他了。」

「要是里子小姐遇襲時，心二先生在場的話……」

「那麼不光是伊崎巡查，就連佐奈田警部也會大大地懷疑他吧。」

新市露出一臉「你想表達什麼」的表情看著波矢多。

「難道就沒有其他跟心二先生一樣原本有嫌疑，卻因為我們的盲點而被排除在嫌疑人之外的人選嗎？」

波矢多後面的這句話令新市的表情變得更加驚訝。

「是、是誰啊？」

「就是伊崎巡查啊。」

「……你覺得他是赫衣？」

「聽說伊崎巡查在戰場上曾有過非常悲慘的遭遇，宛如目睹人間煉獄。」

「可是，他也是因為這點才立志成為警察——」

「假如那只是表象，不為人知的另一面其實是赫衣呢……」

「……」

新市突然沉默，波矢則是繼續往下說：

「彌生小姐和里子小姐遇襲的時候都在現場，而且就算在明世小姐住院的木舞醫院進出也完全不可疑的人物，就只有伊崎巡查了。」

「確實沒錯啦……」

新市雖然附和，但還是有些猶疑。

「問題是，赫衣就像是隨機殺人魔般的存在。三件發生在巷弄裡的事件都符合這個條件。但小祥是在店裡面被攻擊的。」

「案情的性質明顯不同嗎……」

波矢多坦然地接受他的質疑。

「另一方面，所有的現場都是密室狀態……還有這個相同的性質。」

「似乎只有明世的情況不太一樣呢。」

「因為她確實看到了犯人的臉嗎。假設對方是伊崎巡查，而伊崎巡查又是對於在紅色迷宮討生活的弱勢者們抱持同情的夥伴，也難怪她會三緘其口了。」

「……很有可能。」

新市似乎開始被說服了。

「不，等一下喔。最關鍵的小祥命案又該怎麼解釋？假如赫衣的真面目就是伊崎的話，或許動機就不是必要的。但他為什麼要在店內攻擊小祥？又是怎麼進出那個密室的？關於這些部分你能說明嗎？」

「……很困難。」

波矢多還以為新市會因為自己的回答氣得跳腳。不過他現在臉上的表情跟自己一樣困惑。

「針對我們的盲點，這個推理並不壞，可惜了。」

結果還反倒出言安慰波矢多。

「我只是靈機一動，為了給暗巷事件——特別是彌生小姐和里子小姐遇襲的事件——一個合理的解釋，就只有伊崎巡查是犯人這個說法了——」

「現在有別的想法嗎？」

新市一臉驚訝，波矢多以意味深長的語氣回答：

「其實還有一個推理可以解釋這個盲點。」

「什麼推理？」

「跟伊崎巡查一樣，犯人堂而皇之地出現在現場。」

「誰啊？」

「……熊井新市，就是你。」

兩人面面相覷、大眼瞪小眼之後，新市先噗哧一笑。

「真是意外的犯人啊。」

「在全部的人裡面，只有你和伊崎巡查都在兩個現場出現過。如同前者的盲點是警察這項職業，後者的你也因為作為業餘偵探的拍檔這個立場而被下意識地排除在外。」

「你認同我是你的拍檔啦。」

「假設警方真心想把彌生小姐和里子小姐遇襲的事件，與祥子小姐的命案視為同一犯人所為，或許第一個就會懷疑到你頭上了。但警方認定殺害祥子小姐的凶手是私市先生，所以才會認為兩邊的事件毫無關聯。」

「我殺死小祥的動機，是所謂的感情糾紛嗎？」

「實不相瞞，你願意自己承認真是令我鬆了一口氣。因為我可不想問得太深。」

「可是啊，密室的謎團還是沒有解決。」

「我不是說過，私市遊技場的現場是個簡陋的密室嗎。你去 Star 找香菸的時候從二樓溜進大門深鎖的店內。對你而言，以同樣的方法潛入私市遊技場可說是易如反掌吧。」

「……或許是吧。但我要從哪裡溜進去呢？正面有楊先生和陳彥宏、東側有心二和明世、西側有清一和佐竹，六雙眼睛在盯著看呢。」

「剩下的北側還有一條非常狹窄的小路。可是沒有人能從那裡通過呢。」

「就是說啊。」

「所有跟事件有關的人當中，你是最後一個出現在現場的人。」

「這沒什麼好奇怪的吧。」

「嗯，可是——」

雖然波矢多表示同意，卻又欲言又止。

「可是怎麼了？」

「如果你從私市遊技場北側的小路爬到屋頂上，再從某個粗製濫造的地方進到店鋪裡，警方應該無論如何都會發現痕跡。」

「你會不會把警察想得太厲害了。」

新市不懷好意地調侃，波矢多一臉正色地說：

「而且就算要判定你是真凶，動機還是太薄弱了。」

「其實我正想這麼說，但你那種莫名其妙的猜疑害我連抗議的機會都沒有。」

「因為你拜託我調查赫衣的時候，與其說是為了令尊或私市先生，還更像是在擔心祥子小姐的安危。」

「……」

「另外，假如你是真凶，我也不認為你能隨意進出木舞醫院。」

「怎麼說？」

「因為肯定會有護士記住你的長相。」

「我長得這麼好看嗎。」

雖然場合不對，新市仍一臉眉飛色舞的樣子，但波矢多依舊正經八百。

「由此可見，認為熊井新市是凶手的假設是站不住腳的。」

「也就是說，針對暗巷事件的討論也失敗了，必須放棄嗎？」

相對於新市恢復原本的表情，波矢多的臉上浮現了淺淺的笑容。

「不，應該繼續往下推理喔。」

「怎麼推理？」

「至少彌生小姐與里子小姐的案子，並不是同一個犯人所為——是不是可以這麼解釋呢。」

「……不同人嗎？」

「為了解開暗巷的密室，只能這麼思考了。」

「也就是說，攻擊彌生的犯人是……」

「只有可能是心二先生了。不過他採取的行動也只有嚇唬彌生小姐，然後故意在現場留下菜刀而已。」

「他為什麼不逃走？」

「可能是聽到你的聲音，認為會被追上吧。這麼一來絕對無法為自己開脫，只能束手就擒。於是他情急之下回到現場，假裝成無辜的過路人。只是他沒想到伊崎巡查、明世小姐和喬治先生會從另一條巷子出現，讓現場的巷子變成密室。」

「動機是？」

新市似乎已經發現了，但還是特地問了波矢多。

「為了讓警方釋放私市先生。只要再發生一起疑似赫衣傷人的事件，警方也不得不相信私市先生的清白。」

「結果心二打的如意算盤並沒有如願。」

「所以接下來換清一小弟上場，而且做得更徹底。」

「這兩人從一開始就是一伙的嗎？」

新市的反應很意外，但波矢多露出了困惑的表情。

「我也不曉得。根據我的猜測，可能是清一小弟發現心二先生的行為與用意，心想光是這樣是沒有效果的——所以就演了第二齣戲。」

「因為兩人至今還是同住在私市家嘛。要瞞過彼此確實很困難。」

新市表示理解後又接著開口。

「可是里子的證詞提到犯人是成年男子喔。」

「清一小弟去私市遊技場找工作時，被私市先生以『你的身高根本搆不到柏青哥機台』為由拒絕了。沒想到第二天他又帶著踏腳凳來，而且兩三下就學會怎麼修理機台了。只要附近的小孩有材料，無論是陀螺還是高蹺、風箏還是羽子板，什麼都難不倒他。」

「……你是指清一靠著踩高蹺來改變自己的身高嗎？」

「他藏身的小路盡頭堆放著各式各樣的廢棄物，裡頭也有好幾根竹竿。只要能迅速分解高蹺，再塞進那堆廢棄物裡，就不容易被發現了。」

「赫衣那張朱紅色的臉呢？」

「清一小弟說他在私市家的壁櫥裡找到皺巴巴的舊包袱巾，用來包裹手電筒和鐵鎚。所以大概是用包袱巾包住臉，再拿手電筒從底下打光吧。」

「那種騙小孩的伎倆……」

「如果是在正常的情況下或許不管用，但場所是紅色迷宮裡堪稱最為陰森詭異的鬼城，再加上清一小弟肯定也從祥子小姐口中得知里子小姐是個『膽子很小』、精神面不太穩定的孕婦，所以才能發揮效果。」

「赫衣穿的斗篷也是拿廢棄物來二次利用嗎？」

「小路盡頭有一堆破破爛爛的帳幕和布。大概是拿其中一條來用吧。」

「比起毫無計畫的心二，清一下了很多工夫呢。」

新市打從心底感到敬佩。

「而且清一的口才很好，會被騙得團團轉呢。」

「里子小姐說她走進鬼城後也沒覺得有什麼不對勁。這是因為清一小弟並不是在後面跟蹤，而是事先埋伏在鬼城裡等她。可見他準備得多麼周到。」

「這孩子真是深謀遠慮啊。」

「之所以挑中彌生小姐和里子小姐，是因為她們跟祥子小姐一樣都是孕婦。即使無從得知凶手究竟是開膛手傑克還是赫衣，光看被攻擊的三個人都是孕婦，也能減輕私市先生的嫌疑。以上是心二先生與清一小弟的盤算。」

「姑且不說清一，我對心二稍微有點刮目相看了。」

新市顯得相當佩服。

「既然如此，明世的情況又是怎麼回事？」

「那是真的。雖說只是輕傷，但不僅衣服被割破，腹部也被劃傷了。在彌生小姐和里子小姐遇襲的事件裡並沒有發生這種情況，可以說是很大的特徵。」

「因為是真正的犯人下的手，所以才有這種結果嗎？」

「不過啊，你不覺得她的受害程度太輕了嗎？」

波矢多提出的這點令新市感到一頭霧水。

「但這是真凶下的手，沒錯吧？」

「就算是這樣好了，凶手為什麼要發動這種半吊子的攻擊呢？還有，明世小姐明明說她死都不要再經過鬼城了，為什麼會在沒有喬治先生陪同的情況下獨自前往呢？」

「……這點確實很奇怪。」

新市皺起了眉頭。

「該不會是明世那傢伙自導自演吧。」

「為了什麼？」

「……說的也是。當時叔叔已經被放出來了。」

「如果要認為她是在自導自演，就必須認定是一個孕婦自己劃傷自己的肚子。這點無論從心理還是精神層面來看，我認為都太難了。」

「……確實呢。」

「說到鬼城，我在那裡遇到一個有點奇特的年輕人。」

波矢多突然向新市提起那個青年的事。

「這個世界上還真的有這種奇奇怪怪的人啊。」

「但我認為他說的內容很有參考價值。」

「至少對於赫衣的由來又多了一點認識了。如果只有當初委託你時說的內容，確實沒有什麼太大的幫助呢。不過，你現在要解決的問題是殺人事件之謎吧。這兩件事不是沒什麼關聯性嗎？」

「為什麼不是『紅服』也不是『紅色的人』，而是『赫衣』呢？」

波矢多沒有回答新市的問題，逕自說下去。

「可以猜想理由或許是從『胞衣』、『赭衣』與『紅色單衣』這三個詞彙裡取出『衣』這個字。那麼也可以認為『赫衣』的『赤』是來自『赭衣』與『紅色單衣』裡的『赤』字[33]。」

「噢，嗯，是這樣沒錯⋯⋯」

「不知道為什麼，那個青年的解釋一直盤旋在我的腦海裡，揮之不去。」

波矢多說到這裡，眼中已沒有新市的存在，感覺就像是在跟自己對話。

「就連現在我們像這樣討論案件的時候，也一直令我耿耿於懷。」

「所以呢，你知道什麼了嗎？」

波矢多似乎也沒有聽見新市插進來的這句話。

33紅色單衣的日文為「赤い単衣」。

「於是腦海突然閃過陳彥宏從自己的名字創造出『東宏彥』這號人物，試圖欺騙私市先生，結果反倒惹惱他的事——」

「嗯，然後呢？」

「然後也不知道為什麼，眼前又浮現出私市先生看著被李夫人退回的三份奠儀、垂頭喪氣的模樣。」

「欸……」

「他準備了四份奠儀，分別寫上『李心二』、『私市心二』、『李恒寧』的名字，以及私市先生自己的名字『私市吉之助』。結果其中三份奠儀被退了回來。說不定他在那個時候就察覺到了。」

「……察覺到什麼？」

新市問道，聲音裡明顯透露著不安。

「因為先前才剛發生過陳彥宏蒙混的事，所以私市先生發現……」

「所以到底發現了什麼啊？」

「他自己在奠儀上寫下的『李恒寧』，漢字的『李』字可以拆成『木』和『子』，合起來也可以念成『Ki Shi』（きし），漢字可以代換成『貴市』——」

「……」

「而且『恒寧』這兩個漢字都各藏有一個『心』，因此也可以解釋成『心二』——」

「……」

「請報社幫忙調查貴市家的事件卻找不到相關報導，會不會是因為這個貴市家根本不存在呢？又或者是即使有貴市這戶人家，也沒有發生過足以鬧上新聞版面的事件呢？」

「你的意思是，心二其實是李氏夫婦的親生兒子李恒寧。他化身成貴市心二這個不存在的人物，然後被私市遊技場雇用。是這麼回事嗎？」

波矢多一點頭，新市立刻發難：

「為什麼？他為什麼要這麼做？」

「私市先生和李氏夫婦聊天時，李先生說：『日本戰敗後，第三國人受到占領軍的特別對待，與做什麼都不自由的日本人相比，簡直是天壤之別，為此沾沾自喜。但這種特殊待遇遲早會隨風而逝，立場總有一天會再顛倒過來，所以我們為了在這個國家安居樂業，只能腳踏實地工作。』所以他希望自己的兒子能成為立場顛倒那邊的人。這是為了讓他能夠在日本好好活下去，不要受到任何歧視——」

「那貴市家的事件是？」

「大概是捏造的吧。為了不讓人追究貴市心二的過去，刻意讓人以為發生過什麼悲劇。換作是一般人或許反而會因此激起對方的好奇心，但他們判斷以私市父女的性格為人，肯定不會再深掘下去。」

「心二從朝鮮人變成了日本人……嗎？」

新市的臉上盡是愕然，隨即用力搖頭。

「不不不，這不可能吧。那戶口要怎麼報？」

「日本人的戶籍資料早在三番兩次的空襲中燒光了，只能聽當事人自行申報。不管要怎麼說都可以，這點你也很清楚吧。」

「嗯，或許是吧……」

新市才說到一半，驚訝地恍然大悟。

「難、難不成……」

「……」

「察覺到心二先生真實身分的瞬間，私市先生就萌生了動機……」

「當然不是針對祥子小姐，而是針對她腹中胎兒的動機——」

「……」

「看到退回來的奠儀，私市先生發現了心二先生的祕密，於是便表示想跟他單獨聊聊。只是誰也想不到，兩人的對話一下子就結束了。」

「……原來如此。」

「因為心二先生老老實實地回答了私市先生的疑惑。」

「以那傢伙的性子，肯定會坦承的吧。」

「心二先生用『好像很傷心』來形容私市先生出門喝悶酒前的模樣。」

「……嗯。」

「另外，心二先生的證詞還提到私市先生喝得爛醉回來後，目光停留在擺在桌上的奠儀。以下只是我的推測，那些奠儀或許是壓垮他的最後一根稻草，讓他下定決心要殺死胎兒。」

「如果是這樣的話，他事先就要準備好安眠藥吧。」

「或許是喝醉回家的路上在哪邊買的。而警方費盡千辛萬苦，總算找到了那家店，所以才會再次逮捕他——也不是不能這麼想。」

「等一下……」

新市一臉相當絕望的表情。

「……攻擊明世的人也是叔叔嗎？」

「祥子小姐、彌生小姐、里子小姐、明世小姐這四個人可以分成兩組。」

儘管波矢多說得沒頭沒腦，新市也理所當然地回應他。

「前三個人是一般人，只有明世是娼婦吧。」

「不是這種分類喔。」

新市低著頭沉吟半晌，接著靈光乍現地抬起頭來。

「……難不成是孩子的父親？」

「我想彌生小姐與里子小姐腹中孩子的父親應該是日本人。目前我們還沒有掌握到這方面的資訊，但最直接的思考就是這樣。」

「如果孩子的父親是美軍，謠言恐怕早就傳得滿天飛了。」

「但祥子小姐與明世小姐腹中孩子的父親卻不是日本人。」

「所以叔叔他……」

儘管想要否認，新市仍換上了有所覺悟的表情。

「誤以為心二先生不是日本人——實際上他確實不是——該不該讓他與祥子小姐結婚曾讓私市先生傷透了腦筋。如果女兒明知如此卻還是很愛他……私市先生也決定祝福他們。結果後來才知道心二先生其實是日本人——但這並非事實。兜兜轉轉，私市先生最後又發現女婿果然不是日本人。跟本人對質後，他也承認了。那一天除了這件事以外，還發生許多令私市先生大動肝火的事，而且好幾件還是跟第三國人扯上關係的麻煩事。忍不住跑出去喝悶酒的私市先生喝得很醉，醉到失去理智的壞毛病又犯了。案發當時，私市先生恐怕是處於神志不清的狀態吧。因此就被只想先把胎兒處理掉——這種若不是外科醫生，一般人根本辦不到的瘋狂想法給附身了。」

「所以讓小祥服下安眠藥……」

「儘管已經被逼到這種精神狀態，內心深處仍捨不得給祥子小姐帶來痛苦。最後便採取了讓祥子小姐服下安眠藥的行動。」

「……只能希望至少真是如此了。」

「然而做案之後，私市先生有一瞬間恢復了理智。所以我和心二先生還有明世小姐都聽見他的嚎叫。得知自己做了什麼、自己做的事又是多麼駭人的私市先生當場崩潰了……獲釋後，他的精神狀態依舊沒有起色。所以看到去探望他的明世小姐，內心又浮現了也必須把她的胎兒處理掉的想法。」

「換句話說，明世並不是在鬼城被人攻擊，而是在離開叔叔家的路上。是這樣嗎？」

「從當時她知曉了犯人的真面目，儘管大吃一驚，卻還是決定要袒護私市先生的事實來看，她肯定也察覺到私市先生的動機，深表同情吧。」

「是叔叔自己告訴她的嗎？」

「可能是在犯案的過程中提到做案動機，也可能是犯行失敗後被明世小姐說服，才決定要告訴她。話雖如此，我猜私市先生說的話肯定前言不搭後語，明世小姐恐怕也費了很多心力才能理解。」

「有道理，明世過去受到叔叔許多照顧。可是身為娼婦，確實也遭受旁人不少的歧視……

明知要是像這樣在日本生下小孩，前方無疑會有更多的偏見在等待她們……即使是這樣，她還能對叔叔瘋狂的動機感到同情嗎？」

新市的語氣十分悲痛，波矢多則以溫柔的聲音回應。

「像她們那種職業的人，更是能感同身受地理解別人的痛苦不是嗎？」

「……也對，你說的沒錯。」

「得知心二先生的祕密後，私市先生的心情或許就跟日本戰敗後無法排解的情況有異曲同工之妙。」

「什麼意思？」

「……場面話與真心話啊。」

「……」

「關於私市先生說的那句不知所云的話——」

「……你想到什麼了嗎？」

「我發現如果把三個單字裡的『Kabu』和『Kiri』的順序調換一下，就成了『Kirikabu』[34]，也就是『樹椿』的意思。」

「嗯？所以呢……」

「濱松家的里子小姐遇襲——實際上並非如此——的鬼城巷子盡頭的那座小祠堂，後面有朴樹的樹椿，可能是在指那個。」

「哦，那個啊。那『Hola』又是什麼意思……」

「我猜私市先生嘴裡呢喃的可能是的『Hocola[35]』，結果只被聽到了『Hola』的部分。」

「原來如此。」

新市姑且先接受這套說詞。

「可是叔叔跟那座祠堂，還有那個樹椿到底有什麼關係……」

「……我不知道。」

波矢多無力地搖頭，然後問新市：

「私市先生知道那座祠堂的存在嗎？」

「既然是在紅色迷宮裡面，肯定知道個大概吧，至於記不記得祠堂的樣子就很難說了……」

「有什麼淵源嗎——」

「不，應該沒有吧。」

「既然如此，可能是剛好經過那條巷子，突然被勾起了興趣——」

34日文漢字為「切株」（きりかぶ）。
35日文漢字為「祠」（ほこら）。

「喂喂，等一下啦。」

新市連忙打斷波矢多的話。

「這跟這次的事件有什麼關係？」

「大概沒有直接的關聯吧。只不過，假設赫衣誕生的背景與胞衣壺有關，事件的被害人都是孕婦，這點就令我有些在意了。」

「……你可不要告訴我是被作祟了。」

「我可沒有這麼說。不過，我總覺得有條神祕的線把這些事情都連結在一起，想說應該要讓你知道──」

「……這樣啊。」

「就算有關，也無法為私市先生犯的罪提出什麼新的解釋，所以或許沒必要特別指出這一點……」

「……沒關係，別放在心上。」

暗無天日的沉默重重地壓在兩人之間。這種狀態持續了好一陣子。

「那個，我也可以試試看嗎？」

繞過垂頭喪氣、無精打采的新市，波矢多走進吧檯內側，以生疏的動作開始泡咖啡。

「請用。」

然後他遞了一杯給新市。

「……呃，你不適合泡咖啡呢。」

才喝了一口，新市就迫不及待地拆台。

「放心，我會找別的工作。」

「嗯，那就好。」

抱怨歸抱怨，新市還是喝了他泡的咖啡。

「你認為叔叔會有什麼下場？」

「如果依舊是現在這種精神狀態，大概沒辦法起訴他吧。」

「……會安排他入住他該去的醫院嗎？」

「到時候，警方會怎麼處理這起事件呢……」

「大概會變成懸案……吧。」

「有可能。」

只可惜兩人的預測只猜中一半，沒猜到另一半。

因為私市吉之助利用撕開的手巾在拘留所上吊自盡。警方後來以「因為他就是真凶，所以畏罪自殺」來結案，但這也沒辦法證明了。如同新市所說，案子確實變成了懸案。

就這樣，發生在紅色迷宮的赫衣殺人事件，就此落幕。

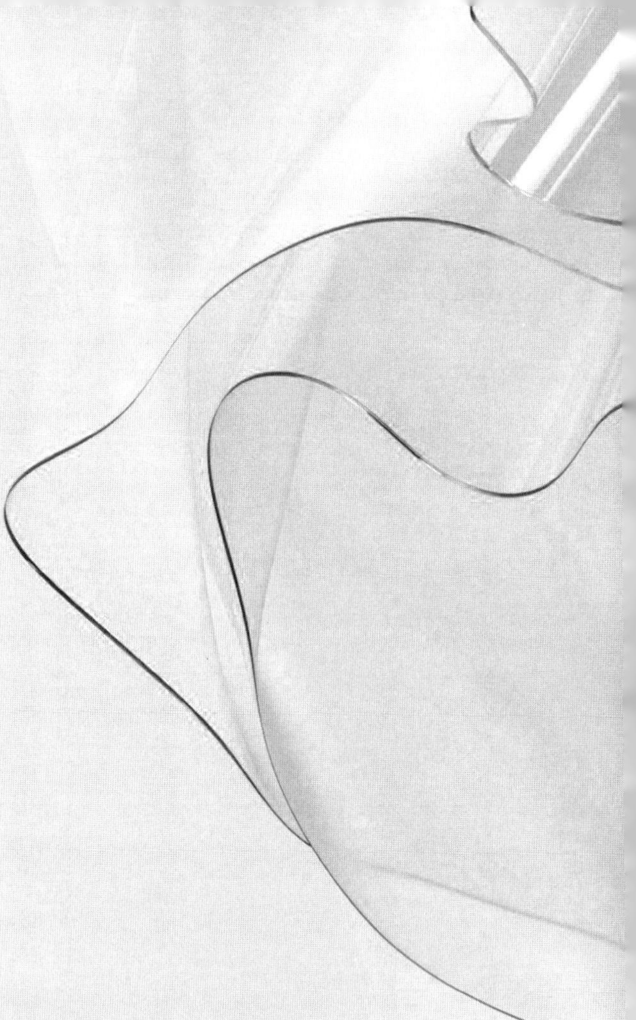

終章

物理波矢多在參加完私市吉之助的告別式後離開了紅色迷宮。為了幫忙私市遊技場善後，熊井新市決定再待一陣子。

在那之後，紅色迷宮流傳起兩個傳聞。

一是私市吉之助果然就是這一連串事件的真凶。

二是殺害祥子的凶手確實是他沒錯，但其他的事件都是赫衣搞的鬼。

後者顯然比較接近真相，可是當然沒有人知道背後的動機。因為大家都認為一切就是吉之助酒後失控造成的悲劇。只是人們還繼續加油添醋，內容是不光是吉之助有責任，幕後還有赫衣這個存在。

不過，就算是前者，流言蜚語也認為跟赫衣脫不了關係。因為大家都自然而然地認為是赫衣害吉之助做出這種喪心病狂的舉動。

「……結果，我還是沒辦法完成任務。」

波矢多對送他到寶生寺車站前的新市這麼說道。

「你是指赫衣的事嗎？」

「最後還是未解之謎。」

新市停了一下才開口。

「要是沒有發生小祥的命案，不知道事情又會怎麼樣。你認為能搞清楚赫衣的真面目嗎？」

「不，大概沒辦法。」

波矢多不假思索地回答，新市莞爾一笑。

「那不就好了。」

「才不好。這是我自己接下的任務。」

「你真的太一板一眼了。」

新市有些錯愕，但隨即換上憂心忡忡的表情。

「就算你一直待在我家也沒關係喔，不過你接下來有什麼打算嗎？」

「可以的話，我還是想從事能在檯面下支持戰敗後日本復興的工作，就像礦工那樣。」

「像你這樣的人物……未免也太大才小用了。」

新市喃喃自語，不過大概也知道波矢多心意已決，就沒有再多說什麼了。

「如果需要住的地方，隨時都可以找我爸商量。」

「謝謝你。有需要的話我一定不會客氣的。」

兩人約好在不久的將來再會後，便互道珍重。但新市花了比預期更久的時間才從紅色迷宮回到自己的家。

私市遊技場由私市心二、柳田清一和楊作民合力重新開張，但是受到命案的影響，每天門可羅雀，最後還是頂讓給別人了。心二回到李夫人的身邊，幫她經營新宿的內臟料理店，清一與楊作民則是在紅色迷宮的其他店家另謀高就。

不過，據說清一過沒多久便辭去了工作，離開了紅色迷宮。新市懷疑這跟佐竹有關，所以非常擔心，但至今仍無從得知清一到底上哪兒去了。

彌生亭的彌生與濱松屋的里子都順利地生下小孩。前者是男孩，後者是女孩，而且母子均安。還有天一食堂的和子也如願以償、嫁給了那個年輕的廚師，真是可喜可賀。

疑似暗地從事賣春生意的 Twilight 在警方的取締下渺無聲息地倒閉了。同業都懷疑是不是為了殺雞儆猴，搞得人心惶惶。聽說老闆娘須美子自此也從紅色迷宮消聲匿跡。

明世跟著喬治回到美國，在那裡生了一個男孩。自從「大姊遠赴美國」後，她的後輩千代子也決定從良，在新市的介紹下前往新的職場努力工作。

伊崎巡查依舊在寶生寺車站前的派出所執勤。有人說他跟千代子變得很親密，但是否真有其事就不得而知了。

從新市寄來的信中得知了所有相關人士的消息，物理波矢多也一面摸索自己該走的路。他對海上保安廳的航路標識職員產生了興趣。那是一種人稱「燈塔守」的工作。燈塔守的工作內容是負責海上航行船舶的安全。海運跟水產業對於日本戰敗後的經濟重建來說是不可或缺的一環，而這份工作也可說是扮演了在幕後支持它們的角色。

或許我找到了自己的天職呢。

波矢多打從心底覺得十分光榮，欣然赴任。沒想到在赴任的燈塔等著他的，又是匪夷所思、奇也怪哉的事件……

只不過，那又是另一個故事了。

主要参考文献

◆馬淵和夫、国東文麿、今野達校注・訳『日本古典文学全集 今昔物語集 四』（小学館／1976）
◇仁賀克雄『ロンドンの恐怖 切り裂きジャックとその時代』（早川書房／1985）
◆松谷みよ子『現代民話考7 学校』（立風書房／1987）
◇伊藤桂一『秘めたる戦記 悲しき兵隊戦記』（光人社NF文庫／1994）
◆猪野健治『東京闇市興亡史』（ふたばらいふ新書／1999）
◇藤野豊『性の国家管理 買売春の近現代史』（不二出版／2001）
◆永井良和『風俗営業取締り』（講談社選書メチエ／2002）
◇藤木TDC、ブラボー川上『まぼろし闇市をゆく 東京裏路地〈懐〉食紀行』（ミリオン出版／2002）
◆小林大治郎、村瀬明『みんなは知らない国家売春命令』（雄山閣／2008）
◇厚香苗『テキヤ稼業のフォークロア』（青弓社／2012）
◆歴史ミステリー研究会編『終戦直後の日本 教科書には載っていない占領下の日本』（彩図社／2015）
◇伊奈正司、伊奈正人『やけあと闇市野毛の陽だまり―新米警官がみた横浜野毛の人びと』（ハーベスト社／2015）

◆橋本健二、初田香成 編著『盛り場はヤミ市から生まれた 増補版』（青弓社／2016）
◇藤木TDC『東京戦後地図ヤミ市跡を歩く』（実業之日本社／2016）
◆井川充雄、石川巧、中村秀之編『〈ヤミ市〉文化論』（ひつじ書房／2017）
◇NHKスペシャル『戦後ゼロ年 東京ブラックホール』（日本放送協会／2017）
◆マイク・モラスキー 編『闇市』（新潮文庫／2018）
◇朝里樹『日本現代怪異事典』（笠間書院／2018）
◆NHKスペシャル取材班『NHKスペシャル 戦争の真実シリーズ① 本土空襲全記録』（KADOKAWA／2018）
◇NHKスペシャル「“駅の子”の闘い～語り始めた戦争孤児～」（日本放送協会／2018）
◆斉藤利彦『「誉れの子」と戦争 愛国プロパガンダと子どもたち』（中央公論新社／2019）
◇松平誠『東京のヤミ市』（講談社学術文庫／2019）
◆佐藤春夫『佐藤春夫台湾小説集 女誡扇綺譚』（中公文庫／2020）
◇小林太郎 著／笠原十九司、吉田裕 編・解説『中国戦線、ある日本人兵士の日記 1937年8月～1939年8月 侵略と加害の日常』（新日本出版社／2021）

怪異民俗學研究室　系列 ——

行走的亡者　怪民研的紀錄與推理

真的是來自怪異的作祟？還是有心之人巧妙的犯罪？發生在日本各地、與地方習俗緊密連結的不可思議事件檔案，接連來到了這間位於地下樓層的怪異民俗學研究室。
三津田信三筆下全新系列的異色安樂椅偵探搭檔，名偵探刀城言耶的助手 × 出身祈禱師家系的女大學生。當畏懼恐怖事物的他，碰上帶著詭譎怪談到訪的她，通往不可思議世界的大門也就此開啟。

定價 480 元　單色 / 352 頁 / 14.8 × 21cm

連作短篇集

怪談錄音帶檔案

在這個世界上有很多事情，或許不要硬是去揭開背後的真相會比較好，在毛骨悚然的奇異怪談中融入難以讓人壓抑好奇心的懸疑性，由名家三津田信三所獻上的妖異「實話怪談」。
因為一本刊物的恐怖小說特輯邀稿，竟讓原本沉睡在過去記憶與檔案中的不安因子再次甦醒。悄悄地滲透日常、現實與不可思議的界線趨近模糊的不安與詭異現象，才是最讓人們感到恐懼的存在。

定價 360 元　單色 / 336 頁 / 14.8 × 21cm

忌物堂鬼談

讓人不寒而慄的驚悚境遇，頭七禁忌、鬼敲門、神秘電話、奪魂，找不出緣由的靈異現象，才是最詭異的。一段支離破碎的記憶 × 五段不尋常的日常，日本民俗學推理大師三津田信三，結合「懸疑」與「怪談」的恐怖連鎖之作。現蹤於陰陽兩界夾縫之間的恐怖之物，其真面目是 ——

定價 399 元　單色 / 304 頁 / 14.8 × 21cm

TITLE

赫衣之闇

STAFF

出版	瑞昇文化事業股份有限公司
作者	三津田信三
譯者	緋華璃
封面繪師	Cola Chen
創辦人 / 董事長	駱東墻
CEO / 行銷	陳冠偉
總編輯	郭湘齡
特約編輯	徐承義
特約美術編輯	謝彥如
文字主編	張聿雯
美術主編	朱哲宏
國際版權	駱念德 張聿雯
製版	明宏彩色照相製版有限公司
印刷	龍岡數位文化股份有限公司 紘億彩色印刷有限公司
法律顧問	立勤國際法律事務所 黃沛聲律師
戶名	瑞昇文化事業股份有限公司
劃撥帳號	19598343
地址	新北市中和區景平路 464 巷 2 弄 1-4 號
電話 / 傳真	(02)2945-3191 / (02)2945-3190
網址	www.rising-books.com.tw
Mail	deepblue@rising-books.com.tw
港澳總經銷	泛華發行代理有限公司
初版日期	2025 年 6 月
定價	NT$520 元 /HK$163

國家圖書館出版品預行編目資料

赫衣之闇 / 三津田信三作 ; 緋華璃譯 . -- 初版 . -- 新北市 : 瑞昇文化事業股份有限公司 , 2025.06
432 面 ; 14.8x21 公分
ISBN 978-986-401-829-1(平裝)

861.57　　114006431

讀小說
Reading Novel